KB193652

세상은 단 한 번도
떠날 때와 똑같지 않았다

세상은
단 한 번도
떠날 때와
똑같지 않았다

Les femmes aussi sont du voyage

**페넬로페에서 스타이넘까지
젠더의 프리즘으로 본 여행 이야기**

뤼시 아제마 지음
이정은 옮김

문학사상

일러두기

· 이 책에 나오는 고유명사는 원칙적으로 국립국어원의
  외래어 표기법에 따라 표기했습니다.
· 페이지 하단의 각주는 모두 옮긴이 주입니다.

남자였다면 스스로 그토록 많은 질문을 하지 않았을
모든 여성 여행자, 탐험가, 발견자에게.
여러분이 책을 다 읽고 난 뒤 여행길에
이 책을 가지고 떠날 필요가 없기를 바랍니다.

들어가는 말

이 글을 쓰는 나는 지금 유럽이 아닌 다른 대륙에 와 있다. 몇 년 전만 해도 내가 몰랐던, 거의 탐색된 적이 없고 개척되지 않은 땅. 이곳은 새와 울창한 숲, 협죽도 꽃, 사막, 카라반이 다니는 지평선을 향해 뻗은 길로 빽빽하다. 여기까지 오는 길은 멀고도 멀었다. 그 길에는 세상의 조각으로 이루어진 양탄자가 깔려 있다. 나는 그 길을 비행기도, 배도, 낙타도 없이 왔다. 세상에 다른 장소들이 있다는 사실은 나에게 별로 중요하지 않다. 내가 있고 싶은 곳은 바로 이곳, 오로지 이곳뿐이다.

그 영토는 내 마음속에 있다. 여행의 꿈을 실현하기 위해 모험하는 여성들이 사는 고독한 자유의 대륙. 남성 여행자들이 단지 평범한 여행자일 뿐인 곳. 하지만 나는 오랫동안 그 남성들의 글만 읽어왔다. 여행하며 탔던 기차에서, 비행기에서, 초라한 호텔 방에서 그들의 글을 탐식하듯 읽었다. 그들이 다른 여행자들보다 더 나아서가 아니라 읽어야하는 것이 바로 그들의 글이었기 때문이다. 나는 진정한 여행자가 되고 싶었고, 따라서 고전을 알아야 했다. 아주 이른 시기부터 남성 여행자들이 세상을 바라보고 모험을 대하는 관점, 그리고 그들 스스로는 인정하지 않는 주관성이 소녀인 나의 상상력을 구축했고, 내 마음속에 다듬어지지 않은 생각들을 남기며 나를 서서히 혼돈으로 빠뜨렸다. 그들의 글 속에서 여성이 잠재적 연인이 아닌 온전한 여행자로 등장하는 일은 드물었다. 과연 나에게 정말로 여행하는 삶을 살아갈 능력이 있는 것일까?

하지만 나는 오로지 여행에 집어삼켜지기만을 바랐다. 길을 떠나고 몇 킬로미터에 이르는 대초원의 바람을 온몸으로 맞고 싶었다. 내가 처음 멀리 떠난 여행지는 열아홉 살에 간 이집트였다. 그 이듬해에는 레바논으로 떠났다. 그곳에 두 달 머무른 다음, 프랑스에서 내가 다니던 대학교를 설득해 법대 4학년 과정을 베이루트에서 이수할 수 있었다. 그다음 나는 파리로 돌아와 학업을 마쳤고 일을 하면서 돈을 모았다. 내가 바라는 것은 오직 하나뿐이었다. 다시 떠나는 것. 나는 온통 그 생각에 사로잡혀 있었다. 그다음으로 떠난 여행지는 아부다비였는데, 도착하자마자 그 도시가 마음에 들지 않았다. 그곳에서 몇 주를 보내다 인도의 일자리를 찾아 곧바로 지원했다. 다음 날 스카이프로 면접을 봤고 이틀 뒤 아랍에미리트에 있는 인도 대사관에 가서 비자를 신청했다. 2주 뒤 나는 아부다비에서 자이푸르행 비행기를 탔다. 한밤중에 인도에 도착해 1년 조금 넘게 머물렀다. 프랑스로 돌아오자 다시 공허해졌고 다급히 다시 떠나고 싶었다. 그다음 행선지는 이란이었다. 3개월 예정으로 떠났다가 2년 반을 머물렀다. 새롭게 떠날 때마다 세상은 단 한 번도 떠났을 때와 똑같지 않았다(또는 돌아올 때마다, 가끔 내가 새로운 곳에 막 도착한 건지, 살던 곳으로 돌아온 것인지 알 수 없었다). 모든 것은 내 마음속에서 펼쳐지고 있었다.

　나는 차츰 다양한 책을 읽으며 나만의 내밀한 고전을 찾아 헤매기 시작했다. 이자벨 에버하트, 알렉상드라 다비드넬, 엘라 마야르, 아네마리 슈바르첸바흐, 넬리 블라이, 아니타 콩티와 다른 이들. 또 다른 창문을 향해 난 창문들이 열렸고, 나는 내가 제자리에 와 있다고 느꼈다. 남성 여행자들의 이야기를 읽으면서 접하지 못했던 세상의 반쪽을 되찾은 것이다. 여성 여행자들은 여행하며 겪을 수밖에 없는 어려움뿐만 아니라 사회가 바라보는 시선, 남성형으로 쓰인 여행기가 그들에게 비추는 거울도 감당해야 했다. 그들은 말라리아열과 불면, 야생동물의 울음소리, 불안정한 생활에 대한 걱정에 더해 자신을 만류하려는 끊임없는 시도, 보호를 가장한 통제, 여행길에서 마주치는 남성 여행자들이 우월적인 태도로 보내는 조소를 견뎌야 했다.

남성과 여성 사이의 역할 양극화는 여행의 영역까지 이어진다. 놀랍게도 페미니즘 연구에서 여성의 여행과 모험에 관한 문제는 여전히 거의 탐색되지 않았다. 그럼에도 이 문제는 매우 중요하다. 여행을 하고 자신이 한 여행을 글로 쓰는 것은 이동할 자유를 행사하고 세상과 자신을 자기만의 방식으로 이야기하는 일이기 때문이다. 남성이 자칭 중립적으로 묘사한 현실에 대항해 다른 현실을 제시하는 일이기도 하다. 나는 지난 몇 년 동안 책을 읽고 여행하고 다른 여행자들과 이야기를 나누면서 이 문제를 이해하려 노력했다.

페넬로페 신화를 풀어내기

여행, 더 넓게는 '모험을 향한 충동'은 인류 창조 신화에서 자주 등장하는 주제다. 신화에서 모험은 영웅에게 통과의례가 되고, 자신이 태어난 장소 및 친족과 하는 '작별의례'의 형태를 취한다. 떠남은 전환점이자 어른의 세계로 향하는 길에서 피해 갈 수 없는 커다란 변화가 되는 단절이다. 여행이라는 주제는 여러 문명에서 공통으로 나타나며,[1] 그리스-로마 세계의 근간을 이루는 서사시 『오디세이아』

에도 등장한다.

　오디세우스가 세상을 돌아다니면서 연이어 훌륭한 일을 해내는 동안, 페넬로페는 가만히 머물러 홀로 텔레마코스를 양육하고 천을 짰다 풀기를 반복하며 충실한 절조를 지킨다. 한편에는 모험하는 남성적 인물이, 다른 한편에는 한 장소에 머무르며 기다림에서 자기 가치를 찾는 인물이 있는 것이다. 이 기다림은 여성주의적 관점에서 여행을 생각할 때 핵심적인 개념이다. 페넬로페에 대한 환상은 여러 다른 형태로 우리에게까지 전해졌다. '항구마다 아내를 한 명씩 둔' 뱃사람의 이미지, 또는 앙드레 말로가 남긴 "남자에게는 여행이 있고, 여자에게는 애인이 있다"라는 말이 그 예다. 남자가 떠날 때, 여자는 그를 기다린다. 여성은 '전사의 휴식'을 보장하는 정박항일 뿐이다. 남성에게는 모험과 이동, 무한한 세상이, 여성에게는 가정과 유한한 세상만이 주어진다.

　『오디세이아』에는 페넬로페 외에도 키르케 같은 다른 여성 인물들이 등장하는데, 그들은 위험한 유혹자나 마녀의 모습을 한 매우 에로틱한 인물로 오디세우스가 자신의 계획과 여행의 본 목적에서 벗어나게 만드는 역할을 한다.[2] 페넬로페와 키르케는 여행기에서 나타나는 여성의 대표적 모습인 겁에 질린 여자와 창녀, 두 여성상 사이를 오간다.

여성 모험가는 특별할 것 없는 일개 모험가인가?

프랑스어로 여성 모험가aventurière라는 단어는 오랫동안 매우 여성혐오적인 뜻을 암시했다. 프랑수아즈 도본은 이를 상기시킨다. "통상적으로 여성 모험가라는 단어는 남성 모험가aventurier의 단순한 여성형이 아니다. (…) 1900년에 유명한 여성 고고학자인 제인 디욀라푸아는 여성 모험가가 아니었다. 사람들은 그 멋진 호칭을 '황금 투구'나 리안 드 푸지*를 부를 때만 사용했다."³

그 당시 여성 모험가는 모험을 떠나는 행위보다는 위험을 무릅쓰는 도전적인 여자, 화류계 여성, 음모를 꾸미는 여자를 가리켰다. 그 표현은 여행이 아니라 '야망, 음모, 매매되는 사랑'과 연관되었다.⁴ 미국의 페미니스트 글로리아 스타이넘 역시 남녀를 그렇게 다르게 대하는 상황을 보며 의문을 제기했다. "사전에서조차 모험가adventurer는 '모험을 즐기거나 찾아 나서는 사람'이라고 정의하지만, 여성 모험가adventuress는 '부와 사회적 지위를 얻기 위해 부도덕한 방법을 사용하는 여자'라고 정의한다."⁵ 이는 여성이 여행과 탐험에 접근하는 어려움에 대해 많은 것을 말해준다. 잭 런던의 소설 『모험』에서 솔로몬제도의 플랜테이션 농장에서 지

---

*   '황금 투구'는 유명한 매춘부 아멜리 엘리의 별칭이고, 리안 드 푸지는 화류계 여성 안마리 샤세뉴의 별칭이다.

내는 삶에 찌든 모험가 데이비드 셸턴은 젊고 대담한 여성 조운 랙랜드를 만났을 때 다음과 같이 말한다. "위험을 무릅쓰는 여자들은 여성 모험가들이었는데, 그것은 전혀 듣기 좋은 말이 아니었소."[6] 작가 스스로도 어릴 적 오클랜드 도서관에서 책을 읽으며 보낸 시간을 이야기하면서 이렇게 썼다. "불량배와 여성 모험가들을 제외하면 그곳의 모든 남녀는 아름다운 생각을 지녔고, 우아하게 표현했으며, 영예로운 활동을 하곤 했다."[7]

　여성 모험가라는 유형 뒤에는 한가롭게 이리저리 거니는 여성 유형이 있다. 미국의 언론인이자 작가 로런 엘킨은 자신이 학생 시절 파리에서 즐겨 했던 이리저리 돌아다니는 행동이 프랑스어로 '소요flânerie'라는 말로 불린다는 사실을 알게 된 과정을 이렇게 전한다. "나는 플라뇌르flâneur였다. 아니, 프랑스어를 배웠으므로 나는 남성 명사를 여성형으로 바꾸었다. 나는 플라뇌즈flâneuse다."[8] 그녀는 '소요하는 사람'을 뜻하는 남성형 명사인 플라뇌르의 여성형을 사전에서 거의 찾아볼 수 없다는 사실을 깨달았다. "『생생한 프랑스어 사전』에 따르면, 믿기지 않게도 플라뇌즈는 '안락의자의 일종'이라고 한다." 엘킨은 계속해서 탐구한 끝에 플라뇌즈를 차별성 없이 남성적인 개념에 포함시키려고 해서는 안 된다는 결론에 이른다. "내가 이 책에서 그리는 초상은 플라뇌즈가 단순히 플라뇌르의 여성형이 아니라, 플라뇌즈라는 자체의 개념으로 인지하고 그로부터 영감을 받을 수 있는 존재임을 보여준다. 플라뇌즈는 밖으로 여행을 떠나고 가서는 안 되는 곳으로 간다. '가정'이나 '소속' 같은 단어가 그간 여성에게 불리하게 사용되었음을 의식하게 한다." 그러면서 엘킨은 소요하는 행위를 여성형으로 부르기 위해 '플라뇌즈리flâneuserie'라는 단어를 사용하자고 제안한다.

모든 여성은 페미니스트?

여행과 페미니즘적 참여가 자동으로 연결되는 것은 아니다. 어떤 여성들은 모험을 해방의 지렛대로 사용하면서도 자신이 가정에 머물러 지내면서 감내했던 가부장적 지배를 반드시 인식하지는 않았다. 불이 나서 일단 그 자리를 피하느라 화재의 원인을 생각할 시간이 없듯 말이다. 그들은 자신에게 강요된 세상의 비좁은 테두리를 밀어낼 줄 알았고, 그것만으로도 이미 대단한 것이다. 모험가였던 거트루드 벨과 메리 킹즐리는 여성 투표권에 반대했다.

하지만 많은 여성이 페미니즘적 참여를 여행과 연결지었다. 1898년 출간된 알렉상드라 다비드넬의 첫 번째 책 『삶을 위하여』는 무정부주의와 페미니즘 선언서다. 그 책은 오늘날 유명해진 다음 문장으로 시작한다. "복종은 죽음이다!" 다비드넬은 마르그리트 뒤랑이 1897년에 창간한 일간지 『라 프롱드』에 기사를 썼는데 그 글들에서 여성의 권리를 주장하며 "모성의 함정", 아버지의 권위와 아동에게 가하는 체벌에 반대했다.[9] 어떤 여성은 여성을 멸시하는 여행 규정에 반발했는데, 가령 마리즈 슈아지는 지금까지도 여성에게 금지된 장소인 그리스 아토스산에 들어가기 위해 젊은 남자 수도사로 가장했다.[10] 또 다른 여성은 여행으로 대단한 기록을 세웠다. 메리 프렌치 셸던은 "여자도 남자만큼 훌륭한 탐험가일 수 있다는 사실을 증명"하려고 1891년 킬리만자로산으로 떠나면서 자신이 하는 도전의 의미가 퇴색되지 않도록 남편이 함께 가지 못하게 했다.[11] 그녀에 앞서 1889년 페미니스트 언론인 넬리 블라이는 『80일간의 세계 일주』에서 필리어스 포그가 세운 80일이라는 가상의 기록을 깰 목적으로 세계 일주를 떠났다. 72일 만에 목표를 달성한 그녀의 여행은 당시 언론에 크게 보도되었다. 『필라델피아 인콰이어러』의 1889년 11월 18일 자 기사에서 도러시 매덕스는 이렇게 단언했다. "예로부터 가치 있는 많은 여성이 스스로 행동할 능력이 없다는 사람들의 생각 때문에 사회 맨 아래층에 머물렀다. (…) 이 세계 일주는 여성의 용기와 힘을 찬양한다. (…) 이는 여성이 건강한 정신을 갖추고 일상의 굴레에서 벗어나기만 하면 가장 뛰어난 남성들과도 겨룰 수 있다는 증거다." 넬리 블라이는 그보다 몇 년 전에 현지 탐방 기사를 쓰기 위해 6개월 동안 멕시코로 떠났다. "편집부에서 여성에게만 맡기는 업무에 갇혀 있는 것"을 더

이상 견디지 못했기 때문이다.[12]

　기록을 세워 능력을 증명하는 수단으로 여행을 살펴본다면, 여성 참정권 운동과 등반 분야가 연결된다. 20세기 초의 미국 여성 패니 불럭 워크맨은 세계에서 가장 위험한 산맥 중 하나로 불리는 카라코람산맥을 등반하면서 '여성에게 투표권을'이라고 적힌 종이를 들고 흔들었다. 그로부터 몇 년 후 애니 펙은 페루 코로푸나산 정상에서 비슷한 행동을 했다. 1970년대 알린 블룸은 '여성의 자리는 정상이다'라는 슬로건이 인쇄된 티셔츠를 판매해 모은 기금으로 안나푸르나 등반대를 조직했다. 1988년에 여성 최초로 에베레스트산 정상에 도달한 리디아 브래디는 "애니 펙 같은 등반가를 자극한 동기 중 하나는 등반을 통해 여성도 삶의 모든 영역에서 남성만큼 강하고 유능하다는 사실을 증명하는 것이었다"[13]라고 평했다.

　반페미니즘 주창자들은 여성 여행자와 모험가들을, 존재하지도 않는 성차별적 지배를 주장하며 "질질 짜는 여자들"보다 훨씬 나은 용감한 여성의 모범으로 내세우곤 했다. 프랑스 잡지 『코죄르』의 한 기자는 여성 모험가 안프랑스 도트빌이 "불평도 없고 아무것도 주장하지 않는다"[14]며 칭송했다. 페미니스트 여행자를 꿈꾸는 모든 여성을 주눅 들게 하는 이런 시도는 여성 모험가를 다른 평범한 여성들과 더욱 멀어지게 만든다.

범접할 수 없는 인물

나는 여행기를 읽을 때마다 여행자가 길가에 앉아 글 몇 쪽을 써내려가는 순간에 매료되었다. 여성 여행자가 자신의 직관에 귀 기울이고 의구심을 끌어안으며 주위 환경을 탐색하고 흡수하는 순간 말이다. 여성 모험가 사라 마르키는 몇 시간 동안 힘겹게 걷다가 차 한 잔을 마시며 보내는 짧고 특별한 순간을 이렇게 묘사했다. "차 한 잔은 나처럼 걷는 사람에게 단순한 차 한 잔 이상이다. 그것은 내가 모든 것을 내려놓는 순간으로, 그때 나는 불꽃을 바라보면서 상처를 가라앉히는 고약 같은 그 따뜻한 액체를 마신다."[15] 바로 그런 공간에서 이야기가 생명력을 얻으며 여성 모험가는 온전히 정상적인 모습이 된다. 우리는 그녀와 함께 느끼며 자신을 투사한다. 한마디로 그녀와 자신을 동일시하는 것이다. "대다수 소녀는 교육을 받을 때 자신이 지닌 고유한 힘과 능력을 믿으면서 자립성을 키우고 중시하라는 격려를 전혀 받지 않는다"[16]라고 언론인이자 작가인 모나 숄레는 지적한다. "젊은 여성은 부부와 가족을 개인의 가장 중요한 성취로 여기도록 강요받을 뿐 아니라, 자신을 나약하고 무능력하다고 여기면서 무슨 대가를 치르든 정서적 안전을 찾으려 하고, 그 결과 그들이 대담한 여성 모험가에게 느끼는 감탄은 현실과 동떨어진 이론으로만 남아 실제 삶에는 아무 영향도 미치지 않게 된다."

여성 모험가는 대체로 눈부시고 동경할 수는 있지만 그대로 따라 하기는 불가능한, 문자 그대로 예외적인 여성으로 보인다. 여행문학 선집에서 여성이 쓴 여행기들을 체계적으로 감추는 것 역시 여성 모험가를 실제로 존재하기에는 너무 특별한 인물로 만드는 데 한몫한다. 선집에서는 여전히 특별해 보이고, 남성과 여성 모두 동일시하기 힘든 알렉상드라 다비드넬이라는 인물이 존재했다는 사실 정도만 언급할 뿐이다. 여성 여행자와 모험가는 그들이 처한 환경, 그들이 활동한 가부장적 사회에서 보기에 매우 뛰어난 인물이었다. 그리고 여전히 그렇다. 사실 그들은 능력이나 가능성 면에서 결코 특별하지 않다. 그럼에도 여성에게 여행할 능력이 없다는 생각은 계속해서 여러 갈래로 뻗어나갔다. 그 예로 영국의 정치인 조지 커즌의 글을 인용하자면, 그는 여성 모험가 이저벨라 버드를 만난 다음 1889년에 이렇게 적었다. "여자들은 성별과 교육으로 인해 탐험에 부적합하게 자란다. 우리는 미국 때문에 세계를 여행하는 직업을 가진 여자들을 친숙하게 접하지만, 사실 그런 여자는 이 세기말의 끔찍한 현상 중 하나다."[17] 이런 말은 요즘 시대에 아주 뒤떨어진 것으로 보인다. 이제는 누구도 그런 말을 하고 여성을 멸시하는 막된 사람이라는 지당한 비난을 피할 수 없다. 하지만 불행히도, 그런 말을 하게 만드는 사고방식은 오늘날까지 매우 생생하게 살아 있다.

대대적으로 조직된 비가시성

이념적이고 남성중심적인 여행 개념은 현실에서 오래 살아남지 못한다. 여성은 오래전부터 여행했고 지금도 여행한다. 그들은 과학자, 전사, 해적, 작가, 고고학자, 지리학자, 정보원, 정치인, 종교인, 언론인, 사진가, 지도 제작자, 또는 그저 단순히 다른 곳을 찾아 나서는 자유로운 여성들이다. 그들은 세계를 연구하고 그림으로 그리고 지도로 제작하고[18] 이야기하는 데 기여했다. 더욱이 인류 역사상 최초의 여행기는 에게리아라는 여성이 썼다고 한다. 그녀는 서기 381년에 시나이산부터 거룩한 땅 예루살렘까지 순례를 떠났고, 여행 중 자신이 본 것을 묘사한 편지들을 썼다.[19] 여성이 최초로 탐험에 나선 것은 1850년경이라고 추정된다.[20] 이전에도 여행하는 여성들이 있었지만, 그들은 단순히 남성의 동반자로 간주되었거나 신분을 숨긴 채 남장을 하고 떠나야 했다. 후자의 여성들이 훗날 알려진 것은 신분이 폭로되었기 때문이다.

식물학자 잔 바레의 경우가 그렇다. 세계 일주를 한 최초의 여성으로 알려진 그녀는 남자 선원으로 가장해 부갱빌이 지휘하는 배에 승선했다. 잔 바레 같은 경우가 얼마나 많았는지는 정확히 알 수 없지만 여행기에는 가끔 그런 이야기가 나온다. 예를 들어 탐험가 헨리 스탠리는 뉴올리언스에 도착해 젊은 청년 한 명과 방을 함께 썼다고 하는데,

그 청년은 사실 여자였다.[21] 유명한 해적 메리 리드는 어느 여관에 머물렀을 때 네덜란드 여자들이 남장을 하고 동인도로 떠나는 배에 탄다는 이야기를 들었다.[22] 그녀는 그 말을 듣고 선원으로 지원해 승선하기로 결심했고, 해적에게 납치된 이후 오늘날 우리가 알고 있는 이력을 쌓기 시작했다.

고전적인 탐험 이야기에서는 여행문학 선집에서 그렇듯 여성의 행적과 글이 완벽하게 무시되었다. 체계적인 무관심은 여성의 여행을 *비가시화*하려는 계획이라고 말할 수 있다. 여성은 기껏해야 창녀나 거짓말쟁이로 소개되었고, 최악의 경우 완전히 잊혔다. 그러나 반대로 여성이 남성만큼 많이 여행했다고 잘못 단언해서도 안 된다. 여성의 이야기를 망각에서 끌어내는 일은 역사적, 지적 측면에서 반드시 필요하지만 이는 문제의 일부만을 해결할 뿐이다. 가부장제는 여성들의 이야기를 보이지 않게 만들어 사후에 작용했을 뿐 아니라, 물질적인 면에서 여성이 여행에 접근하기 힘든 조건들을 조성하며 사전에 작용했다. 여성은 법적으로 자신이 가진 돈을 관리할 수 없었고, 최소한의 교육도 받기 힘들었으며, 출산하도록 강요받았고, 자기 나라의 법률, 또 아버지와 남편, 남자 형제에 의해 자유롭게 왕래하는 일을 완전히 금지당했다. 그러므로 여성 작가-여행자는 규칙을 이중으로 위반한다. 떠남으로써, 그리고 글을 씀으로써.

이런 어려움은 비서구인 여행자에게도 매우 비슷한 방

식으로 일어난다. 여행문학에서는 서구의 관점과 서사 논리가 지배적이다. 다른 민족을 '발견'하는 것은 항상 유럽의 백인이다. 역사적으로 여행문학은 그렇게 지배자의 문학으로서 구축되었다.

　나는 자료를 계속 검색하면서 이제껏 널리 알려지지 않았으나 멋지고 비극적이며 하나같이 놀라운 생애를 산 인물들을 무수히 접했다. 이 책의 목표는 그런 여성 여행자들을 전부 열거한 목록을 제시하는 것이 아니라(그런 일은 불가능할 것이다), 보다 폭넓은 페미니즘적 성찰을 통해 그들의 글을 합리적으로 살펴보는 것이다. 그 모든 여성들은 다른 곳이 존재할 수 있다는 사실을 믿었고, 지금도 많은 여성이 그렇게 믿는다. 모두가 한 치의 양보 없이 자유를 추구하고 성에 연관된 의무에만 갇히기를 거부했다. 그들은 자기 주변뿐 아니라 마음속에도 존재하는 족쇄를 끊어야 했다. 그렇기에 그 여성들은 여행할 자유를 원했고 또 여행하기 위해 자유로워지려 했다. 바로 이 두 가지가 이 책을 여행하는 우리의 로드맵이 될 것이다.

차례

2부. 여행하기 위한 자유

1 부

여행할 자유

오디세우스처럼 근사한 여행을 다녀온 사람을
상대하기란 보통 성가신 일이 아니다. 왜냐고? 재미있고
유려한 입담을 자랑하는 이들도 있지만, 지루한 여행
이야기로 짜증 나고 귀찮게 하는 인간들이 너무나 많기
때문이다. 거짓말을 밥 먹듯 하는 카르타고인들은
코끼리를 타고 떠났던 여행을 터무니없이 부풀려
말하고, 바이킹들은 꿀물이 흘러넘치는 잔을 부딪치며
별빛 아래서 자행했던 강간에 대해 지겹도록
떠들어댄다. (…) 크리스토퍼 콜럼버스와 함께 떠났던
선원들의 아내들이 겪었을 악몽은 두말할 필요도
없다. 평생 똑같은 이야기를 주야장천 들어야 했으니
정말이지 얼마나 괴로웠을까.

—마티아스 드뷔로, 『여행 이야기로 주위 사람들을
짜증 나게 만드는 기술』

1

남성성 제조 공장

모험은 지금도 여전히 남성의 영역으로 간주된다. 여성은 전통적으로 모험에서 배제되고, 대부분 남아용으로 출시되는 '모험가'나 '영웅' 장난감을 보면 알 수 있듯 이런 배제는 어린 시절부터 시작된다. 따라서 역사 속 위대한 여성 여행자들은 당대에 강요된 성차별적 교육에서 벗어날 수 있었던 여성들이다. 민족학자 오데트 뒤 퓌고도는 아들을 원했던 아버지가 기병대 권총을 발사하고 카드놀이를 하고 담배 마는 법을 가르쳐주면서 자신을 남자아이처럼 키웠던 이야기를 전했다. 덕분에 그녀는 또래 여자아이들에게 주어진 것보다 더 큰 활동의 자유를 누렸다.[23]

모험가 하면 햇볕에 시커멓게 탄 피부와 이마에 땀을

줄줄 흘리며 커다란 칼을 들고 지구 반대편에 있는 험한 밀림 속으로 걸어가는, 수염이 덥수룩한 남성적인 싸움꾼의 이미지가 떠오른다. 그 모습은 남자, 진짜 남자, 거침없이 위험에 맞서는 남자를 상징한다. 지나치게 과장된 남성적 모습은 완전히 연출된 것은 아닐지라도 남성성을 드러내는 과시에 가깝다. 남성 모험가들은 실제로 여행하는 것보다 자신이 여행하는 모습을 바라보는 경우가 더 많다. 모험 기록을 보면서 우리는 상상 속의 남성성을 완고히 할 목적으로 벌어지는 속임수를 접하곤 한다. 매년 개최되는 파리-다카르 랠리가 최악의 예시 가운데 하나다. "다카르 랠리가 21세기의 모험을 상징한다는 것은 너무도 흔해 빠진 생각이 되었다. 어리석은 죽음과 개탄스러운 사고, 의욕만 앞선 허세, 유치한 남성우월주의, 멍청하기 짝이 없는 행동을 벌이는 경우가 매년 급속도로 불어나고 있다. (⋯) 자동차 상표 선전을 위한 학예회에 불과한 행사를 벌이느라고 말이다."[24] 작가 브뤼노 레앙드리는 이렇게 한탄했다.

여성과 마찬가지로 남성은 평생 동안 자신의 행동과 취향, 활동에 영향을 미치는 젠더화된 사회적 차별화 과정을 겪는다. 그 결과 남성들은 (의식적이든 아니든) 남성성을 연출하게 된다. 여행과 모험은 이를 위한 훌륭한 수단이다. 그들은 세 가지 전략을 세운다. 그 전략은 바로 증명하기, 배제하기, 거짓말하기다.

| 증명하기 |

신화와 집단적 상상 속에서 여행은 소년을 남성으로 변화시키는 훌륭한 통과의례가 된다. 나일강의 수원을 찾아 나선 선구적 여성 모험가 알렉시너 티너는 자신에게 구애한 남자들 중 하나가 청혼을 하며 어울리지도 않는 레이스 편지지에 이렇게 썼다고 전한다. "사랑의 힘으로 모든 위험과 제약을 정복하겠소."[25] (티너의 일생을 안다면 아주 재미있게 느껴지는) 이 일화는 남성성에 대한 증거로 모험이 지니는 위상과 중요성을 잘 나타낸다.

자신을 증명할 '증거' 내세우기

"남성성이 끊임없이 의심받지 않는다면 남자가 성기를 불끈 세운 채 자신의 남성성을 증명할 필요가 있을까?"[26] 여성 철학자 올리비아 가잘레는 이렇게 묻는다. 프랑스어로 '고환'을 뜻하는 단어 'testicules'은 '증인'을 뜻하는 라틴어 'testis'에서 유래한다. 고환은 남성성의 증거인 것이다. 여기에서 '남성적임을 증명해야 한다는 강박'이 생겨나고 '이를 인증할 외적인 표시'가 중요해진다. 그래서 가잘레는 가부장 체제보다 남성성 체제라는 표현을 선호한다. 남성 지배는 부성에 연관된 지위보다는 남성성 신화에 더 의존하기 때문이다. "남성은 아버지든 그렇지 않든 상관없이 권력을 갖는다."

이 개념을 여행에서 나타나는 남성성에 적용하면 더욱 흥미롭다. 모험가는 구속받지 않는 자유로운 사람이다. 자녀가 없거나, 자신이 없는 동안 가정을 책임지고 후손을 이을 아내가 있다. 그래서 남성들은 아버지로서 지니는 의무에서 벗어나 자유롭게 세상을 탐험할 수 있다. 그는 어디에도 얽매이지 않은 채 위험을 무릅쓰고, 항구에 잠시 정박하는 틈을 타 사창가에 들르며, 자신이 보고 느끼는 대로 세상을 이야기한다. 남성 지배를 확고하게 만드는 것은 바로 이 모든 것이다. 모든 것이 그가 *진정한 남자*임을 증명한다. 또 그를 *진정한 남자*로 만든다.

독립성이 상징하는 '남성적 명예'

여행자의 정서적·도덕적·물질적 독립성은 매우 중요하다. 그는 독립성으로 남들과 구별된다. 혹은 구별된다고 생각한다. 비트 제너레이션에 속한 여성이자 한때 잭 케루악의 동반자였던 조이스 존슨은 케루악이 캘리포니아주의 도시 버클리에서 "마당에 꽃이 만발한 소관목이 있는 예쁜 목조주택의 풀밭에 누워 하이쿠를 쓰면서"[27] 은둔 생활을 할 계획을 들려줬던 날에 대해 이렇게 이야기했다. "그 집에 나를 위한 자리는 없었다. (…) 은둔이라고는 했지만, 거기에는 그의 어머니가 함께 살면서 설거지를 해주고 아들이 사준 수상기로 좋아하는 텔레비전 게임쇼를 보면서 레드와 인을 마시는 일이 포함되어 있었기 때문이다." 독립성을 바라보는 정말 기이한 관점이다. 뜻밖에도 케루악은 존슨에게 "너는 착한 남편을 하나 얻어야 할 거야"라고 말했다. 케루악은 이런 식으로 존슨과 계속 거리를 두면서 자신들의 관계를 확실히 정하지 않은 채 가끔씩 그녀와 함께할 뿐이었다. 그는 대체로 존슨에게 무언가를 원할 때 (가령 그녀가 사는 뉴욕에서 잠시 머물 곳이 필요할 때) 편지를 쓰며, 자신의 이기주의를 독립성이라고 포장하는 뛰어난 기술을 가졌다. 또 케루악은 함께 여행하고 싶다는 존슨의 말을 부정했다. "그 이야기를 꺼낼 때마다 그는 내가 진짜로 원하는 것은 자녀라는 말로 내 말을 끊었다. 모든 여자가 자녀를 원하고, 비록 말로 하지 않았더라도 내가 바라는 것은 자녀였다. 위대한 작가가 되려는 욕망보다 더욱 강한, 생명을 전수하려는 욕망을 내가 키우고 있었다는 것이다."

남성 여행자는 구속받지 않는다는 점에서 여성 여행자보다 우월한 모험가로서의 정당성을 지닌다. 시몬 드 보부아르가 설명했듯 "[남자는] 독립성과 자유를 성취함으로써 사회적 가치와 동시에 남성적 영예를 얻는다."[28] 한편 여성은 자신의 사회적 가치를 수동성과 기다림에서 얻는데 이 두 가지 태도는 여행하고 모험하는 삶과는 양립 불가능하다. 그는 오디세우스고, 그녀는 페넬로페다. 남성에게 정해진 표준은 자유인 반면 여성에게 정해진 표준은 복종이고, 그래서 여성이 여행할 자유를 얻기 위해 치러야 하는 사회적 대가가 훨씬 더 크다.[29] 남성들은 여행하며 얻는 독립성으로 자신이 남자라는 사실을 증명한다. 여성의 경우는 그렇지 않다. 여성은 여행을 떠나 자유로워질수록 사회가 정해놓은 규칙에서 멀어진다. 여성들이 미지의 공간으로 뛰어드는 일은 더욱 힘들어진다.

이렇게 남성 여행자들이 경쟁하듯 내보이는 독립성과 이기주의 때문에 카렌 블릭센은 고통받았다. 그녀는 남편과 함께 커피 농장을 경영하려고 케냐에 정착했는데, 남편은 여러 번 바람을 피우다 매독까지 옮기고 나서 그녀를 홀로 남기고 떠났다. 그녀는 영국인 식민지 개척자들을 관찰하고 어머니에게 보낸 편지에 이렇게 적었다. "영국인들과 이야기를 나누면 놀라워요. 그들은 마치 이 세상에서 아무도 잃어버릴 걱정이 없는 것 같고, 아무도 사랑하지 않는 것 같아요. (자신이 기르는 개만 빼면) 자기 어머니도, 애인도, 자식들도 말이죠."[30] 홀로 농장을 관리하게 된 그녀는 모험가인 데니스 핀치 해턴을 만나 열렬한 사랑을 나누고 그 이야기를 『아웃 오브 아프리카』에 썼다. 하지만 데니스도 예외는 아니라서 바람둥이에 이기적이었고 그녀 곁에 없을 때가 많았으며, 자기 자신만 빼면 아무도 사랑하지 않는 것처럼 보였다. 그가 런던으로 여행을 떠나 있을 때 카렌은 임신 사실을 알게 된다. 데니스에게 그 사실을 알리자 그는 낙태를 요구하는 전보를 보낸다. 실제로 가장 자유로웠던 사람은 카렌이 아니었을까 싶다. "나는 나의 자유를 내가 지닌 모든 것 위에 둔다. (…) 나는 안정적인 관계를 맺지 못하는 대가로 자유를 얻었다." 남성 여행자들은 자신만의 독립성을 내세우곤 하지만, 카렌의 예를 보면 남자들이 치러야 하는 대가는 여자가 치러야 하는 것에 비해 보잘것없다는 사실을 알 수 있다.

계속 더 멀리

남성 모험담의 또 다른 반복적인 특징은 위험을 무시한 채 쓸데없이 위태로운 행동을 많이 한다는 것이다. 즉흥적인 행동, 돈과 명예를 위한 경쟁, 현지인들이 수 세기에 걸쳐 마련한 생존법 무시 등 그런 예는 무수히 많다. 『모험의 실패작들』의 저자 브뤼노 레앙드리는 그 때문에 자신의 책에 여성을 (거의) 한 명도 넣을 수 없었다고 설명한다. "여자들도 엄청난 위험을 감수하고 산에서, 비행기에서, 낯선 지역에서 낭패를 겪지만 남자들에 비하면 그 수가 [아주] 적다."[31] 떠나려는 여성들을 말릴 때 가장 많이 드는 이유 중 하나가 여행이 여성에게 더 위험하다는 점이라는 사실을 떠올리면 자연스레 의문이 든다. 여성은 위험을 많이 감수할수록 제정신이 아니라고 평가되지만, 남성은 그럴수록 남자답고 영웅적이라는 명성을 얻는다. 위험과 위험에서 오는 두려움을 무시하는 것은 모험을 남성우월주의적 시선으로 바라보는 문화에서 두드러진다.

어떤 남성들은 자신의 영광을 추구하느라 다른 사람들을 위험에 빠뜨리기도 한다. 빌햐울뮈르 스테파운손의 경우가 그랬는데, 그는 자신의 탐사대 구성원들이 살아 돌아오지 못하게 하는 것으로 유명했다. 1921년 그는 경험이 없는 네 명의 청년을 고용해 얼어붙은 북극해 한복판의 브랑겔섬에서 생존하는 임무를 맡겼다. 당시 모든 사람이 그런 탐사가 무의미하다는 사실에 동의했다. 훈련도 받지 않은 채 부족한 식량을 가지고 떠난 네 남자는 끝없는 악몽 같은 상황 끝에 결국 한 명도 살아서 돌아오지 못했다. 2년이 지나서야 그들의 야영지에 배 한 척이 도착했는데, 재봉사로 고용된 이누이트 여성 아다 블랙잭만이 유일한 생존자로 발견되었다. 괴짜 야심가였던 스테파운손은 당대를 풍미하겠다는 생각에 사로잡혀 있었다. 그는 이전의 탐험에서 열한 명을 죽게 만들어 이미 동료들의 비난을 받는 중이었는데도, '호의적인 북극' 이론을 신봉했다. 스테파운손은 영국이 북극에서 점유권을 되찾기를 바라며 나아가 북극이 다른 곳과 별다를 바 없는 장소임을 증명하려 했다. "그것이 그가 전하려는 메시지, 그가 하는 일의 주춧돌이었다"[32]라고 언론인이자 작가인 제니퍼 나이번은 설명한다. "그가 묘사하는 북극은 살기 좋은 곳이었다. 제대로 된 상식만 지니면 그곳에서 '하와이만큼 잘' 지낼 수 있다고 그는 즐겨 말하곤 했다." 스테파운손은 네 청년과 함께 떠나지 않았다. 자신도 나중에 북극으로 가겠다는 암시를 하긴 했지만 실제로 그곳에 갈 생각은 전혀 없었다. 그가 영웅이자 탐험가로서 강연과 집필 작업을 활발히 하는 동안, 그가 보낸 청년들은 살아남으려 애쓰다 끔찍한 고통 속에서 죽어갔다.

여자와 아이들 먼저… 하지만 남자들 바로 다음에

18세기와 19세기에 난파를 다룬 이야기는 매우 대중적인 장르였다. "그 글들을 배포하는 일은 단순한 정보 전달이나 기분 전환을 위한 것이 아니라 남자들의 용기, 여자들의 헌신과 미덕의 가치를 고양하기 위한 정치적 목적을 가졌다"[33]라고 역사학자 마리에브 스테뉘는 강조한다. 대중적인 난파 이미지에서 여성은 거의 찾아보기 힘들다. 예를 들어 제리코의 유명한 회화 작품 「메두사호의 뗏목」에는 여성이 한 명도 보이지 않는다. 하지만 그 배에는 생존자 중 한 명인 샤를로트아델라이드 다르처럼 식당에서 일했거나 승객이었던 여성들이 분명히 타고 있었다.

프랑스인 파니 로비오처럼 바다에서 조난을 당하거나 포로로 붙들렸던 다른 여성들의 이야기도 있다. 로비오는 금을 찾아 미국 캘리포니아에 정착했다가, 사업을 위해

1854년 홍콩과 중국 광저우로 떠났다. 캘리포니아로 돌아오던 중 그녀가 탄 배가 중국 해적에게 공격받아 며칠 동안 쥐와 거미가 득실대는 선창에 갇혀 있다가 영국 선원들에게 구조되었다.[34] 조난을 당한 후 모국어를 잊어버릴 정도로 오랜 시간이 지나 구조된 유럽 여성들의 놀라운 이야기도 18세기와 19세기 내내 전해졌음을 잊어서는 안 된다. 80세에 이르는 한 여성은 줄루족과 함께 살다가 영국 상인에게 발견되었는데, 그녀가 1782년 난파된 그로브너호의 생존자인 프랜시스 호지어일 가능성이 매우 높다. 난파 당시 그녀의 나이는 겨우 두 살이었다.[35] 카프라리아 사람들과 함께 살다가 우연히 발견된 60세 여성 베시 그쿠마도 마찬가지다. 그녀는 두 명의 백인 여성과 함께 있었는데 그들은 모두 "아프리카식으로 머리를 땋고, 벌거벗은 온몸에 붉은 흙을 칠하고" 있었으며 "자유롭게 움직였고" "그들이 처한 환경에 완벽하게 동화되어 있었다".[36] 그들은 통역사의 도움을 받아, 어릴 적 난파를 당했고 현지 주민에게 구조되어 그곳에 도착했다고 설명했다. 그들은 발견됐을 당시 어떤 실종자의 인상착의에도 들어맞지 않았다. 그렇게 조난을 당했다가 고향에 돌아오지 못한 여성들이 몇 명이나 있었을까?

하지만 난파 사고가 일어나면 영웅적인 행위는 흔히 남성형으로 표현된다. "여자와 아이들 먼저!"라는 구조 원칙이 꾸준히 전해지는 것을 봐도 그렇다. 사실 그런 명령은

1852년에야 처음 내려졌고 1912년 타이태닉호가 난파되었을 때 (강제적으로) 지켜지면서 널리 알려졌다.[37] 대부분의 경우 완력과 적자생존 법칙이 앞서서 여성들이 살아남을 가능성이 적어지고, "아이들을 책임지는 사람이 보통 여성(어머니, 보모, 가정부 등)이므로 아이들은 여성이 도피하는 데 추가적인 악조건이 된다".[38] 거기에 옷차림도 어려움을 더한다. "남자가 단숨에 재킷과 코트를 벗어 던지고 물에 뛰어들 수 있었던 반면에, 겁에 질린 인파가 우르르 오가는 가운데 한창 기울어지는 갑판 위에서 여자가 코르셋 끈을 풀고 몇 겹의 속치마를 벗어 던지기란 더욱 힘들었다"[39]라고 스테뉘는 지적한다. 이타적인 남성이 여성들의 목숨을 구하기 위해 기꺼이 희생한다는 전설은 현실과 거리가 멀지만, 그들이 기사도를 지닌 영웅으로 빛날 수 있게 해준다.

남성성의 제국

식민지 개발은 모험과 남성성의 관계에 관심을 둘 때 살펴봐야 할 교과서적인 사례다. 『정글 북』을 쓴 러디어드 키플링은 이를 완벽하게 대표하는 인물로 시 「너는 남자가 될 거야, 아들아」에서 남자다움을 예찬했고, 「백인의 짐」에서는 식민지화를 옹호했다. 여성 모험가 메리 킹즐리는 키플링을 만났을 때 이렇게 말했다고 한다. "정작 높이 평가해야 할 것은 흑인이 감내해야 하는 짐이다. 그 가련한 아프리카 사람은 무수한 멍청이를 만나고 그들의 모든 기벽을 감당해야 하는데, 흑인에게나 백인에게나 그런 일은 아무 가치가 없기 때문이다."[40]

식민지 사회 덕분에 남성들은 남성이 주도하는 여성혐오 사회에서 자신의 남자다움을 공공연히 과시할 수 있게 됐다. 그들은 장화를 신고 군인 배지를 달고 식민지 개척자의 모자를 쓴 채 으스대고 다니며 사람들을 노예로 만들거나 강간했다. 한마디로 식민지는 지배의 온갖 형태를 학습하는 장이었다. "식민지를 개척한 유럽인은 남성성과 남자다움의 지배적 규범을 닳도록 써먹고 남용했다. 그럼으로써 여성 또는 여성적이라고 간주되는 정체성을 지닌 사람이 처한 조건을 멸시하는 사고를 널리 퍼뜨렸다"[41]라고 역사학자 로맹 베르트랑은 지적한다. 식민지 사회의 과도한 남성화는 부모 역할이나 명예에 대한 현지 사회의 규범이 지닌 위상을 떨어뜨렸고, 이는 식민화된 민족들과의 관계에 상당한 영향을 미쳤다.

정복자가 쓴 글에서 피식민 국가는 여성화되는 것처럼 보인다. 피식민 국가는 "비옥"하며 "자신을 스스로 내어주는" 땅으로 묘사되고, 식민지 시대 문학은 자신을 기꺼이 바치고 정복자의 남성성에 순종하는 여성적 영토에 대한 환상에 빠져든다. 그런 담론이 식민 지배를 더 쉽게 정당화했다.[42] 『여행 이야기로 주위 사람들을 짜증 나게 만드는 기술』에서 마티아스 드뷔로는 여행기를 쓸 때 도움이 될 만한 웃음을 자아내는 조언을 전하며, 그런 식의 여성혐오적 은유를 동원하는 사람들을 비웃는다. "여행지를 애인처럼 의인화하라. 어떤 도시를 마치 애인으로 삼고 싶은 이를 소개하듯 소개하라. '매혹적이고 아름다운 도시', '물과 보석으로 빚은 오페라의 디바', '천의 얼굴을 가진 이 유혹의 도시에는 마법 같은 매력이 절대 마르지 않는다'."[43] 이것은 과장된 조언이 아니다. 여성 역사학자 이본 크니비엘레와 레진 구탈리에는 이 같은 묘사를 동원한 인물의 예로 작가 장 아잘베르를 든다. 그는 라오스에 대해 "강과 그 지류의 팔에 안긴 관능적인 여인처럼 황홀해하며, 뜨거운 산맥들 곁에서 쾌감으로 몽롱하다"[44]라고 묘사했다. 여성과 식민지 민족의 위신을 모두 떨어뜨리는 이런 방식은 모험으로 남성성을 구축하기 위한 두 번째 전략의 일환이다.

| 배 제 하 기 |

나는 처음 비트 제너레이션의 글을 읽었을 때 큰 충격을 받았다. 그들이 여성을 취급하는 방식은 모욕적이었다. 케루악의 글에서 여성들은 이름이 아닌 "아름답고 영악한 작은 암평아리"나 "선정적인 한 조각", "바지 입은 상냥한 멕시코

소녀", "키 180센티의 붉은 머리", "아름다운 이탈리아 계집"으로 불린다.[45] 모멸감은 금세 더 잔인한 다른 감정, 바로 내가 배제된다는 인식과 뒤섞였다. 어느 시대에 어떤 사람들이 여행을 주제로 한 철학적·정치적 계획을 세웠는지가 나에게는 상당히 중요했는데, 나는 그 계획에서 환영받는 존재가 아니었다. 오늘날 많은 여행자의 책과 마찬가지로 나는 그 작가들 또는 그들의 책에 나를 동일시할 수 없었다. 그들이 권장한 자유는 분명 모든 사람을 위한 것이 아니었다. 그들은 자유로워지기보다는 우월한 계급으로서 남성적 특권을 얻으려 했던 것이 틀림없다.

남녀가 섞이지 않는 여행

"예술가에게 가장 이로운 사회조직은 남자들로 구성된 집단이다." 이 말을 한 사람은 비트 제너레이션에 속했던 존 클레런 홈스다. 그들의 태도를 더없이 분명하게 표현한 말이다. 1950년대 비트 운동은 역사상 전례 없는 자유화를 추구하면서, 이동하는 삶을 통해 다른 곳으로 떠남으로써 개인을 해방하는 데 기반을 두었다. 하지만 실제로는 여행과 자유보다 작가들끼리의 남성문화, 지저분한 도박장 한구석에서 즐기는 카드놀이, 여성을 멸시하는 태도, 동성애 혐오가 더 지배적이었다. 엘리스 카우언과 조이스 존슨, 조앤 카이거 같은 비트 제너레이션의 여성들은 그런 남성 탈의실 분위기를 비판했다. "비트 운동이 계속된 5년 동안 많은 청년들이 잭 케루악을 흉내 내고 여행을 떠난 반면, 젊은 여성들은 자신이 자유를 추구하는 일이 훨씬 더 복잡하다는 사실을 깨달았다. 그럼에도 불구하고 그것은 나의 혁명이었다"[46]라고 조이스 존슨은 썼다.

남성성의 지배적 모델은 여성성 모델과 대립해 구축된다. 진정한 남성의 정의는 여성이 아닌 것이다. 그래서 남성들은 여성적인 모든 것의 가치를 비하하고, 여성이 자신들과 함께하는 일을 막고, 여성을 여분의 사람으로 간주해야 한다. 예를 들면 작가 피에르 마크 오를랑은 모험소설에서 여성은 항상 조연을 맡으며 어떤 '분위기'로만 남아야 한다고 설명했다. "여자는 (…) 템스강가에서 뱃사람들이 드나드는 작은 술집의 천장에 매달린 말린 날치 한 마리가 차지하는 비중을 차지해야 한다."[47] 이런 식의 이해하기 어려운 재치에서 여성 여행자들을 비인간화하고 배제하는 태도가 분명히 드러난다.

남자만 바다로 떠나지 않는다

여행과 탐험의 역사에서 여성을 '페르소나 논 그라타'*로 취급한 것은 단연코 뱃사람들의 세계다. "전 세계 대부분

---

* persona non grata. 외교 용어로 '기피 인물'을 뜻한다.

지역에서 선원이라는 직업은 항상 남자 차지였고, 그 방식이 너무도 배타적이어서 선원들은 여자가 배에 오르는 것마저도 끔찍하게 여겼다"[48]라고 인류학자 알랭 테스타르는 상기시킨다. 뱃사람들은 여성이 배에 오르지 못하게 하려고 미신까지 만들었다. 토끼나 사제와 마찬가지로 여성이 배에 타면 불운이 닥친다는 것이다. 그런 금기 때문에 18세기 식물학자이자 여행자인 잔 바레는 부갱빌이 이끄는 탐험대에 합류하려고 남장을 했고, 그 사실을 부갱빌에게도 숨겼다. 잔 바레는 장 바레로 이름을 바꾸고 머리를 짧게 자르고 가슴을 붕대로 감았다. 그녀는 낮에는 필리베르 코메르송의 하인으로 일하고 밤에는 자신의 선실에서 은밀히 식물학 연구를 했다.

어떤 여성들은 남성 지배적 세계에서 살아남기 위해 가부장제 규범을 따르기를 택했다. 19세기에 부하 8만 명을 이끌며 중국해에서 맹위를 떨친 해적 정일수鄭一嫂가 그랬다. 그녀는 선원의 아내가 아닌 여성이 자신의 선박에 오르는 것을 엄격하게 금지했다. "정씨 부인은 (…) 가부장제 권력의 일부를 힘으로 정복했기에 영예롭고 부유하게 삶을 마칠 수 있었다"[49]라고 프랑수아즈 도본은 애석해했다. 어느 날, 정일수와 부하들은 중국의 한 마을을 공격해 250명의 여성들(그리고 아이들)을 포로로 잡았다. 부유한 가정의 포로들은 조상 대대로 내려온 전족 풍습 때문에 발이 꽁꽁

묶여 도망칠 수 없었다.[50]

프랑스에서는 2002년에야 여성의 해군 입영 금지가 해제됐지만, 여성들은 2014년까지도 잠수함에 오르지 못했다. 바다에 여성이 드물다는 사실은 금기에 용감히 맞서는 여성들에게 상당한 어려움을 준다. "이 문제를 다룬 최근 연구에 따르면, 그 직업에 뛰어드는 여자들은 냉소와 성적 괴롭힘에 직면해야 한다"[51]라고 테스타르는 지적한다. 현재 전 세계로 출항하는 선박 8만 7,000대에 오르는 125만 명의 선원 중 여성은 1~2퍼센트에 불과하다. 해양학자이자 사진가인 아니타 콩티는 1939년 군함에 오른 최초의 프랑스 여성이다. 전쟁 중이던 당시, 그녀는 북해에서 하는 기뢰 탐사에 자신의 과학 지식을 활용하고 싶어 했는데, 이를 위해 특별 허가를 얻어야 했다. 아니타 콩티는 일생을 바다에 바치며 환경보호와 해양자원 탐사에 공헌했다. 그녀는 여러 책에서 험한 바다에서 생활하는 일의 혹독함과 고된 노동, 뱃사람들과 함께 지낸 삶에 대해 이야기했다. "나는 아무 생각도 하지 않고 콧구멍을 활짝 연 채 바닷바람을 가득 들이쉬고 가벼운 몸으로 바람을 맞으며 남들처럼 산다. (…) 배와 뱃사람들, 자유로운 바다 위에서 몇 달 동안 홀로 끈덕지게 나를 갉아먹는 주체할 수 없는 정복의 열정을 마음속에 지니고."[52] 아니타 콩티는 사람들의 무관심 속에서 사회복지 혜택도 받지 못한 채 1997년 사망했다. 바다에서 평생 일한 여자라는 신분이 행정상의 어떤 분류에도 들어 맞지 않았기 때문이다.

선술집 신화

여행에서 여성이 배제되는 문제를 다루면서 남성문화를 가장 잘 나타내는 장소들을 언급하지 않을 수 없다. 각국의 여행길 여기저기에 있는 누추한 선술집, 항구마다 들어선 도박장, 중앙아시아의 남성 전용 카라반, 홀로 여행하는 여성들에게는 금지된 호텔, 황금을 찾는 사람들이 드나들던 미국 서부의 술집 같은 곳 말이다. 다르게 말하면, 남성이 동지애를 키우고 사회화하던 장소들, 매춘을 하지 않는 한 여성은 배제되고 술이 중심을 차지했던 명소들이다.

여행자이자 작가인 피에르 로티는 튀르키예 노인의 하렘에 갇혀 지내던 젊은 여성 아지야데와 나눈 사랑 이야기를 전하며 친구와 술집을 전전했던 경험을 말했다. "나는 사뮈엘과 저녁나절을 보내곤 했다. (…) 밤이면 지하 술집에서 유향과 라키*에 완전히 취할 때까지 머물러 있으면서 그 방랑자와 함께 이상한 것들, 이상한 매춘 광경을 보았다."[53] 여성 모험가 이저벨라 버드는 그런 장소들을 여성의 관점에서 묘사했다. 그녀는 당시 아직 미국의 주가 아니

---

*   튀르키예 전통주.

었던 콜로라도에 기차로 도착해 "서부의 어느 허름한 호텔" 앞에 내린 일을 이야기했다. "그곳은 야외 술집처럼 되어 있었고, 술 마시고 담배 피우는 남자들로 가득했다. 호텔과 기차 사이에 있는 공간에 많은 방랑자와 행인이 분주히 돌아다녔다."[54] 호텔의 한 직원이 당황해하며 그녀에게 다가와 방을 구해주고 싶지만 모든 방이 (그의 말로는) 다 찼다고 했다. "그 많은 사람이 전부 남자였다." 그와 비슷한 시기에 간호사이자 약초 채집가인 메리 제인 시콜은 현재 미국 뉴멕시코주의 도시인 라스크루시스의 어느 호텔에 머물렀는데, 그녀는 남성 모험가와 방랑자들 사이에서 유일한 흑인 여성이었다. "밤이 다가오고 술 취한 남자와 노예제 옹호자 사이에서 험한 꼴을 당할까 두려웠던 메리는 마침내 행동에 나서기로 결심했다"[55]라고 전기 작가 크리스텔 무샤르는 전한다. 그녀는 구체적인 전략을 짜서 실행했다. "메리는 탁자 하나에 낡은 방수포를 못 박아 닫집을 만들고, 여행에 지친 몸으로 그 밑에 들어갔다." 페미니스트 플로라 트리스탕은 폭력적인 알코올중독자 남편(그는 여행에서 돌아온 아내의 가슴에 총을 쐈다)에게서 도망쳐 여행을 떠났는데, 호텔 측이 혼자 여행하는 여성은 매춘을 한다고 비난하며 숙박을 거부하는 것에 한탄했다. 1835년 플로라는 「외국인 여성을 환대해야 할 필요성」이라는 제목의 짧은 글을 발표했다. 그 글에서 그녀는 여행하는 여성들을 돕는 일종의 여성주의 대사관인 '외국인 여성을 위한 협회'를 창설해야 한다고 주장하면서 그곳에 신문을 읽을 수 있는 도서관이 함께 마련돼야 한다고 했다.

　여행과 탐험의 역사에서 술은 중요한 역할을 담당했다. 술은 뱃사람들이 고향에서 멀리 떨어진 곳에서 밤을 맞거나 향수가 심해질 때 조금이나마 휴식을 취하며 몇 달을 버틸 수 있게 했다. 그래서 식민지 개척자와 탐험가들은 아메리카 대륙과 다른 땅으로 엄청난 양의 술을 가져갔고, 그 술은 선원들에게 제공되거나 현지에서 (가령 여성을 대가로) 교환되어 주민들 사이에 엄청난 사회·보건 재앙을 불러일으켰다. 골드러시가 일던 시절 탐험가들은 심지어 알래스카의 놈 같은 극지에도 술집을 차렸다. 여행자 테테미셸 크포마시는 1960년대에 그린란드를 여행하고 주민들이 아침부터 저녁까지 술을 마시며 알코올에 심하게 의존하는 사회를 묘사했다. "우리가 마주치는 사람 대부분은 술에 취해 있거나, 투보그와 칼스버그 맥주가 든 커다란 상자를 허리춤에 차고 슈퍼마켓에서 돌아오는 길이다."[56] 마시는 장소와 마찬가지로 술은 그 자체로 남성 사회화에 큰 역할을 한다. 하지만 술을 그냥 마시는 것만으로는 충분하지 않고, 남자답게 마시는 것이 중요하다. 가부장적인 이상에서 가정은 미덕과 온순함을 상징하는 여성이 그 안의 도덕성을 확보하며 지키는 공간인 반면, 외부 공간은 주로 남성이 드나드는 사회적 공간이 된다.[57] 오디세우스가 가정에서 멀어져 술에 취하는 동안 페넬로페는 그를 기다린다.

배제되는 다른 남성성들

여성 여행자를 배제하는 것은 오직 자신의 남자다움을 증명하기 위함이다. 올리비아 가잘레의 연구 내용을 빌리면, 남성성 콤플렉스는 주로 "[남성이] 가진 힘으로 끊임없이 자신의 용기와 정력을, 자신이 진정한 남자임을, 즉 여자도 동성애자도 아님을 증명하고 확인하게 하는 지속적인 위협감과 취약성으로 정의"[58]된다. 남성들 사이에도 지배구조가 존재하는 것이다. 호주의 사회학자 래윈 코넬이 1990년대에 행한 연구에 따르면, 남성성은 주어진 사회와 시대의 지배적 모델에 해당하는 (이른바 진짜 남자인) 헤게모니적 남성성과 그에 부합하지는 않지만 영향력을 높이는 데 기여하는 공모적 남성성, 주변화된 남성성, 종속적 남성성으로 구분된다.[59]

주변화된 남성성은 민족, 사회 또는 장애에 근거한 기준에 따라 지배적 모델에서 배제된다. "규범 모델은 남성을 여성과, 남성적인 남성을 여성적인 남성과 대립시킬 뿐 아니라, 사회학적이거나 인종적, 종교적인 관점에서 주인을 노예 또는 '하급 인간'과 대립시킨다. 어떤 사람들이 우월하려면 반드시 다른 누군가가 열등해야 하기 때문이다"[60]라고 가잘레는 설명한다. 이와 마찬가지로 정복자들은 자신들이 원주민이라고 부른 사람들이 "괴물 같은 성기"를 지녔고 온갖 종류의 성적인 변태 행동을 보인다고 주장했다. 여행문학에서 작가가 자신이 다녀온 나라의 주민 또는 데리고 다니는 하인/노예를 묘사하고 다루는 방식은 그곳에서 발생하는 힘의 관계를 이해하는 데 결정적이다. 히말라야산맥에서 길을 안내하고 짐을 나르기 위해 서구인들에게 고용된 산악지대 종족 셰르파는 계급 혐오와 인종적 편견이 조합된 대표적인 사례다. 그 극한의 노동자들은 오랫동안 서구인에게 그저 토속적인 흥밋거리 또는 값싼 인력으로 여겨졌다.[61] 예를 들어 1953년에 에베레스트산을 오른 영국 탐험대 대장 존 헌트는 이렇게 썼다. "다르질링에서 온 셰르파 가운데 몇 명은 사람들이 칭찬할 만큼 특색 있었다. 셰르파들은 무리 지어 살기는 해도 옷차림에서 분명한 개성을 드러낸다."[62]

장애의 측면에서 보면, 시각장애인 장피에르 브루요는 장애가 있음에도 여러 나라로 여행을 떠났고 "[자신의] 지팡이 끝으로"[63] 모험을 좇았다. 처음으로 혼자 떠난 튀르키예 기차 여행에서 그는 철도 회사의 안내를 듣고 하차 장소와 환승역을 알아낸다. 열여덟 살에는 파리의 포르트 도를레앙에서 지나가는 자동차를 얻어 타고 카트만두로 향한다. 조제프 케셀의 애독자로서 소설 『기수들』에 큰 감명을 받은 그는 스무 살에 친구와 함께 아프가니스탄으로 떠난다. 친구는 그에게 2001년 탈레반이 파괴한 바미안 절벽의 거대한 석불들을 묘사한다. 장피에르 브루요는 자신이 즐겨 말하듯 인생의 각 시기마다 "눈을 꽉 감고 콧구멍을 활짝 연 채" 끊임없이 세상을 누비고 다녔다.

래윈 코넬의 분류에 따른 종속적 남성성은 전형에 반하는, 즉 지나치게 여성적이거나 남자다움을 잃었다고 간주되는 이들에 해당한다. 여행문학은 작가가 길에서 마주친 여성들에게 매혹되는 상황을 묘사하는 엄청난 분량에서 드러나듯 강한 이성애 규범성을 띤다. 가끔은 그 정도가 지나쳐서 여행 이야기를 하려는 것인지, 자신이 동성애자나 성불구자가 아니라고 증명하려는 것인지 의심스러울 정도다. 잭 케루악은 샌프란시스코에 있을 때 이렇게 적었다. "호모들이 엄청나게 많다. 나는 샌프란시스코에 갈 때 몇 번이나 총을 가지고 갔고, 수상쩍은 바에서 호모가 내게 다가오면 총을 꺼내며 '자, 어때? 어떻게 생각해?'라고 말했다. 그러면 그는 줄행랑쳤다."[64] 조이스 존슨은 모로코의 탕헤르에 있던 케루악과 주고받은 편지 내용을 공개했다. "그는 자신이 [미국으로 돌아올] 순간을 기다린다는 사실을 인정했다. 그가 만난 여자 중 영어를 할 줄 아는 사람이 한 명도 없고, 창녀들에겐 이제 질렸다며 이렇게 말했다. '슬프기 짝이 없는 국제 게이 소굴인 이곳에는 호모가 대부분이다.'"[65] 모험소설을 쓰기 위한, 읽기도 괴로운 도움말을 작성한 피에르 마크 오를랑 역시 작가 지망생들에게 "모험가를 동성애자로 설정하지 말라"[66]라고 조언한다. 자신이 동성애자 또는 양성애자라고 공공연히 밝힌 남성 여행자는 과거에도, 지금도 거의 없다. 바이런이나 윌리엄 S. 버로스, 토비아스 슈니바움이 대표적인 인물이지만 브루스 채트윈을 비롯한 다른 이들은 평생 그 사실을 밝히지 않았다.

여성이 우선적으로 배제되긴 했지만, 이 모든 내용을 보면 여성뿐 아니라 권위적이고 유독한 남성성의 전형에 부합하지 않는 남성들 역시 여행에서 배제되었음을 알 수 있다. 실제로 고전적인 모험 개념에서는 공격적이고 폭력적인 태도, 그리고 술과 무기, (오로지 남자와 여자 사이에서 이루어지는) 성애를 대하는 불건전한 방식이 높이 평가되는 경향이 있다. 진정한 여행자의 모습을 구현할 자격이 있는 사람들과 그 가능성의 범위는 매우 제한되어 있고 모험을 바라보는 이런 관점은 차별적일 뿐 아니라 현실과도 멀어진다. 남성 여행자들은 지어낸 이야기 뒤에 숨어 진실을 위장할 수밖에 없게 된다.

| 거 짓 말 하 기 |

남성이 결코 경험한 적 없는 모험을 이야기하는 동안, 여성은 결코 이야기하지 못할 모험을 경험한다. 연애사나 육체관계를 두고 하는 이 격언을 여행에도 적용할 수 있을 것이다. 여행기는 작가의 삶의 한 시기를 되짚으며 일인칭으로 서술된다는 점에서 다큐멘터리 기록물과 구분된다. 그러므로 여행기는 개인적이고 내밀하며, 한마디로 주관적인 이야기다. 주관성이 여행기의 중요한 특징이라면, 그것이 이념적이고 역사적인 조작을 은폐하는 데 사용될 때 문제는 더욱 심각해진다.

허풍과 미화

약간의 각색은 여행기가 원래 가진 특성이다. "휴가나 출장에서 돌아와 부끄러움이나 허영심 때문에 자기가 한 여행의 일부분을 과장하고, 다른 측면에는 침묵하고, 말하지 않은 중요한 내용을 감추려고 심지어 없는 사실을 꾸며내어 주위 사람들을 속이지 않는 사람이 어디 있는가?"[67]라고 장디디에 위르뱅은 짓궂게 말한다. 모든 여행기는 미화되고, 시적으로 표현되고, 각기 다른 방식으로 윤색된다. 여행은 지구본에 손가락을 짚으며 자신이 갈 길을 미리 꿈꾸는 일이기도 하므로 온갖 환상이 존재하는 것은 당연하다.

중앙아시아의 도심 한가운데서 비단길의 카라반이 쉬던 장소에 앉아 차를 한 잔 마시는 상상을 하는 것, 또 여행을 마치고 집에 돌아와 자신이 실제로 본 것보다 체험한 것을 이야기하는 것 따위 말이다. 모든 길은 현실이 되기에 앞서 상상되고 꿈꾸어진다.

그러나 때때로 이런 미화가 친구들 사이에서 하는 작은 거짓말로 교묘히 둔갑하는 일이 생긴다. 가령 피에르 로티가 예루살렘의 올리브산에서 주체할 수 없는 신앙심에 사로잡혀 새벽까지 가슴을 치며 무릎을 꿇고 있었다는 이야기가 그렇다. 그를 수행하던 통역사는 이와는 전혀 다른 상황을 봤던 것 같다. "새벽까지라고! (⋯) 로티 씨는 금세 추워서 벌벌 떨었다. 그가 '나한테는 외투가 없소. 빨리 들어갑시다!'라고 말하는 소리가 아직도 들리는 것 같다!"[68] 마찬가지로 작가 샤토브리앙을 수행했던 하인 쥘리앵이 작성한 기록 모음에는 흥미로운 내용이 담겨 있다. "프랑수아 르네[샤토브리앙]는 고대문화 숭배자이자 유적 애호가로 자칭했지만, 쥘리앵은 자기 주인이 여행이 끝나면 함께 시간을 보내기로 약속한 나탈리 드 노아유를 빨리 만날 생각에만 사로잡혀 가끔은 장소를 제대로 살펴보지도 않고 쏜살같이 지나갔다고 전한다."[69]

여행작가들은 부분적으로 허구일지라도 아무도 하지 않은 경험을 최대한 많이 쌓으려고 미친 듯이 경쟁을 벌인다. 어쩌면 그들의 목적은 경험의 가능성을 쌓는 것인지 모른다. 그것을 재료 삼아 체험한 일화들을 재창조하고 꾸며내고 부풀려서 모험담의 규범에 들어맞게 하려고 말이다.

거짓말과 남성

더욱 받아들이기 힘든 경우는 "작가가 여행자를 완전히 대체해서"[70] 순전히 꾸며낸 이야기를 접할 때다. 마르코 폴로 같은 여행자가 그랬듯 어떤 사건이나 장소를 완벽하게 지어내 덧붙이기도 하고, 심지어 작가 뒤에 여행자가 아예 없는 경우도 있다. 하인과 호텔 지배인으로 일하던 스위스 남성 앙리루이 그랭은 루이 드 루주몽이라는 프랑스 탐험가로 가장해 그 이름으로 영국 월간지 『와이드 월드 매거진』에 기사를 발표했다. 그는 자신이 뉴기니섬에서 진주조개 어부로 일했으며, 조난을 당한 후 "오스트레일리아 식인종"[71] 부족에게 받아들여져 그들과 30년 동안 함께 살면서 살아 있는 신으로 숭배받았다고 주장했다. 그랭은 여행자는 아니었지만 소설가의 상상력을 지녔던 것은 틀림없다. 항해가 도널드 크로허스트의 이야기는 더 놀랍다. 그는 자신의 집과 회사를 담보로 『선데이 타임스』가 주관한 무기항 요트 세계 일주에 도전했다. 1968년 아내와 네 자녀를 두고 떠난 그는 몇 주 후, 자신이 경주를 끝내지 못하리라는 사실을 깨달았다. 그래서 자신의 위치와 속도를 속이기로 결심하고 육지와의 연락을 완전히 끊었다. 그는 포기했다는 사실을 감추기 위해 가짜 항해 일지를 작성하고 매일 글을 쓰고 녹음을 했다. 그의 글을 읽으면 그가 서서히 광기에 빠져들었음을 알 수 있다. 몇 달 후 그의 배가 발견되었으나, 크로허스트는 찾을 수 없었다. 크로허스트의 사망 정황은 수수께끼지만 일지 마지막 부분을 보면 그가 자살했음을 짐작할 수 있다. 그는 "이제 끝났다. 해방이다. (…) 승부를 포기한다"[72]라고 적었다.

거짓말은 그랭의 경우처럼 자신이 처한 사회 조건에서 벗어나거나, 크로허스트처럼 파산에서 도피하는 하나의 방식일 수 있다. 이따금 거짓말에는 그보다 더 정치적이거나 이념적인 목표가 담긴다. 예를 들어 어떤 사람들은 자신이 한 여행에 남성적이고 영웅적인 이야기를 꾸며다 이어 붙여 정당성을 부여하지만, 그 정당성은 진실이 밝혀지는 순간 무의미해지고 만다. '대항해 시대의 발견'이 그렇다. 이는 유럽 탐험가들이 테라 인코그니타terra incognita, 즉 '미지의 땅'을 발견했다는 것을 뒷받침해주는 여행 이야기지만 전혀 근거가 없다. 그 땅에는 이미 사람들이 살고 있었다. 19세기에 등장한 '발견'이라는 표현은 발견과 정복 사이에 존재하는 도덕적인 차이를 봉합했다. "바로 그 지점에서 연민을 불러일으켜 용서받는 폭력, 그리고 어떤 권력 의지와도 분리된 무고한 지식에 대한 이중 신화가 구축된다. 바로 그

지점에서 '발견'과 '정복' 사이, '여행'과 '전쟁' 사이의 구별
이 만들어진다"[73]라고 로맹 베르트랑은 설명한다. 발견이라
는 개념은 무엇보다 노예제도와 광신주의를 정당화한 지적
구축물이다.

이와 같은 방식으로 기사도와 낭만주의 규범을 적용
해 남성성에 대한 특정한 인식을 만들어내는 거짓말이 이
어진다. 가장 대표적인 이야기는 식민지 개척자 존 스미스
가 지금은 유명해진 여성 포카혼타스와 맺은 관계에 대한
것이다. 1607년 스물두 살 청년 존 스미스는 이미 인정받는
모험가로서 버지니아주 제임스타운 개척지를 건설하는 데
참여했다. 그는 튀르키예인들에게 붙잡혀 노예로 지내다
가 '아름다운 숙녀 트라가비그잔다'에게 구조되었고, 타타
르 지방에서는 '온정 많은 숙녀 칼라마타'에게, 해적들로부
터 도망친 다음에는 '선량한 숙녀 샤누아예'에게 구조되었
다고 이야기했다. "포카혼타스는 일련의 이국적 연애담에
등장하는 여성들 중 한 명에 불과하다"[74]라고 역사가 질 아
바르는 설명한다. 그런 맥락에서 존 스미스는 자기 생애에
서 가장 큰 거짓말을 꾸며낸다. 그는 치카호미니강을 탐험
하던 중 포하탄족에게 붙들렸는데, 그 족장이 바로 어린 포
카혼타스의 아버지였다. 부족은 저녁에 성대한 연회를 열
어 스미스에게 음식을 대접하더니 별안간 그를 도끼로 쳐
죽이려 했다. 그 장면을 한번 상상해보라. 도끼가 그의 머

리 위로 내려오는 순간 열한 살 소녀인 포카혼타스가 나서서 그를 구하려고 앞을 가로막았다. "그 구출은 미국 (…) 역사의 모태로 신성시되었다. 하지만 그것은 스미스가 나중에 만들어낸 이야기다. 열한 살 어린이가 (…) 아무리 부족장의 딸이라 할지라도 포로의 운명을 결정할 능력이 있었는지 의심스럽다." 게다가 스미스는 여행기 초고에서, 그리고 1924년 이전까지 포카혼타스의 존재를 단 한 번도 언급하지 않았다. 존 스미스는 식민주의를 선전할 뿐 아니라 "탐험가가 아름다운 원주민 여성에게 구조되는 진부한 로맨스에 포카혼타스를 끼워 맞추고 (…) 고귀한 신분의 여성에게 매혹된다는 이야기와 자신이 남자다운 모험가라는 사실을 확실히 연결하고자 포카혼타스와의 첫 만남을 만들어냈다"라고 질 아바르는 덧붙인다. 이야기의 이면에 감춰진 현실은 전혀 다르다. 스미스는 상호성의 의무를 지키지 않음으로써 부족장의 환대를 배신해 쫓겨난 것으로 알려졌다.

여성 여행자들의 거짓말

거짓말은 남성의 여행기에만 나타나는 특징이 아니다. 여성 여행자들의 이야기에도 거짓말이 담겨 있지만, 방식은 완전히 다르다. 남성의 여행기에 보고 경험한 것들의 총합을 늘리는 속임수가 나타나는 반면, 여성의 여행기에는 반대로 똑같은 기억을 무디게 만드는 양상이 나타난다. 달리 말하면, 여성 여행자들의 이야기에서 거짓말은 가부장적인 명령에 순응한 것으로 가장해 그 명령으로부터 자신을 더욱 잘 보호하려는 목적을 띤다. 여행하고 돌아온 다음 자신의 여행을 말할 때 거짓말을 하고, 여행에 앞선 조건으로도 미리 거짓말을 한다. 그렇게 함으로써 여성은 여행에서 감수하는 위험이 더 적어 보이게 만들고 "그러게 내가 뭐랬어"라는 식의 조소를 피할 수 있다. 어떤 여성들은 떠나는 것을 만류 또는 금지당하지 않으려고 떠난다는 사실 자체를 숨기기도 한다. 여성 탐험가 이다 파이퍼의 경우가 그렇다. 그녀는 자신이 여행을 준비한다는 사실을 아들들에게 숨겼다. 어머니가 그런 계획을 세울 수 있다는 것을 아들들이 받아들이지 않았기 때문이다. 그녀는 30년을 기다린 끝에 16년 동안 여행했다. 떠날 때 그녀의 나이는 마흔다섯 살이었다. 그녀가 여행하는 그 오랜 세월 동안, 아들들은 편지를 통해 어머니가 여러 나라를 전전하며 변화하는 모습을 그저 놀라며 속수무책으로 받아들여야만 했다.[75]

최근까지 여성 여행자들은 자신의 미덕을 증명하고 체면을 유지하기 위해 여행의 일부를 위장했다. 아일랜드 여성 데이지 베이츠는 오스트레일리아 원주민들 사이에 텐트를 치고 산 40년 동안 두 명의 카우보이와 결혼했다는 사실을 숨겼다. 그 혼인 증명서 두 건은 나중에 발견되었다.[76] 크리스텔 무샤르에 따르면, 여성들의 여행 이야기가 덜 전해지는 이유는 그들이 "자신이 이루어낸 일과 체험한 연애를 이야기하기보다는 자신의 미덕과 지성을 세상에 증명하는 일을 더 중시"[77]했기 때문이다. 남성 여행자들이 허세를 하나의 문학 장르로 만든 반면, 여성 여행자들은 자신의 성공과 재능을 축소하는 경향이 있었다. 이는 남성의 여행기와 정반대로 겸손을 드러내는 일이다. 위대한 탐험가 엘라 마야르는 이렇게 썼다. "[편집자와 서점은] 대중들이 내가 유명한 탐험가라고 믿도록 설득하려 했다. 나는 그들이 하는 대로 따르려 노력했지만 그럴 수 없었다. 나는 내가 아무것도 탐험하지 않았다는 사실을 잘 알았기 때문이다."[78]

2

여성혐오 사회에서 여행하기

이제 우리의 시야를 넓힐 때다. 이 모든 것이 여성 여행자들
에게 어떤 영향을 미치는지 관찰해보자. 여행기와 여행에
얽힌 편견 등 여행을 둘러싼 환경에는 뿌리 깊은 여성혐오
문화가 있다. 이는 여행자들이 자기 자신을 이야기하는 방
식뿐 아니라 주변 사람, 특히 영원한 타자인 여성과 여성 여
행자들을 이야기하는 방식에도 영향을 미친다. 여기서 정
당성은 핵심적인 문제다. 여성인 한 진정한 여행자가 될 수
없다. 모험은 남성을 위한 것이다. 남성들이 이렇게 말하기
시작한다면 정말 조심해야 한다. 그 말에는 그들의 일생이
걸린 커다란 의미가 담겨 있기 때문이다. 여성 모험가들은
차분한 삶에 영원히 정착하기에 앞서 가벼운 유희로 여행

을 떠난다는 조건에서만 그 존재가 용납된다.

사실 여성혐오 사회에서 여행하는 것은 험지를 찾아다니는 남성 모험가들에게는 상당히 편한 일이다. 야영할 간이 천막 하나만 있으면 각종 악천후에서 몸을 피할 수 있는 동시에 이동하기도 쉽고, 그런 그들의 모습은 더욱 대단해보이기 때문이다. 버지니아 울프는 "여성은 지금까지 몇 세기 동안 남성의 모습을 실제 크기의 두 배로 확대 반사하는 유쾌한 마력을 지닌 거울 노릇"[79]을 해왔다고 썼다. 이런 이유 때문에 남성은 여성의 열등함을 그토록 강조한 것이다. 여성이 열등하지 않다면 더 이상 남성을 확대해서 비추는 거울이 되지 않을 것이다. 여성의 경험을 의심하는 방식은 매우 교묘해서, 공공연히 드러나는 경멸보다는 거만한 친절이나 보호를 가장해 통제하려는 역겨운 감탄으로 표현되기도 한다. 어떤 형태를 취하든 여성을 그런 식으로 멸시하게 만드는 원동력은 단 하나다. 바로 여성 여행자는 결코 남성 여행자만큼 잘할 수 없다고 믿으려는, 그리고 믿게 하려는 욕망이다.

| 중립적인 남성 |

남성은 "자기 자신을 정당화하지 않아도 되는"[80] 인간 경험

을 탁월하게 나타낸다. 더욱이 프랑스어 문법에서 남성은 중성, 즉 중립적인 성에 해당한다. 남자homme와 인간humain은 동의어이고, 문법적으로 남성형은 여성형보다 우세하다.* 남성이 갖지 않은 다른 모든 관점은 객관적인 현실과 다르다고 간주된다. "남성이라는 사실은 특수성이 아니라고 생각된다. 남성은 남성 자신으로서 엄연한 권리를 지니며, 잘못된 위치에 있는 것은 바로 여성이다"[81]라고 시몬 드 보부아르는 말한 바 있다. 남성은 '그 자신'이고 여성은 '타자'이며, 이 대립성은 세상을 서술하는 기초가 된다. 여자들은 태어날 때부터 자신을 여성으로 생각하도록 강요받지만 남자들의 경우는 그렇지 않다. 그들은 자신의 성을 지정해 가리키는 일에서 지속적이고도 완전하게 벗어날 수 있는, 그리고 전체를 아우르는 인간 젠더에 더 자유롭게 동일시할 수 있는 특권을 지닌다.

남성 몸의 중립성

남성이 중성이라면, 당연히 남성의 몸은 공공장소에서 거의 눈에 띄지 않는다. 많은 여성 여행자가 그런 중립성과 비가시성에 접근하기 위해 남장을 했다. 여성 모험가 사라

＊　프랑스어 문법에서 남성과 여성이 섞인 경우 이를 통칭하는 대명사나 명사는 남성형을 사용한다.

마르키는 지구상에서 가장 위험한 지역들을 "남장을 하고" 걸어서 횡단했다. 그녀에 앞서 17세기 카탈리나 데 에라우소는 직접 남성복을 만들어 입고 자신이 갇혀 있던 스페인 수도원의 열쇠를 훔쳐 나와 대서양을 횡단, 남아메리카까지 갔다. 그녀는 남성복을 입은 덕분에 도피하면서 의심과 검사를 덜 받을 수 있었다. 19세기 고고학자 잔 디욀라푸아는 머리를 짧게 자르고 스리피스 양복을 입고 마르세유에서 배에 올라 페르시아까지 항해했다. 그녀는 탐험을 떠나지 않는 기간에 치마를 입어야 하는 상황을 견디지 못하고 결국 파리 지사에게서 '남장 특별 허가'를 받아냈다. 오데트 뒤 퓌고도와 마리옹 세논 역시 눈에 띄지 않고 모리타니 카라반 틈에 끼어들기 위해 남장을 했다.

그런 여성들 가운데 가장 유명한 인물은 이자벨 에버하트다. 그녀는 아랍인 기수처럼 차려입고 남성의 특권을 누리며 자유롭게 알제리 사막을 횡단했다. "내가 유럽의 젊은 여성처럼 옷을 갖춰 입었다면 아무것도 보지 못했을 것이고 세상은 나에게 닫혀 있었을 것이다. 바깥의 삶은 여자가 아니라 남자를 위해 만들어진 것처럼 보이기 때문이다."[82] 그녀는 복장 덕분에 어떤 젠더에도, 어떤 정체성에도 갇히지 않았다. 그녀는 자기 자신일 자유, 원하는 곳에 가고 그곳에서 잠을 잘 수 있는 자유를 누렸다. "나는 문이 닫히지 않는 오두막집의 고요함 속에서, 외딴 마을에 있는 문지기도 없이 활짝 열린 안뜰에서 서서히, 슬그머니 잠에 빠져든다." 여성 여행자들은 알고 있다. 남들의 눈에 띄지 않는 소중한 순간들이 여행길에서 단연 최고의 추억을 만든다는 사실을.

이렇게 중립성을 추구하는 것은 자유와 독립성을 얻으려는 욕망에서 나온다. 남장은 여성 여행자가 자신의 젠더와 관련된 의무에서 벗어나게 해주고 그로써 모험에 완전히 몰입할 수 있게 한다. 남장을 한 여성 여행자들은 젠더 구별이 부조리하며, 그런 구별이 오로지 가부장적 사회 질서를 유지할 목적만 띤다는 사실을 확연히 드러낸다. 1720년에 유명한 여성 해적 앤 보니와 메리 리드가 재판을 받을 때, 증언을 했던 남성은 그들이 여성적 신체 특징을 숨기고 "큰 칼과 권총을 솜씨 좋게 다루면서 상대에게 전혀 기회를 주지 않고 남성들과 똑같이 [싸웠기]"[83] 때문에 여성임을 알아내기 힘들었다고 설명했다. 재판에 참석한 다른 증인들은 두 여성이 "타락한 여자들로 끊임없이 욕설을 퍼부었다"라고 묘사했다. 파리코뮌 중에 사람들이 '방화한 여자 pétroleuse'라고 부른 (루이즈 미셸 같은) 여자들은 풍자화에서 몸에 털이 나고 남자 같은 얼굴을 한 모습으로 묘사됐는데, 이는 남성과 여성이 "구별되지 않는 데 대한 원초적 두려움"[84]을 보여준다.

매우 주관적인 객관성

이론의 여지 없이 정당하고 정확하다고 여겨지는 유일한 현실은 남성이 보는 현실, 더 정확히 말해 백인 남성이 보는 현실이다. 여성 여행자는 남성 여행자보다 편파적이라는 비난을 받는다. 엘라 마야르는 러시아에서 돌아와 글을 쓰고 강연을 시작한 지 얼마 안 돼 언론으로부터 볼셰비키를 선전한다는 비난을 받았다. "이것은 내가 그들과 아무런 관계가 없다는 사실에 대한 모욕이고, 러시아에서 한 푼이라도 아끼기 위해 오트밀 죽과 검은 빵을 먹으며 6개월 동안 살다 왔는데 사람들이 나의 견해가 독립적임을 믿으려 하지 않는다는 사실을 알고 나서 무척 씁쓸했다"[85]라고 그녀는 개탄했다. 남성 작가들은 진실성의 영역을 독점한다. 여성의 시선은 과소평가되는 반면, 남성의 시선은 과대평가된다.

젠더화되어 구축된 사회에서 남성성이 만들어지는 것처럼, 남성성이 세상과 맺는 관계 역시 그렇다. 남성이 '타자', 즉 여성과 외국인을 바라보는 시선은 필연적으로 주관적이다. 남성 여행자는 자기 자신이 가진 편견을 여성 여행자들에게 갖다 붙인다. 하지만 그러면서 그가 소외시키는 대상은 바로 여성 여행자들이다. 그가 여성에 대해 글을 쓰는 정당성은 오로지 그가 여성이 아니라는 사실에서 나온다. "요컨대 여성됨에서 치유되어야 한다. 여성으로 태어난 사실이 아니라 남성들의 세상에서 여성으로 양육되었다는 사실에서, 우리 삶의 모든 단계와 모든 행위 하나하나를 남성의 시선으로 남성의 기준에 따라 체험했다는 사실에서 치유되어야 한다. 계속해서 남성들이 쓴 책을 읽고, 그들이 몇 세기 전부터 우리를 대신해 또는 우리를 위한다며 했던 말들을 들으면서 우리가 치유될 수는 없을 것이다"[86]라고 브누아트 그루는 지적한다.

사람들은 여성이 주관적이라고 비난하지만, 남성의 주관성은 그를 둘러싼 모든 것으로 확장되며 이는 객관성이라는 허울을 쓰고 이루어진다. 이런 태도는 현실을 더욱 공정하지 않게 만들 위험이 크다. 아메리카 원주민의 권리를 옹호했던 페미니스트 작가이자 여성 모험가 메리 오스틴은 자신이 살던 시대에 미국 서부 개척자들이 쓴 문학을 비웃었다. 그것은 브렛 하트로 대표되는 남성 작가들의 작품이었다. 그녀가 보기에 그 작가들은 자신이 처한 환경을 자신의 기대에 들어맞게 만들어내는 데 가장 큰 관심이 있었고, 그 일을 마치면 다른 곳으로 떠났다. "하트 씨는 서부에서 그토록 좋아하던 현지 색이 차츰 흐릿해지자 들고 있던 팔레트의 물감이 마르기도 전에 자신이 유일하게 이성적이라고 생각하는 결정을 내렸다. 즉 그 어떤 새로운 현실에도 방해받지 않으면서 자신이 막 느끼기 시작하는 인상을 만들어내러 다른 곳으로 떠났다"[87]라고 메리 오스틴은 조롱했다. 반면에 그녀는 자기 자신을 주변 동식물을 보도하는 '단순한 특파원'으로 여기며 자신이 쓴 글에서 주관성의 흔적을 전부 없애려 했다.

사실 모든 여행기, 작가이자 언론인 아네마리 슈바르첸바흐가 한 말을 빌리자면 '내밀하지 않은 일기'에는 원래 주관성이라는 측면이 담겨 있다. 주관성을 인정하지 않고 짐짓 꾸민 초연한 태도로 감추느라 현실과 멀어진다는 점이 함정이다. 작가적 접근 방식에 그런 주관성을 포함하면 훨씬 더 풍성한 사고의 길이 열린다. 인류학자 나스타샤 마르탱은 현장에서 두 권의 공책을 두고 하나는 낮에, 다른 하나는 밤에 기록하는 데 사용했다. "낮 공책과 밤 공책은 나를 갉아먹는 이중성, 내가 원치 않더라도 계속 지니고 있는 객관적인 것과 주관적인 것에 대한 어떤 생각을 나타낸다. 그 둘은 각각 내면과 외면이다. 전자는 오로지 내 마음을 가로지르는 것, 어느 주어진 순간의 몸과 마음 상태를 드러낼 목적만 가진 자동적, 즉각적, 충동적이고 무질서한 글쓰기이며 후자는 역설적이게도 공을 덜 들이지만 더욱 통제된 글쓰기로서 이 글들은 더욱 다듬어져 성찰적인 내용이 되어 책에 담긴다."[88]

내 생각에는 바로 이런 방식으로 여행기의 특수성이 (그리고 흥미가) 생겨난다. 한편에는 편파적이지 않은 방법론, 아니면 적어도 아는 범위 내에서 편파적이지 않고자 하는 의지를 가진 여성이 이해하고 분석하고 질문하는 내용이 있다. 다른 한편에는 여행자의 직관, 내밀하고 개인적인 생각들이 있다. 글을 쓰다 보면 놀라운 사건이 발생한다. 정반대처럼 보이는 두 접근법이 만나 결합하는 것이다.

세상 이야기를 다시 쓰기

악질적이지만 잘 구상된 순환이다. 여성들에게 침묵하라고 하면 할수록, 그들의 관점은 더욱 보이지 않게 되고 무시해도 좋은 소수인 것처럼 보인다. 따라서 여성들의 경험은 신뢰를 잃고 허황되고 부도덕하고 주관적인 것으로 보인다. "글을 쓸 경제적 능력이 있고 자신의 경험이 중요하고 이야기할 만한 가치가 있다고 판단하는 여자들만 자신의 경험을 이야기한다. 그러므로 그들의 경험이 대다수 여자의 경험을 대표하지는 않는다고 볼 수 있다"[89]라고 철학자 마농 가르시아는 분석한다. 그렇기에 주관성이라는 영역은 여성 여행자들에게 필연적으로 불복의 장이 된다. 이른바 '고전' 여행문학은 수 세기 동안 여성들의 체험을 보이지 않게 함으로써 세상의 서사에 사각지대를 만들었다. 물론 여성의 글은 문법이나 담화 구조 측면에서 다르지 않지만(다르다고 하면 이는 여성을 하나의 특질로 축소하는 일이 될 것이다), 경험과 체험 측면에서는 다르다. 여성들의 서술 구조는 다중적이기에 흥미롭다.

여행을 남성적으로만 바라보는 것은 일부가 잘려나간 관점이다. 여러 질문과 상황은 남성 여행자들의 마음을 자극하지 않았거나 단순히 접근할 수 없었다는 이유로 여행 이야기에 담기지 않았다. 전통사회에서 남성은 여러 장소에서 배제되었기에 더욱 그렇다. 오로지 여성 여행자들만이 그 장소들을 상상이 아닌 있는 그대로 전할 수 있었다. 예를 들어 기차는 남녀가 섞이지 않는 장소로, 여성들이 자유롭게 말하고 쉽게 사람들을 만날 수 있는 특별한 곳이었다. 글로리아 스타이넘은 자신이 인도에서 여성 전용 기차 칸에 올라타 여행했던 경험을 이야기했다. "그 아주 오래된 삼등칸에 올라타니 이동식 기숙사 같은 장면이 눈에 들어왔다. 다양한 연령과 체구의 여성들이 무리 지어 앉아서 이야기를 나누거나, 아기를 보살피거나, 칸이 나뉜 놋쇠 도시락의 요깃거리를 나눠 먹고 있었다."[90]

여행자 리처드 F. 버턴은 사우디아라비아의 도시 메디나에 갔을 때, 한 족장의 집에 초대받았다. 그들은 담배를 피우고, 커피를 마시고, 밥과 고기, 채소, 신선한 대추와 석류를 맛있게 먹었다. 몇 시간을 준비해야 했을 축연이었지만 버턴은 이렇게 썼다. "하미드의 집에서 여자를 단 한 명도 보지 못했다. (…) 집의 안주인을 언뜻 보지도, 말소리를 듣지도 못했다."[91] 여성 여행자가 그 축연에 대해 썼다면 그곳에 사는 여성들은 자신이 누구인지, 하루를 어떻게 보내는지, 자신의 고향 마을이 어떤지 우리에게 알려줄 수 있었을 것이다. 한마디로 그녀들은 존재할 수 있었을 것이다. 남성 여행자는 자신이 보는 현실의 한쪽 면만을 이야기할 수 있었다. 자신이 갔던 나라의 현실 중 오직 한 측면만 이야기했고 나머지는 모두 무시했으며, 그로 인해 어떤 것들은 영영 사라져버렸다.

반대로 여성 여행자는 자신을 일종의 '제3의 성'으로 만들어 여성의 공간과 남녀 혼성 또는 남성의 공간에 접근할 수 있는 특수한 지위를 누린다. 이라크와 시리아를 여행하며 쿠르드족과 아랍인 사회에서 남성들(여행자, 고고학자 등)의 세계와 여성들의 세계를 오갔던 애거사 크리스티의 경우가 그랬다. 혼자 여행할 때면 나는 내 몸과 그에 연결된 젠더가 지닌 사회적 의미가 변하는 느낌을 받는다. 남성과 함께 여행할 때보다 더 자유로워진다. 이란이나 인도 같은 보수적인 문화권에서도 내가 여성들의 내밀함을 공유하는 동시에 남성 무리와 이야기하고 함께 차를 마시는 일이 허용된다. 하지만 남성 여행자에게는 그렇지 않기 때문에, 여성의 장소들과 그곳에서 생길 수 있는 이야기들은 그에게 항상 닫혀 있을 것이다.

| 영원한 미성년자/소수자 |

페넬로페와 같이 기다리는 아내부터 동행인에 이르기까지 여행에서 여성은 영원한 미성년자/소수자mineure였다. 떠날 자격이 없다고 간주되어 남성이 돌아오기를 마냥 기다리는 입장이었다는 의미에서 '미성년자'였고, 여행에서 그 수가 적다는 부차적인 의미에서 '소수자'였다.* 여성은 모험에서 수동적이며 정착해 있는 인물을 나타낸다. 아리아드네와 그녀의 실에서 보듯, 여성은 보살피고 돌보고 보조하는 인물이다. 남성 여행자는 여성 여행자를 대신한다. 후자는 오로지 전자를 통해서 그리고 전자를 위해서 존재한다. 하지만 여성 여행자를 위해 떠날 수 있는 사람은 오로지 그녀 자신뿐이다.

오디세우스를 기다리며

여성은 다른 사람을 대리로 내세워 여행할 운명이다. 어쨌거나 모험의 전통적 관점에 따르면 그렇다. 여성은 일단 아내, 어머니, 딸, 여동생이다. 여성은 남성의 연장선, 남성의 그림자이며 보잘것없는 운명이자 존재다. 남성은 결

---

* 프랑스어 단어 mineur(남성형)/mineure(여성형)는 '미성년자', '소수자' 등을 모두 뜻한다.

정하고, 여성은 그를 따른다. 시몬 드 보부아르에 따르면, 여성이 그저 기다리고 자신의 삶을 상상하는 것으로 만족해야 할 이유는 "세상에 대해 행동할 수 없기 때문"이다. "젊은 남자도 꿈꾼다. 특히 자신이 적극적인 역할을 하는 모험을 꿈꾼다. 젊은 여자는 모험보다는 경이로운 이야기를 좋아한다. 그녀는 사람들과 물건들에 어떤 마법 같은 빛을 흩뿌린다."[92] 글로리아 스타이넘은 『이상한 나라의 앨리스』를 읽고 그런 기제를 지적한다. "이상한 나라의 앨리스가 길고 긴 모험을 꿈꾸면서도 차 마실 시간에 맞춰 깨어난다는 사실이 늘 이상했다."[93]

위대한 모험가이자 탐험가 알렉상드라 다비드넬은 오디세우스-페넬로페의 역할을 전복했다. 사랑스럽고 다정한 아내가 돌아오기를 기다린 사람은 바로 그녀의 남편이었다. 다비드넬은 서른세 살이던 1904년에 필리프와 결혼했다. 그녀는 그때까지 자유로운 동거 관계를 선호했지만, 당시에 미혼 여성은 법적으로 자기 돈을 관리할 수 없었다. 그런데 그녀에게는 돈이 상당히 많았다. 이미 불교와 페미니즘에 관한 글을 여럿 펴냈고 하노이, 아테나, 튀니스의 오페라단과 계약을 맺어 가수로도 일했기 때문이다. 필리프는 다비드넬이 여행을 떠날 때마다 그녀의 재산 일부를 우편환으로 보냈다. 사람들은 흔히 필리프가 아내의 여비를 댔다고 이야기하지만 그것은 사실이 아니다. 다비드넬에게 결혼은 역설적으로 재정과 이동의 자유를 보장했다. 그녀는 열일곱 살 때부터 스위스나 이탈리아로 며칠 동안 떠날 때면 불필요한 곤란을 피하기 위해 가짜 결혼반지를 꼈고, 머무는 여관에서는 결혼한 여성이 쓰는 '마담'이라는 호칭으로 이름을 등록했다.[94] 집으로 돌아가기를 꿈꾸는 오디세우스처럼, 튀니스 인근에 있는 "재스민 꽃향기가 나는 정원 한가운데에 파란 유약을 바른 벽돌과 분수로 장식된" 그들 부부의 집은 다비드넬에게 "날아올랐다가 되돌아갈 수 있는 안식처"였다. 그녀는 필리프가 자신이 여행하게 내버려 둘 것임을 알았기에 그를 택했다. 1911년 마흔세 살의 다비드넬은 몇 달 동안 떠날 거라고 알렸고, 실제로는 15년이 지나서 돌아왔다.

　15년 동안 두 사람은 거의 매일 열 장에서 스무 장에 이르는 편지를 주고받았다. 필리프는 편지를 따라 아내가 인도, 한국, 일본, 중국, 티베트로 떠나는 여정에 함께할 수 있었다. 그는 그녀를 다시 만나지 못할까 봐 두려워하며 몇 번이나 돌아오는 일정을 물었다. 그때마다 다비드넬은 많은 남성 여행자들이 사용했던, 잘 알려진 수사를 활용해 자신에게 완수해야 할 임무가 있다고 말했다. 바로 자기 자신으로 지내며 자신의 삶을 사는 임무였다. 그녀는 오로지 여행과 연구를 통해서만 그 임무를 해낼 수 있었다. 1914년 4월에 그녀는 남편에게 이렇게 써 보냈다. "사랑하는 여보, 당신은 어깨를 으쓱하며 의아해할지도 모르지만 그러려면 그렇게 해요. 어쨌든 당신은 당신 친구들이 그 헌신적인 아내들에게 사랑받는 것보다 멀리 있는 이 여행자에게 진심으로 더 많이 사랑받고 있어요." 다비드넬은 수 세기 동안 이어진 남성우월주의 때문에 우리가 반대의 이야기에 익숙해진 상황에서, 여성 모험가와 늘 같은 곳에 있는 남성의 사랑 이야기를 새로 만들어냈다.

여성-오브제

어떤 여성들은 무대 배경의 일부 또는 사물이나 풍경, 피에르 마크 오를랑의 말을 빌리자면 어떤 '분위기'로서 여행(기)에 통합되었다.[95] 다르게 말해, 여성은 무시해도 좋으며 남성 여행자에게 사용될 수 있는 존재다.

일단 전리품으로 사용된다. 오랜 세월 여성들은 여행자와 탐험가, 해적 사이에서 교환 수단으로 사용되었다. "납치되고 붙잡혔다가 풀려나는 것이 여자의 운명이다. (…) 여자는 약탈된다. 여자는 해적의 전리품이다. 여자는 남자가 데리고 다니며, 스스로 여행하지 않는다"[96]라고 장디디에 위르뱅은 지적한다. 중세에는 노예로 전락한 여성들이 인도에서 운송되는 비단이나 향신료처럼 배에 실려 러시아와 타타르에 도착했다. 또 오스만제국 전역에서 아름다운 외모로 알려진 시르카시아* 여성들이 수백 명씩 납치되어 튀르키예의 하렘에 보내졌다. 유럽인들이 '화려한 황제'라고 불렀던 술레이만 1세의 아내 휘렘 술탄 역시 크림반도에서 가족과 함께 살다 납치되어 술레이만의 노예가 되었다. 또한 술레이만 치하의 해적 바르바로사는 이탈리아 여성 줄리아 곤차가를 사로잡아 술탄의 하렘으로 데려가는 임무를 맡았다. 아프리카의 프랑스 식민지에서 약탈을 했던 정복자들은 앤틸리스제도 개척자들이 이른바 '전사의 휴식'을 누릴 수 있도록, 생포하거나 지역 족장에게서 사들인 여성들을 태워 보냈다. "운송선에서 그 여자들은 묵직한 사슬에 묶여 비좁은 선창 생활을 해야 했을 뿐 아니라 선원들에게 아무렇게나 강간당했다. 당시 흔하게 이루어진 이른바 '짝짓기' 관습에 따르면, 목적지에 도착하기 한 달 전에 화물칸에 실린 여성들이 전부 술 취한 선원들에게 내맡겨진 것 같다"[97]라고 크니비엘레와 구탈리에는 전한다. 탐험가와 '발견자'는 여성과 여러 민족, 자연을 착취하며 일반화된 약탈을 강행했다.

여성이 풍경이 되는 경우도 있다. 비행기 승무원은 뜻하지 않게 남성 승객의 눈을 만족시키고 즐거움을 더하는 역할을 하는 장식용 여성의 현대적 상징이 되었다. 글로리아 스타이넘은 『길 위의 인생』에서 이 현상을 길게 설명하

✿   캅카스 북서 지방.

며 처음에는 미국에서 자격증을 소지한 간호사만 종사할 수 있었던 기내 승무원이라는 직업이 서서히 "게이샤처럼 교육받은 장식용 웨이트리스"[98]로 변모했다는 사실에 개탄했다. 일부 항공사는 심지어 기내에서 운항 중에 진행되는 '에어 스트립쇼'를 조직하기도 했다. 승무원들은 구조 임무와 기술적 조치를 숙달하는 것 외에도 신체적 조건을 충족해야 했다. "나이·키·체중(정기적인 체중 측정 관리)·헤어스타일·화장(립스틱 색조 지정 포함)·치마 길이 등 용모 규정들을 따라야 했으며, '넓은 코'는 허용되지 않는 등 기타 신체적 요건들까지 있었다. 이 요건은 수많은 인종차별적 이유들 중 한 가지일 따름이었고 그 결과 스튜어디스들은 압도적으로 백인이 많을 수밖에 없었다." 마찬가지로, 혼인 여부 또한 오랫동안 중요하게 여겨졌다. 에어프랑스의 여성 승무원은 1968년까지 결혼할 권리가 없었고(결혼하면 해고당할 것을 감수해야 했다),[99] 카타르항공의 여성 승무원은 2015년에야 결혼이 허용되었다. 얼마 전 에어프랑스의 여성 승무원들이 남성 동료들과 여행자들이 가하는 '만성적인' 성폭력을 고발했다. 그중 한 명은 승객이 자신에게 억지로 입을 맞추려 했던 일을 당한 후 이렇게 이야기했다. "동료들은 그 일을 대수롭지 않게 여겼다. 그 승객은 자기 행동이 잘못되었다는 지적조차 받지 않았다. (…) 성적인 괴롭힘이 매우 일반적으로 이루어지고 심지어 사소한 일이 되었기 때문이다. 그것이 여행 패키지에 포함된다고 말할 수 있을 정도다."[100] 승객을 기분 좋게 하는 단순한 장식품으로 여겨지곤 하는 여성 승무원들이 온전한 직업인으로서 대우받기 위한 길은 아직도 멀다.

여성은 보조 여행자

많은 소녀와 여성이 자신을 단순히 남성의 여행에 동행하는 인물이 아닌 독립된 여행자로 바라보기 어려워한다. "우리는 자연스레 반항적인 남자들과 사랑에 빠졌다"라고 조이스 존슨은 말한다. "우리는 그들이 여행과 모험을 떠날 때 우리를 데려갈 거라고 확신하며 거의 저항하지 않았다. (…) 뜻이 통하는 남성 작가를 만나면, 우리는 너무도 맹목적인 믿음을 가졌기에 양성 사이의 전통적인 관계를 문제 삼지 못했다."[101] 여성은 자신을 여행자의 모습보다 남성 여행자를 유혹하는 모습으로 상상한다. 여성 여행자는 닮기에는 너무나 멀고 예외적인 유형이 되었기 때문이다. 유혹하는 일, 어떤 남성에게 자기 존재가 유효함을 인정받고 그의 그늘 속에 머무는 일은 여성들이 그동안 배워온 내용이자 심지어 그들에게 권고된 사항이다. 작가이자 여행자인 뱅상 누아유는 젊은 여성들에게 경고한다. "아가씨들은 훗날 여행과 걷기를 무척 즐기는 좋은 가정의 청년이 여러분을 신혼여행에 데려가준다고 하면, 그를 따라가기에 앞서 다시 한번 깊이 생각해보기를 바란다. (…) 오붓한 저녁 식사는 멋진 왕자님이 진흙 한 줌과 물로 정성껏 요리한 국수가 든 수프에 불과할 테니까."[102] 일반적으로 젊은 여성들은 오직 사랑과 로맨틱한 저녁 식사, 사치스러운 여행을 꿈꾼다고 여겨지기 때문에 한 말이다. 미국의 기업가 브랜던 웨이드는 그런 여성혐오적이고 진부한 생각을 영업 자산으로 삼았다. 2010년 그는 부유한 독신 남성과 여행을 꿈꾸는 매력적인 젊은 여성을 연결해주는 온라인 데이트 사이트(misstravel.com)를 만들었다. 웹사이트에 들어가면 한눈에 불균형이 드러난다. 남성들은 자신의 프로필에 직업, 재산, 여행 이력을 내세우는 반면, 젊은 여성들은 오로지 자신의 신체적 매력만 강조한다.

더욱이 이 모든 것에서 여행에 적용되는 이성애 중심적 논리가 드러난다. 바로 '남성'과 '여성'이라는 범주에 상징적으로 부여되는 표식, 그리고 그 두 범주가 서로 유지한다고 생각되는 불가피한 관계다. 한 개인을 온전한 여성으로 만드는 것은 바로 그녀가 남성과 유지하는 관계다(반대 경우도 마찬가지다).[103] 따라서 두 여성이 여행을 떠나면 남성이 없으므로 불완전하다고 간주되어 사람들은 흔히 그들이 '혈혈단신'으로 떠난다고 말한다. 즉 남성이 없으면 그들에게는 *지위*도 없다. 레즈비언 커플 역시 그들이 맺은 관계의 성질을 공공연히 말해서는 안 된다. 오데트 뒤 퓌고도와 마리옹 세논의 경우가 그랬다. 그들은 서로 사랑하는 관계였고, 1977년 마리옹이 사망할 때까지 반세기 동안 함께 여행하고 글을 쓰고 그림을 그리며 같이 살았다. 아네마리 슈바르첸바흐는 조심스럽게 자신이 지닌 '여성에 대한 사랑'을 언급했는데, 그녀가 사망하자 그녀의 어머니는 딸의 동성애를 감추려고 딸의 편지를 모두 불태운 뒤 엘라 마야르에게 책 속에 나오는 아네마리의 이름을 바꾸라고 엄중히 명했다(그래서 아네마리는 『잔인한 길』에서 '크리스티나'라는 이름으로 등장한다).

이성애자 커플의 경우, 여성 여행자가 남성과 함께 다니면 단순한 동반자로 묘사되는 경우가 많다. 혼자서도, 남성과 둘이서도 여행을 해본 모든 여성은 알고 있다. 후자의 경우 여성 여행자의 존재가 남성 여행자의 존재에 가려진다는 사실을 말이다. 언론인이자 종군기자인 마사 겔혼은 보도를 하러 중국에 갈 때, 자신이 CR이라고 부르는 남자(그녀는 그가 그렇게 지칭되는 것을 받아들이도록 고집했다)와 함께 갔다. 그녀는 어느 날 두 사람이 의례적인 자리에 손님으로 갔던 일을 이렇게 전한다. "사람들은 내가 여성으로서 미소 짓고 있기만을 바랐다. 모든 사람이 나를 무시하는 것이 너무 분해서 가끔 미친 듯 웃음이 났지만, 내게는 그저 그 자리에 있으면서 고통스럽게 침묵할 자유밖에 없었다."[104] 마찬가지로 여행자 부부는 동등하게 소개되는 일이 거의 없다. 예를 들어 고고학자 잔 디욀라푸아는 현장에서 남편과 협력관계로 활동했고 자립적으로 학문적·문학적 경력을 쌓았음에도 불구하고 남편의 조수로만 묘사되었다. 모든 정황이 남성은 이끌고 여성은 그를 따르는 것으로 만족한다고 생각하게 만든다. 가령 뱅상 누아유는 남아프리카부터 이스라엘까지 아프리카 대륙을 북쪽으로 걸어 올라간 모험가 부부인 소냐 푸생과 알렉상드르 푸생[105]에 대해 이렇게 썼다. "알렉상드르 푸생이 지닌 여행에 대한 본능과 지성이 존경을 불러일으킨다면, 그 끝없는 도보 여정에서 사람들이 떠올리는 인물은 소냐 푸생이다. 불쌍한 소냐! 잔인한 남편 때문에 매일 40킬로미터씩 걸은 일은 여행 중 겪은 온갖 고난에 비하면 아무것도 아니다. 하루에 6만 보씩 걷다 보면 발이 물집으로 뒤덮인다." 부부를 묘사할 때도 알렉상드르는 "말을 잘하고" "설득력을 발휘할 줄 아는" "족장"으로 그려지는 반면 소냐는 "그의 금발 아내"이자 "명랑하고 쾌활하며, 빈정거리는 듯한 기묘한 어투로 말하는 여자"이며 "노련하기보다는 충동적으로" 말한다고 소개된다. 하지만 바로 그 소냐 푸생은 네팔과 베트남, 이라크에서 인도주의 활동에 종사했다.

끝으로, 여행 이야기에서 거의 보이지 않는 인물로 하녀와 가정부를 비롯한 다른 일꾼들이 있다. 그 여성들 역시 여행하며 혹독한 기후를 견디고, 열대 밀림을 횡단하고, 병에 걸릴 위험을 감수했다. 그럼에도 불구하고 탐험의 역사는 그들을 거의 기억하지 않는다. 기껏해야 시녀였던 안나와 플로라 같은 몇몇 이름이 전해질 뿐이다. 두 사람은 모두 알렉시너 티너가 이끈 나일강의 수원을 찾아 나선 탐험 중에 실종되었다.

| 겁 많은 여자 혹은 창녀 |

여성 여행자와 남성 여행자 사이의 서열은 후자에 의해 인위적으로 구축된다. 그런데 여성 여행자에게 강요되는 역할이 단지 비유에 그치지 않고, 여성의 신망을 떨어뜨리거나 여성을 비방할 경우 상황은 더욱 심각해진다. 그러면 여행하는 여성은 여성혐오적인 두 모습 사이를 오가는 신세가 된다. 모든 것을 겁내고 아무것도 해내지 못하는 초보자이자 무능력자 또는 자신의 '미덕'을 온 세상에 내보이는 행실 나쁜 여자. 남성 서술자는 그 두 가지 모습을 자신을 돋보이게 하는 데 쓰거나 정신적, 성적 괴롭힘을 정당화함으로써 자신의 성욕을 만족시키는 수단으로 사용한다.

비웃는 남자들

여행하는 여성은 남성 여행자들 사이에 지배적으로 나

타나는 남성 탈의실 분위기 속에서 감정의 분출구로 흔히 이용된다. 메리 시콜은 자신이 태어난 자메이카의 항구도시 킹스턴을 거닐며 그곳에 정박돼 있는, 곧 세상의 바다를 누비고 다닐 커다란 범선들을 응시한다. 그녀는 자신도 언젠가 떠날 수 있기를 꿈꾸며 한숨을 내쉬고 침울한 마음에 잠긴다. 그녀와 마주친 선원들은 몽상에 빠진 그녀의 모습을 보고 사랑에 빠졌다고 착각해 그녀가 지나갈 때 비웃는다.[106] 한편 뱅상 누아유는 자기 딴에는 유머러스하다고 생각해서 작성한 일종의 참고 문헌 목록에서 엘라 마야르의 『잔인한 길』을 언급하며 그 책을 이렇게 요약한다. "여자 친구 둘이서 포드를 몰고 아프가니스탄을 보러 떠난다. 여자들이 늘 그렇듯 경박하다."[107] 여기서 니콜라 부비에와 티에리 베르네를 떠올리지 않을 수 없다. 두 친구도 피아트 토폴리노 자동차를 타고 아프가니스탄으로 떠났다. 비슷한 여행이지만 누아유는 그들을 똑같이 취급하지 않는다. 두 일행 사이의 유일한 차이는 분명하다. 바로 젠더다. 남성 여행자가 여성을 멸시하는 방식이 더욱 비열한 경우도 있다. 실뱅 테송은 어느 날 중국 둔황에서 병에 걸렸다. 호텔에서 꼼짝 못 하는 처지가 된 그를 교육 수준이 높고 중국어를 할 줄 아는 여성 여행자들이 도우려 했다. 테송은 그들에 대해 이렇게 적었다. "앵글로색슨 나라의 노처녀들은 돌이킬 수 없는 나이에 이르면, 햇빛 때문에 뇌가 녹아버린 수염이 텁

수룩한 예언자들처럼 헛소리를 해대며 세상을 사방팔방 전전하기 시작한다."[108]

조롱과 깎아내리기 전략은 여성 여행자들에게 붙은 별명으로 오랫동안 역사에 남는다. 남성 여행자들에게는 영예로운 별명이 붙는다. 예를 들어 조제프 케셀은 '황제'였고, 토머스 에드워드 로런스는 흔히 '아라비아의 로렌스'로 불리며, 윌리엄 프레드릭 코디는 '버펄로 빌'이 되었다. 여성 여행자들에게 붙는 별명은 그들이 잠재적으로 지니는 아내라는 지위(플로랑스 아르토는 '대서양의 어린 신부'였다), 그들의 섹슈얼리티(잔 다르크는 '오를레앙의 처녀', 카탈리나 데 에라우소는 '중위 수녀'였다), 머리색에 중점을 둔 외모(알렉시너 티너는 '금발의 술탄 왕비', 캘러미티 제인은 '서부의 금발'이었다), 또 옷차림(아다 블랙잭에게는 '치마 입은 로빈슨'이라는 별명이 붙었고, 넬리 블라이가 여행을 떠난 직후 일간지 『뉴욕 월드』는 그녀를 '치마 두른 무모한 여성 여행자'라고 지칭했다)에 더 쉽게 연결된다. 어떤 별명은 심지어 피부색이나 출신을 나타낸다. 메리 시콜은 '황색 여의사'라고 불렸는데 이는 백인 아버지와 흑인 어머니에게서 태어난 그녀가 혼혈이기에 '제대로 하얗지 않음'을 빗댄 것이다. 이런 인종차별적 별명 때문에 그녀는 크림전쟁 중 간호사로 지원해 참전하고자 했을 때 전혀 신뢰받지 못했다. 하지만 메리는 포기하지 않고 군대 식당 직원으로 참전했다. "참호를 반 시간 걸으면서 군인들에게 온기와 위안, 블루베리 젤리를 가져다주는 유일한 인물이 메리였다. 그녀는 급히 작은 건물 하나를 짓게 했는데, 거기에는 금세 봄의 언덕이라는 이름이 붙여졌다"[109]라고 크리스텔 무샤르는 전한다. 메리는 필요한 경우 따뜻한 차와 술, 붕대, 설탕 조각이 든 배낭을 둘러매고 참호를 돌아다녔다. 그녀가 런던에 돌아왔을 때 사람들은 환호로 맞이했으며, 그녀를 비방했던 이들은 후회했다.

어떤 여성 여행자들은 남성우월주의적 냉소를 이용하는 데 성공했다. 1889년, 여성 언론인 넬리 블라이는 세계 일주에 나섰다. 그녀는 미국에서 영국으로 가는 첫 배에 탔지만 얼마 안 가 끔찍한 뱃멀미로 고생한다. 그러자 한 남성 승객이 다가와 비웃는 어조로 말한다. "저런 여자가 세계 일주를 한다니!"[110] 남성들의 무시와 조롱은 넬리 블라이가 여행하는 내내 이어졌지만, 그녀는 그런 조소를 자신에게 유리하게 이용하면서 엄청난 도전을 성공시켰다. 당시에 세계 일주 기록을 경신하려는 그녀의 도전은 미국 언론에서 크게 보도, 중계되었다. 그 이유는 단순했다. 아무도 여성이 그런 대단한 일을 성공해낼 거라고 믿지 않았기 때문이다. 일간지 『뉴욕 월드』는 심지어 블라이가 세계 일주를 얼마만에 끝낼 수 있을 수 있을지 초 단위로 정확하게 맞히는 사람에게 유럽 여행 상품을 주는 대규모 대회를 열기까지 했다. 답이 적힌 쿠폰이 신문사에 백만 장 가까이 도착했다.

아마 가장 훌륭한 전략은 잭 런던의 소설 『모험』에 나오는 등장인물인 조운 랙랜드가 사용한 전략일 것이다. 그녀는 조롱의 뜻을 뒤집어 상대방의 모험가 지위를 문제 삼는다. "당신이 여기서 무엇을 하는지 모르겠네요. 당신 고향에서 은행 직원으로 조용히 틀어박혀 있는 게 훨씬 더 나을 텐데 말이죠. (…) 이곳 세상 끄트머리에서 대체 무얼 하고 있는 거지요?"[111]

보호를 가장한 통제와 '맨스플레인'

여성의 경험을 깎아내리는 일은 보호를 가장한 통제와 친절하지만 거만한 태도로 이루어지기도 한다. 얼마나 많은 남성 여행자들이 자신도 겨우 그저께 도착한 주제에 내가 이미 알고 있는 것들을 나에게 설명해주는 것이 당연하다고 믿었던가? 여성이라는 사실, 카페나 다른 장소에서 취미 여행을 하는 남성들 중 하나의 옆에 앉았다는 이유만으로 나는 백발백중 원하지도 않는 특강을 들어야 했다. (내가 살면서 일했던 나라인) 레바논이나 인도, 이란에서 나는 몇 번 길을 잃은 서구 여행자를 보고 다가가 도움이 필요하냐고 물었다. 그러면 그 남성들은 매번 흥미롭다는 듯 내 말을 들었지만 단 한 번도 내 말을 신뢰하지 않았고, 오히려 자신이 그 나라에 대해 안다고 생각하는 (대부분 허황된) 사실들을 나에게 쏟아부었다.

큰 화제가 된 책 『남자들은 자꾸 나를 가르치려 든다』를 쓴 리베카 솔닛이 보기에 맨스플레인mansplain(남자가 여자에게 여자가 이미 알고 있는 것을 설명하려는 태도)은 여성과 여성의 말이 갖는 가치를 깎아내리기 위해 만들어진 체제의 일부다. "그런 순간들 때문에 반드시 큰 충격을 받지는 않지만 그로 인해 남성이 중요하고 여성은 그렇지 않으며, 남성이 대화 공간을 차지해야 하고 여성은 그래서는 안 되며, 지식은 어떤 면에서 남성의 타고난 특성이고 무지는 여성의 타고난 특성이라고 여기는 남성들이 전면에 등장한다."[112]

맨스플레인은 남성 여행자들에게 수준 높은 스포츠다. 그 곁에서 여성 여행자가 차지하는 자리는 텅 비어 보인다. 여성의 경험은 별로 중요하지 않다. 반면에 남성들은 목격했고, 경험했고, '알고' 있다. 그런 태도 때문에 설명을 듣는 여성은 매우 당황하거나, 자신이 축적한 경험과 지식이 거짓이라는 느낌을 갖게 되는 경우가 상당히 많다. 애거사 크리스티는 회고록을 통해 함께 떠날 탐험대 소속 건축가 마크를 베이루트에서 만난 일을 전했다. 마크가 자신을 냉대하며 제대로 쳐다보지도 않아서 크리스티는 그가 자신을 경멸하거나 멍청하다고 생각한다는 인상을 받는다. "그가 어떤 독창적인 의견을 내면, 그 의도는 보통 남의 기를 죽이려는 것이다."[113] 그의 태도가 그녀를 혼란스럽게 만든다. 그녀는 자신이 성공한 소설가이고 심지어 자기 소설의 등장

인물 중 하나가 "『타임스』의 십자말풀이에 나오는 단어의 정의가 되었다는 사실(유명하다는 최고의 상징!)"을 떠올리며 마음을 가라앉힌다. 그러면서 "누군가 다른 이를 냉대해야 한다면, 내가 그를 냉대해야 하는 것이지 그 반대는 아니다"라는 결론에 이른다. 매우 지당한 생각이다.

남성의 그런 과도한 자신감이 다른 사람들을 위험에 처하게 하는 경우도 있다. 이저벨라 버드는 콜로라도에 있을 때, 에스티스 파크에 가보기를 간절히 원했다. 그곳은 당시 아직 개척되지 않은 외진 곳으로, 놀라운 풍광에 둘러싸인 높은 산간지대의 골짜기였다. 그녀가 머무르던 집의 주인인 삶에 찌든 청교도 개척자 차머스가 그녀와 함께 가겠다고 제안한다. 그는 계속해서 길을 잘못 들어서며 버드의 말을 듣지 않는다. "떠날 때는 오만하게 큰소리치며 자신 있어 하던 차머스는 차츰 당황했다."[114] 그럼에도 불구하고 그는 물러서지 않는다. "상황이 점점 더 심각해졌다. 탐험을 떠났다 더욱 거만해져서 돌아와 자기는 모든 것이 잘될 줄 알았다고 말하는 차머스의 무능함은 실제로 위험을 부르는 원인이었다." 남성 개척자는 그녀를 새로운 길로 인도한다. 그 길은 곰이 야생 버찌를 찾느라 파놓은 깊고 가파른 협로였다. 그들은 말을 타고 길을 내려가야 했는데 버드의 말에 이어 차머스의 말까지 미끄러진다. 어쨌든 두 사람은 구렁에서 무사히 빠져나온다. "차머스는 너무 당황한 나머지 잘

못된 길을 택했고, 내가 힘없는 상태에서 간신히 궁리하고 고집스럽게 주장해 한 시간을 헤맨 끝에야 그를 제대로 된 길로 이끌었다." 날이 저물기 시작하자 두 사람은 야영을 한다. 버드는 마른풀을 침대 삼고 안장을 베개 삼아 잠자리를 만든다. 고난은 여기서 끝이 아니다. 밤중에 차머스가 또 버드의 조언을 듣지 않고 잘못된 결정을 내리는 바람에 말들이 달아나버린 것이다. 두 사람은 물도 식량도 없이 옴짝달싹 못 하는 처지가 된다. 버드는 곰 배설물에서 찾아낸 버찌의 씨를 먹는다. 결국 그들은 말을 되찾았지만, 차머스의 악몽은 계속된다. "우리가 남서쪽이 아닌 북서쪽으로 가고 있다고, 내려가는 대신 올라가고 있다고 아무리 말해도 소용없었다. 그는 매번 그렇게 가야 한다고 대답했고 우리는 머지않아 강에 이르렀다." 마침내 버드는 자신이 길을 안내하도록 그를 설득하는 데 성공해 일행을 무사히 귀환시킨다. 여행의 세계에서 여성에게 마땅한 자리를 되돌려주는 것은 때로는 생존이 달린 문제이기도 하다.

괴롭힘과 비방을 당하는 여성 여행자들

여성 여행자가 자유롭게 다니며 여행할 권리를 주장한다면, 깨지기 쉬운 작은 장식품처럼 여성을 보호해줄 남성이 없다면, 남편이 짐 가방들과 함께 아내를 끌고 다니며 강요하지 않는다면, 그녀가 완벽하게 혼자이고 자유롭다면,

그 여행자는 행실이 나쁜 여자, '위험을 무릅쓰는 여자'라는 뜻의 여성 여행자일 수밖에 없다. 어떤 사람들은 여성이 남성과 똑같은 이유로 모든 제약에서 벗어나 자유롭게 여행할 수 있다는 사실을 인정하기 힘든 것처럼 보인다. 이자벨 에버하트는 그저 광활한 사막을 누비고 다니기를 꿈꿨을 뿐이지만, 지나치게 추문을 일으킨다는 이유로 평생 괴롭힘을 당했다. 1972년에 오토바이로 세계 일주를 한 최초의 여성인 안프랑스 도트빌을 비방한 사람들은 그녀가 색정광이며, 바이커들의 질주를 따라가기 위해 오토바이가 아니라 트럭을 탔을 것이라고 말했다.[115] 마찬가지로 알렉시너 티너가 딩카족에게 가려고 하르툼에서 배에 오르자,[116] 유명한 모험가 새뮤얼 화이트 베이커는 그녀가 남자들이 벌거벗고 사는 지역으로 간다는 이유로 "미친 여자"라고 불렀다. 사실 베이커가 그렇게 화를 낸 이유는 나일강의 수원을 찾아 나서는 탐험 경쟁이 한창 치열하던 시절에 티너가 당시 운행하던 유일한 증기선을 탔기 때문이었다.

그런 비난과 중상은 여행길에서 만나는 여성 여행자들을 성적으로 괴롭히는 남성들의 행동을 정당화하는 더할 나위 없는 밑거름이 된다. 예를 들어 사라 마르키는 몽골에 있을 때 말을 탄 청소년들이 대초원을 가로질러 자신을 쫓아오며 '식스(섹스)'를 요구했다고 전한다. 몇 페이지 뒤에 그녀는 이렇게 적었다. "이제는 서쪽에서 해가 지면 곧바로 불안해지고 잠들 수 없다. (…) 말을 탄 남자들이 저물녘에 나를 보러 오곤 한다. 그들은 밤이 기지개를 켜면 어둠에 몸을 숨긴 채 내가 있는 야영지까지 늑대처럼 살그머니 온다. 나는 그들이 다가오는 소리를 한 번도 미리 들은 적이 없다."[117] 프랑스의 작가 샹탈 토마도 멕시코에서 겪은 비슷한 일화를 이야기한다. 야간 경비원이 배관 문제가 없는지 확인한다며 새벽 네 시에 그녀를 깨웠다.[118] 마찬가지로 마르가 당뒤랭이 사우디아라비아 제다의 한 호텔에 머물 때, 호텔 주인은 아무 이유 없이 계속해서 그녀의 방문을 두드렸다. "색탐부터 광신까지 모든 것을 두려워해야 한다"[119]라고 그녀는 적었다.

어떤 여성 여행자들에게는 여성혐오적인 뒷담화가 진짜 악몽으로 변하기도 한다. 마르가 당뒤랭은 같은 호텔에서 한밤중에 살인범으로 오인돼 경찰에 체포되었다. 앞서 그녀는 제다 부지사의 하렘에 갇힌 적이 있었는데 이번에는 교도소에 던져졌다. 당뒤랭은 몇 페이지에 걸쳐 끔찍한 구금 환경을 묘사했다. "인간쓰레기들", 날개 달린 바퀴벌레, 쥐, 빈대, "게만큼 큰" 거미 한가운데에서 지내며 그녀의 몸은 물린 자국으로 뒤덮인다. 그녀는 사형선고를 기다리면서, 화장실을 통해 도망치고 싶은 마음과 자살해버리려는 마음 사이를 오간다. 그 지옥에서 몇 달을 보낸 후 그녀는 결국 결백함이 밝혀져 석방된다. 하지만 1948년에 그녀는 쉰다섯의 나이로 탕헤르 먼바다에서 살해되었다. 살인범들이 바다에 던진 그녀의 시신은 발견되지 않았다.

　뉴질랜드의 등반가 리디아 브래디의 이야기도 그만큼 악몽 같다. 그녀는 스물일곱 살이던 1988년 여성 최초로 에베레스트산 정상에 무산소 등반했다. 브래디는 남성이 대다수인(그리고 남성우월주의적인) 등반가 세계 및 등반대의 일부 구성원과 겪은 갈등을 묘사했다. 그녀는 보조 역할에 머물기를 거부했고, 이는 얼마 안 가 그녀가 속한 등반대 일원인 롭 홀과 게리 볼의 화를 돋운다. 그녀의 생일 저녁에 두 사람은 그녀를 텐트로 부른다. "롭과 게리가 던지는 교활한 지적과 가시 돋친 말, 내가 슬로바키아 사람들과 보내는 시간에 대한 비난을 더 이상 견딜 수 없다. (…) 나도 롭과 게리가 나를 통제하려는 시도를 받아들이고 싶다. 하지만 그런 서열 체제는 기분 나쁘고, 내가 대원들 중 유일한 여자라는 사실 때문에 마치 덫에 붙들려 기다림과 금지에 얽매인 노리개가 된 느낌이다."[120] 상황은 급격히 나빠진다. 롭과 게리는 그녀에게 점점 더 많은 비난을 하고, 그녀는 두 남성이 다른 등반가들을 직업적으로 질투하는 모습을 여러 차례 목격한다. "나는 롭과 다른 사람들이 나를 통제하며 내가 그들의 권위에 굴복하기를 기대한다고 느낀다. 하지만 나는 등반이 그런 식으로 전개되는 것을 거부한다. 내가 보기에 우리는 동등하다. 나는 누가 나에게 무엇을 해야 한다고 말하는 것이 싫다." 악몽은 이제 겨우 시작일 뿐이었다. 그녀는 홀로 에베레스트산을 무산소 등반하기로 결심한다. 그녀는 며칠 만에 등정에 성공하고 야영지로 내려온다. 돌아온 그녀는 롭과 게리가 아무 메시지도 남기지 않고 자신의 안전을 확인하지도 않은 채 떠나버렸다는 사실을 알게 된다. 그들은 그녀의 개인 소지품을 대부분 가져갔고, 그녀가 도보로 돌아오기 위해 짐꾼에게 줄 돈과 숙식을 할 만큼의 비용만 간신히 남겨놓았다.

뉴질랜드로 돌아온 그녀는 롭 홀이 자신의 에베레스트 등정 사실을 의심하는 공식 성명을 냈다는 사실을 접한다. 그는 그녀가 여러 번 산의 고도를 착각했고 아마도 에베레스트 주봉 정상을 남쪽 정상과 착각했을 것이라고 말했다. 신문들은 단 한마디 확인도 없이 그의 성명을 기사로 발표한다. 시간이 흐르고 조사가 이루어지면서 기자들은 롭의 비난을 미묘하게 바꿔 리디아가 속이려는 의도 없이 단순히 착각했을 것이라고 암시한다. "나는 내가 어느 고도까지 올라갔는지 알고 있다. 불확실한 점은 하나도 없다. 내가 여성으로서 거둔 성공에 대해 그렇게 견디기 힘든 마초주의적 평가를 내리는 상황에 화가 난다." 등반가 공동체 안팎에서 그녀를 지지하는 사람이 점점 늘어났고, 네팔 당국은 결국 그녀의 등반이 사실이라고 인정하며 공식 등록부에 그녀를 기록한다. 그 이후로 리디아 브래디는 에베레스트산을 수차례 등정했다.

아다 블랙잭의 이야기에서도 이와 매우 비슷한 여성혐오적이며 인종차별적인 기제가 나타난다. 앞서 말한 대로, 그녀는 허황된 야심가 빌햐울뮈르 스테파운손이 브랑겔섬으로 보낸 탐사대의 유일한 생존자로서 그 얼어붙은 지옥에서 홀로 두 달을 보내고 2년 만에 구조되었다. 그에 앞서 그녀는 열여섯 살에 사냥꾼인 잭 블랙잭과 결혼했다. 그는 폭력적인 데다 그녀를 굶기기까지 했다. 두 사람은 세 자녀를 두었는데 그중 둘은 어린 나이에 죽었다. 결국 잭은 살아남은 아들 베넷을 아다에게 떠맡기고 그녀를 떠났다. 결핵에 걸려 치료받아야 하는 아들을 홀로 책임질 수 없었던 아다는 빨리 다른 해결책을 찾기 위해 자신이 살던 알래스카의 놈에 있는 고아원에 아들을 맡긴다. 그녀는 급여가 무척 낮은 재봉사 일을 구한다. 스테파운손이 보낸 네 남자가 브랑겔섬에 데려갈 이누이트 일꾼들을 구하러 놈에 기항했을 때, 처음에 망설였던 아다는 돈을 벌어 아들을 치료할 수 있을 것이라고 생각해 그들과 함께 떠나기로 한다. 네 남자는 다른 이누이트 가족이 함께 떠날 것이며 5~6개월만 일하면 된다고 그녀에게 말했지만 그 말은 나중에 모두 거짓으로 밝혀진다. 브랑겔섬에 도착한 그녀는 온갖 잡일을 혼자 도맡았고 이에 반발하면 그들은 그녀를 묶어두었다. 1923년에 구조대가 도착해 네 청년이 모두 죽고 그녀 혼자 살아남았다는 사실이 알려지자 사람들은 믿지 못한다. 이자벨 오 티시에는 이것이 "[쇠그릇에 맞서] 질그릇이 거둔 승리"라고 논평한다. "한편에는 스스로 가장 진보되었다고 믿는 사회에서 온 건장한 네 명의 백인 남성이 있다. (…) 그 반대편에는 받은 교육이라고는 재봉과 가사밖에 없으며, 현지 토착민 출신이지만 자연에서 생존하는 지식은 잊어버린 가난하고 약한 자그마한 여인이 있다."[121]

살아 돌아온 아다는 온갖 나쁜 짓을 했다고 비난받는다. 사람들은 그녀가 색정광에 거짓말쟁이, 남을 조종하는 여자이며 함께 남은 마지막 생존자를 굶겼다고 비난한다. 네 청년의 일기는 검열된다(삭제하는 줄이 그어지고 페이지는 뜯긴다). "성을 지나치게 터부시하는 19세기의 분위기 때문에 그녀가 젊은 남자 넷과 함께 지낸 일이 수상하다고 비난받는 한편, 그녀의 용기와 헌신은 끔찍하게 의심받는다. 무지한 원주민 여자가 어떻게 교육받은 청년들보다 더 똑똑할 수 있다는 말인가? 나약한 여자가 어떻게 정신력과 인내력이 더 강한 남자들보다 더욱 잘 견뎌냈다는 말인가?"라고 오티시에는 꼬집는다. 아다 블랙잭의 명예를 되살리기 위해 제니퍼 니분은 엄청난 조사와 재구성 작업을 해냈는데 그 내용을 담은 책은 모험소설만큼이나 재미있다. 나는 잠을 자거나 음식을 먹을 때만 어쩔 수 없이 무척 아쉬운 마음으로 독서를 중단해야 했다.

3

열대지방 포르노

성은 여행에서 작용하는 힘의 관계를 해독할 때 매우 중요한 영역이다. 젊은 여성은 먼 곳에 갔다가 성적 순결을 잃을지 모른다는 두려움 때문에 오랫동안 여행을 떠나지 못했지만, 남성 모험가와 여행자 겸 작가들은 여성과 사귀고 연애한 일을 자랑하는 글을 실제든 창작이든 상관없이 수백 쪽씩 써내려간다. 지나친 성애화 때문에 여성은 애초에 여행을 떠나지 못할 뿐 아니라, 일단 여행을 떠나는 데 성공해도 비난을 받는다. 먼 곳으로 여행을 떠나 정조를 빼앗길지도 모를 상황을 자초한 길 위의 여성들을 성애화하는 일은 완벽하게 정당하다고 여겨진다. 리처드 F. 버턴은 알렉산드리아로 가는 배에서 이렇게 적었다. "배에 탄 유일한 예쁜

여자는 어느 스페인 아가씨로, 가시덤불 한가운데에 있는 장미 한 송이만큼이나 이곳에 어울리지 않는다."[122] 그녀는 여행에 어울리지 않고, 배에 또 다른 여성들이 있는지는 전혀 알 수 없다. 그가 "예쁜" 여자라고 평가한 대상만이 그에게는 중요하고 여행자로 언급할 가치가 있기 때문이다.

이에 따라 섹슈얼리티는 남성 여행자나 탐험가가 자신의 지배를 확고히 하는 중요한 수단 중 하나가 된다. 그들은 여성을 페티시즘의 대상으로 삼고 여러 지역을 성애화함으로써 환경에 대한 자신의 절대 권력을 확보한다. 현실은 남성의 환상들로 오염되며, 장소와 여성은 그런 환상을 만들어내는 사람의 상상에 의하여, 또 그의 상상을 위하여 존재하는 욕망의 대상이 된다. 여행에서 거쳐 가는 지역들은 남성 여행자를 기다리는 관능적인 여인들과 성에 굶주린 남녀가 사는 에로틱한 에덴동산으로 묘사된다. 가령 플로베르는 동양의 여성을 "기계"로 간주했다. 여성들은 여행이 끝난 다음에도 계속 이어지는 이국적 장면을 연출하는 도구로 사용된다. 그래서 유럽의 유곽에서는 (일본, 아랍, 인도, 타히티 등의) "테마 방"들을 꾸며놓았고,[123] 프랑스의 해외 영토인 마르티니크의 도시 생피에르에는 심지어 "삼색" 유곽도 있어서 남성들은 흑인이나 백인, "혼혈" 여성을 취할 수 있었다.[124]

일부 지역의 성적인 환대 수준은 남성 여행자의 환상

으로 심하게 왜곡되는데, 이렇게 구축된 생각은 그들의 마음속에만 머무르지 않는다. 그들이 사용하는 서술 담론과 논리는 그 생각의 대상이 되는 사람들의 현실에 지속적으로 영향을 미쳐 신체와 문화, 민족을 종속시키고 세계의 일부 지역들에서 관광을 위한 대규모 인신매매가 행해지게 만들었다.

| 페티시즘의 대상이 된 여성들 |

나는 남성 여행자들 중에서 피에르 로티의 글을 가장 여러 번 반복해 읽었다. 그의 작품에 담긴 감성과 시적인 정취, 그가 언어에 불어넣는 거대한 숨결이 좋다. 피에르 로티는 글을 쓸 때 호흡을 한다. 내가 다른 남성 작가들보다 그에게 더 큰 애정을 갖는 이유는 그가 자기 자신에게 가한, 그리고 여전히 가하는 조롱에서 드러나는 기괴하면서도 콤플렉스가 느껴지는 부분 때문이다. 결론적으로 로티는 남성적인 싸움꾼과 정반대되는 인물이다. 물론 거기에도 단점이 있다. 로티는 어느 나라에 가 있든 모든 작품에서 끊임없이 자신의 남자다움을 증명하려 했고, 그 때문에 주변에 있는 여성들을 성애화하고 페티시즘의 대상으로 삼으며 비인간 취급했다. 사실 로티는 그런 면에서 특별히 독창적인 작가는 아니었다. 그는 여행문학, 특히 프랑스어로 쓰인 여행문학의 뿌리 깊은 지배 기제를 답습했을 뿐이고 그 기제는 뒤이어 로티의 후예들이 무한히 다시 활용했다.

로티가 한 결혼들

여행을 지배한 여성혐오 문화는 가늠할 수 없을 정도로 로티의 글을 오염시켰다. 피에르 로티의 본명은 쥘리앵 비오로, 그는 허약하고 소심한 젊은이였고 키가 작다는 콤플렉스가 있었으며 자신이 동성애 성향을 지녔음을 드러내고 인정하지 못했다. 스스로 "나는 내 취향의 남자가 아니었다"라고 밝히기도 했다. 그는 해군 생활과 여행을 하면서 자신감을 얻었고, 글을 쓰는 동안 젊은 청년이 지니기에는 지나치게 엉뚱하거나 수치스럽다고 판단되는 자기 성격의 모든 면을 펼쳐 보일 수 있었다. 그의 글에서 드러나는 여성혐오가 어디까지 그가 실제로 지닌 태도였는지, 얼마나 과장된 것이었는지 지금 와서 정확히 판단할 수는 없지만 한 가지 사실만은 분명하다. 로티는 남성성을 지나치게 과장하는 이성애 규범적인 기존의 여행문학에 어떤 방식으로든 부합하려 했다.

1880년 출간된 『로티의 결혼』에서 그는 타히티에서 보낸 생활, "산맥에 매달린 숲들",[125] 야자나무, 구아버 나무, 뜨겁게 달아오른 오렌지의 향기를 이야기한다. 또 해군 장교들이 이 여자 저 여자의 품을 오가는 야회 이야기, 열다섯 살 소녀 라라후를 사귀고 그녀와 결혼한 이야기도 한다. 로티는 그 어린 소녀가 폴리네시아 여성 고유의 장점을 가졌다고 말하며 다음과 같이 묘사함으로써 그녀를 하나의 본질로 축소한다. "그녀에게는 '폴리네시아의 우아함'이라는 두 마디로 더없이 잘 정의될 무언가가 있었다." 그는 튀르키예인의 하렘에 갇혀 있던 젊은 여성 아지야데(본명은 하티스)를 묘사할 때도 똑같이 하는데, 로티가 그녀와 한 연애는 그의 작품 세계를 가장 잘 나타낸다. 아지야데와 라라후의 성격은 그들이 속한 국가의 여성들의 특성에 비춰 끊임없이 분석된다. 그들은 아지야데나 라라후라는 한 개인으로서 존재하지 않고, 튀르키예 여자와 폴리네시아 여자로서만 존재한다. 또 로티는 남성 여행작가들이 외국 여성을 페티시즘의 대상으로 삼으며 흔히 그러듯이 동물적 측면을 가리키는 용어를 사용해 라라후를 비인간으로 취급한다. 로티는 라라후의 눈을 "다정한 손길에 쓰다듬어지는 아기 고양이의 눈과 같은 이국적인 우수가 담긴, 한껏 부드럽게 아양 떠는" 눈이라고 묘사한다. 한편 세네갈을 배경으로 펼쳐지는 소설 『아프리카 기병』에 나오는 젊은 여성 파투가예는 "머리칼이 검은 양의 털처럼 부스스한 자그마한 피조물"[126]로 묘사된다.

가장 성차별적이고 여성 비하적인 표현은 1888년 출

간된 『국화 부인』에 나오는데, 이 소설에서 로티는 일본 여행 중 잠깐 했던 결혼 생활을 이야기한다. 작가는 자신에게 알맞은 여자를 찾을 목적으로 중매인을 찾아간다. 그는 일본 여성들을 작고 귀여운 물건, 아이, '인형'으로 묘사한다. "당신들은 너무도 익살스럽고 섬세한 손과 자그마한 발을 가졌기에 확실히 귀엽다고 할 만하지만, 한마디로 말하자면 추하고 우스우리만치 작으며 선반에 놓인 장식품이나 작은 원숭이처럼 무엇을 닮았는지 잘 모르겠다."[127] 어느 날 그는 게이샤 한 명을 바라보다가 그녀와 결혼하는 상상을 한다. "더 찾아볼 것 없이 저 여자와 결혼한다면 어떨까? 나는 저 여자를 나에게 맡겨진 어린아이처럼 존중할 것이다. 그녀를 있는 모습 그대로, 기이하고 매력적인 장난감으로 여길 것이다. 부부 생활이 얼마나 아기자기하고 재미있을까! 어차피 장식품과 결혼할 바에야 저보다 더 나은 여자를 구하기는 힘들리라."

처음에 그는 살구 부인을 소개받는다. 살구 부인은 시 경연 대회에서 상을 받은 매우 교양 있는 여성이지만, 중매인은 그녀에게 흉터가 있다고 알린다. 그러자 로티는 외친다. "오! 안 돼. 그 여자는 싫어요. 기품이 적더라도 흉터가 없는 젊은 여자를 찾아봅시다." 로티는 확실히 아내보다는 장식품을 찾는 것처럼 보이는데 그에게는 이 두 범주가 구분되지 않는 것 같다. 그는 한구석에 앉아 있는 국화 부인을 보자마자 그녀를 아내로 달라고 요구한다. 그녀는 슬프고 불편한 기색으로 다가와 "당황스러워하면서, 뾰로통하지만 그래서 더 매력적인 얼굴을 숙이고, 반은 시무룩하고 반은 미소 짓는 표정으로 물러나려 한다". 로티는 한순간도 거리를 두고 그 젊은 여성들이 강제로 혼인할 수밖에 없는 상황을 바라보지 않는다. 그는 상황을 부드럽게 표현하는 "중매 결혼"이라는 용어를 사용한다. 그는 국화 부인이 "마치 생각하고 있는 듯" 보인다는 사실에 놀라고, 함께 며칠을 살아 본 다음 얼굴이 슬퍼 보인다며 그녀를 탓한다. "무료함을 달래려고 아내를 얻었으니, 그녀에게서 다른 여자들처럼 아무 근심 없는 자그마한 얼굴을 보고 싶다." 반면에 그는 그녀가 낮잠을 잘 때 "무척 장식적"이라는 사실에 만족하며 그녀가 "항상 잠을 잘 수 없다"는 사실을 아쉬워한다.

소유하려는 강박

여성의 몸은 남성의 시선에 의해 지속적으로 자신이 동의하지 않은 성애화를 당한다. "여자의 몸은 개인이 체험하는 몸이기에 앞서 일단 다른 사람들에게 보이는 몸이다"[128]라고 마농 가르시아는 지적한다. 보부아르가 말한 의미에서 보자면, 여성의 몸은 체험되는 몸이기에 앞서 사회적인 몸으로서 "운명처럼 기능"한다. 젊은 여성은 자신이 존재하기 이전에 보일 것이고 육체로 평가될 것임을 안다.

여성은 매우 이른 시기부터 그렇게 비인간화되는 것을 느끼며 살아가는 법을 배운다. 즉 자신이 끊임없이 자신의 육체적인 껍데기, 성별, 유혹하는 능력으로 환원된다는 사실에 익숙해진다. 그 모든 것이 그녀의 마음속에서 그녀를 거스르며 자라난다. 그녀는 고통을 두 배로 겪지 않으려고 가끔은 그런 상황을 이용하는데, 그러느라 제 무덤을 조금씩 더 파고 있다는 사실을 깨닫지 못한다. 한편 젊은 남성은 처음에는 무의식중에 그런 지배 기제를 다루는 방법을 배운다. 그는 젊은 여성이 가 있을 수 없는 장소에서 그녀를 기다리며 자신의 가치를 얻는다. 그리고 더욱 자유롭고 강하고 남자다운 상태가 되어 그곳을 떠난다.

그렇기에 남성 여행자의 글 역시 지배 본능에 사로잡힌다. 그의 글은 온전히 여성을 성적으로 소유하겠다는 목적을 향한 어떤 고정관념, 강박의 징후이자 도구가 된다. 잭 케루악은 다른 곳으로 떠나고 싶은 자신의 욕구를 설명하며 모험을 꿈꾸었다. "길 어딘가에 소녀들이, 비전들이, 한마디로 모든 것이 있으리라는 사실을 나는 알고 있었다. 길 어딘가에서 누군가 나에게 희귀한 진주를 내밀 것이었다."[129] 케루악은 길에서 마주치는 여성들을 끊임없이 깎아내린다. 그들은 내기의 대상이 되고 지루한 존재, 돈으로 사고팔리는 존재로 묘사된다(그러면서 자신은 지낼 곳을 구하기 위해 끊임없이 여성을 유혹하고, 숙모에게 정기적으로 돈을 보내

달라고 부탁하는 편지를 쓴다). 그의 글에서 여성들이 존재하는 가치는 외모와 요리하는 능력뿐이다. '능력'이라고 표현한 이유는, 간신히 물이나 끓일 줄 아는 것 같은 케루악에게 여성이 어떤 식으로든 음식을 만들어줬어야 했다는 생각이 들기 때문이다. 그럼에도 불구하고 그는 역설적으로 여성에게 집착하며 오로지 여성을 만나기 위해 연이어 외출한다. "나는 여자와 자려고 이론에서 가르치는 것은 무엇이든 시도했다. 아무런 성과도 못 보고 어떤 여자와 공원 벤치에서 밤새도록 시간을 보낸 적도 있다." 더 나아가 그는 자신이 원하는 것을 얻지 못하면 불평한다. 어느 저녁 그는 친구 한 명과 술집에 간다. "우리는 두 여자를 골랐는데, 한 명은 상당히 어린 금발이었고 한 명은 풍만한 갈색 머리였다. 지루하고 멍청한 여자들이었지만 우리는 그들과 즐기고 싶었다." 케루악은 가진 돈 전부를 술값을 내는 데 쓰면서 '어린 금발'에 집중하는데 그때까지도 그녀의 이름은 언급되지 않는다. 네 사람은 저녁 시간을 함께 보내고, 두 여성은 콜로라도로 떠나는 고속버스 터미널로 가버린다. 케루악은 무척 화가 나서 그 여성들이 떠난 것을 두고 이렇게 말한다. "이번 여행의 순수한 매력을 모조리 망쳐버린 방식이 개탄스럽다. 내가 가진 돈을 아끼지 않고 정작 즐기지도 못하면서, 그 멍청한 여자애의 치맛자락에 매달려 꾸물거리며 돈을 다 써버린 것이 후회된다." 이 말을 들으면 그가 실수를 저지르고 얼빠진 바보처럼 행동하게 만든 것이 또다시 여성들이었다는 생각이 든다.

플로베르와 화류계 여성 쿠추크 하넴부터 피에르 로티, 스탕달과 이탈리아 여성들, 보들레르와 잔 뒤발의 관계에 이르기까지 수많은 남성 작가가 세계 여러 지역에서 현지 여성과 연애 그리고/또는 섹스를 하려 했다. 그들은 그럼으로써 여행자로서의 정당성을 확립한다고 생각했다. 규방의 비밀과 지역 여성들의 내밀한 생활, 일반 여행자는 전혀 알 수 없는 측면에 접근한다는 느낌을 받은 것이다. 그들이 스스로 인정한 것처럼, 사실 돈만 내면 그런 것을 얻을 수 있었는데 말이다. 스탕달은 이탈리아 여성들과 친밀한 관계를 맺기 시작한 이후로 다른 나라의 여성은 더 이상 견딜 수 없게 되었다고 말함으로써 사람들이 그가 예기치 못한 보물을 발견했다고 생각하게 했다. 한편 제라르 드 네르발은 『동방 기행』에서 자신이 다음과 같은 임무를 지녔다고 썼다. "나는 이 땅의 어느 순박한 소녀와 결합해야 한다. (…) 나는 삶을 소설처럼 살아가는 것이 좋다. 그래서 어떻게 해서든 극적인 상황, 절정, 흥미, 한마디로 행동을 만들어내려고 결심한 적극적인 소설 주인공 중 한 사람의 상황에 기꺼이 처해본다."[130] 이집트 풍습에 따라 네르발은 아내를 얻어야만 셋집을 얻을 수 있었는데, 혼인하는 대신 카이로의 노예시장에서 젊은 여성 제이나브를 사는 편을 택한다. 하지만 제이나브가 네르발의 취향에는 너무 반항적이어서 그는 얼마 안 가 그녀를 구매한 것을 후회한다.

여성들과 남성 작가, 더 넓게는 여성들의 문화와 남성 작가 사이에는 진정한 *지배* 관계가 성립한다. 오리엔탈리즘을 연구한 에드워드 사이드가 그 지점을 밝혔다. 사이드는 쿠추크 하넴과 플로베르의 관계를 이렇게 해석한다. "그녀 대신 말하고 그녀를 대표하는 것은 바로 그다. 그런데 그는 외국인인 데다 상당히 부자이고 남자이며, 이런 역사적인 지배 조건 덕분에 그는 쿠추크 하넴을 육체적으로 소유할 수 있을 뿐 아니라, 그녀 대신 말하고 자기 글을 읽는 독자에게 그녀가 어떤 점에서 '전형적으로 동양적'인지 말할 수 있다."[131] 플로베르와 쿠추크 하넴 사이에서 작용하는 그런 기제는 드문 사례가 아니며, 사이드가 보기에는 심지어 "동양과 서양 사이의 힘의 관계 및 서양이 허락한 동양에 대한 담론의 전형"이기도 하다. 현실은 허구가 되고, 허구는 현실이 된다.

분열되는 몸

여성의 몸을 페티시즘의 대상으로 삼음으로써 그 몸은 상징적인 의미에서 해체된다. 남성 여행자는 매혹과 혐오를 적절히 섞어 외국인 여성을 가슴과 엉덩이 모양, 피부색, 치아 상태, 옷차림 같은 몸이 지닌 몇 가지 특징으로 축소된 환상 제조 기계로 만들어 더욱 비인간화하고 노예화한다(어느 날 버로스는 베일 쓴 여자들을 보러 가자며 케루악을 모로코 탕헤르의 카스바로 끌고 가는데, 이는 네르발이 그랬듯 사람들이 쉽게 볼 수 없는 여성의 몸에 대한 일종의 페티시즘에서 나온 행동이다). 플로베르는 1849년 형 아실에게 보낸 편지에 이렇게 썼다. "아! 그곳에서 그 젖들을 봤어! 봤어! 봤다고! 들어봐. 이집트의 유방은 모양이 아주 뾰족한데 전혀 흥분을 일으키지 않아."[132] 여성들 가운데 일부가 노예시장에서 식민지 개척자와 유럽 여행자들에게 직접 팔린(아시아에서 일부 여성은 '무게를 달아' 팔렸다)[133] 것은 우연이 아니다. 사우디아라비아를 여행할 때 의사인 척하던 리처드 F. 버턴에게 어느 상인이 아비시니아* 여성 노예들이 계속해서 아프다며 진찰을 받게 했다. 버턴은 그들을 진찰하고 나서 이렇게 묘사했다. "그 여자들은 아비시니아의 둔부 비대 종에 속했다. 어깨가 넓고, 허리가 가늘며, 팔다리는 튼실하고, 엉덩이는 놀라웠다. 그들 중 누구도 아름답지 않았지만, 이목구비에 톡 쏘면서 동시에 부드러운 무언가가 있었다."[134] 이 글에서 버턴은 노예화와 성적 매력, 여성의 신체를 마음속으로 조각내는 일의 연관성을 확연히 드러낸다.

---

*   '에티오피아'의 옛 이름.

| 성애화된 공간들 |

신체는 장소처럼 점령된다. 인종이나 계급에 기반한 억압 기제가 여행자의 상상력에 배어들어 그가 여성 또는 세상과 맺는 관계를 오염시킨다. 플로베르는 동방의 여성뿐 아니라 동방 전체를 섹스와 연결시켜 동방을 "섹스에 대한 약속(그리고 위협)"[135]으로 본다. 플로베르는 여행기에서 공격적이고 만족할 줄 모르는 관능으로 가득한 인공 세계를 펼쳐 보인다. 독자는 그가 화류계 여성들과 맺은 육체적 관계와 길거리에서 봤다는 성교 장면들(플로베르는 이집트의 공공장소에서 어떤 남성이 원숭이와 성교하는 모습을 봤다고 한다)을 읽으며 쾌감과 공포 사이를 오간다. 여행자가 거치는 내밀한 공간은 끊이지 않는 쾌락과 관능의 중심지인 반면 공공장소는 노천 매음굴, 야만적인 성행위가 행해지는 끔찍한 장소로 묘사된다.

여성에게 강요된 장소들

18, 19세기의 여행자 겸 작가 남성들에게 더없이 에로틱한 장소는 의심의 여지 없이 하렘이다. 무슬림 사회 또는 황제가 지배하는 중국의 가정이나 궁전에서 하렘은 남성에게 금지된 장소다. 남성에게 금지되었다는 규칙은 하렘이라는 용어의 아랍어 어원을 나타낸다. 하지만 사실 하렘은

남성에게 금지되기보다 여성에게 강요된 장소다. 남성들은 그 공간을 제외한 궁전 내부와 도시를 마음껏 돌아다닐 수 있지만, 여성들은 폐쇄된 공간에서만 지내야 했기 때문이다. 서구의 작가와 예술가들은 자신들이 창작한 오리엔탈리즘 작품을 통해 하렘이 장미 시럽을 홀짝거리며 하루 종일 즐기는 쾌락과 관능의 공간이라는 인식을 널리 퍼뜨렸다(이런 남성적 시선의 절정은 아마도 앵그르의 작품 「터키탕」일 것이다). 오로지 음욕과 몸매 관리만 연상시키는 장소 말이다. 발자크의 작품에서 '술탄의 크림'을 발명해 출세한 조향사 세자르 비로토를 떠올려보자. 콘스탄티노플 같은 도시에서 여성의 은신처를 방문한 경험을 적은 여행자들의 이야기가 너무도 많은 것을 보면 당시 이국적인 성 경험을 갈망하는 순진한 유럽 남성을 고객으로 삼은 가짜 하렘(하렘처럼 꾸민 유곽) 관광산업이 발달했을 가능성이 매우 높다.[136]

많은 여행자가 하렘을 제약 없는 성애의 장소로만 보려 했다. 그들은 그곳에 감금되어 성적인 대상 및 하녀로 노예화된 여성들이나 동아프리카에서 자유롭게 살다가 거세당한 뒤 노예가 된, 오스만제국에서 카라 아갈라르('검은 대장')라고 불렸던 환관들의 성기 훼손에 대해서는 침묵했다.

1940년 모로코 페스의 하렘에서 태어난 여성 파티마 메르니시는 감금된 채 지내며 인간성을 박탈당한 경험을 이렇게 이야기한다. "여자들은 규칙을 위반할 생각만 한다.

문 뒤에 존재하는 세상에 대한 생각에 사로잡혀 하루 종일 상상 속 거리를 활보하는 환상에 빠져 있다."[137] 어린 파티마는 모험을 꿈꾸지만, 그녀의 남성 가족구성원들은 자신을 방어할 능력이 없는 여성에게 여행은 위험하다고 말하며 만류한다. 오리엔탈리즘 여행자들은 하렘이 여성을 위해 마련된 장소인 것처럼 소개하지만, 여성들은 사실 그곳에서 전적으로 남성 법의 지배를 받는다. 남성들이 그곳을 운영하고, 관리하고, 열쇠로 문을 잠근다. "안뜰에서 하늘을 올려다보는 것은 놀라운 경험이다. 처음에 하늘은 남자들이 가둬놓은 틀 때문에 무미건조해 보인다. 하지만 이른 새벽 별들이 움직이며 강렬한 푸른색에 서서히 녹아드는 모습은 너무도 강렬해서 숨이 막힐 정도다." 그녀는 남편에게 이유 없이 일방적으로 이혼당하고 하렘에 갇힌 숙모 하비바가 금요일 저녁마다 이야기 축제를 열었던 일을 회상한다. 소녀들은 숙모의 목소리를 들으며 여행했고 모험의 짜릿함을 맛보았다. 그럴 때면 숙모는 결혼식에 썼던 카펫을 펼치고 그 위에 오렌지 꽃 향수를 뿌린 하얀 천을 깔았다. "하비바 숙모는 밤에 이야기하는 방법을 알고 있었다. 숙모는 오직 단어만으로 아덴에서 몰디브까지 항해하는 커다란 배에 우리 모두를 태웠다."

여행문학을 살펴보면, 우리는 여성들의 이야기 덕분에 남성들이 제시하는 환상적인 관점과 반대로 현실을 바라보는 더 비판적이고 복합적인 관점을 가질 수 있다. 여성은 여행문학 내 반대 담론이 대두하는 데 기여했다. 자신이 태어난 사회에서 성차별을 경험한 여성 모험가들은 일반적으로 억압이 이루어지는 상황을 더 많이 해석하고 전했다. 하지만 언제나 그런 것은 아니다. 18세기 페라(이스탄불의 전설적인 지역)에서 1년 넘게 머물렀던 영국인 메리 워틀리 몬터규는 사적인 편지와 여행 기록을 엄청나게 많이 남긴 최초의 서구 여성 여행자다.[138] 특권층에 속한 사교계 여성인 몬터규는 엑조티시즘이라는 함정에 빠져, 오스만제국의 하렘에 거리를 두지 않고 하렘의 여성들이 처한 상황에 대한 비판적 태도도 취하지 않은 채 넘치는 보석과 사치, 넓은 정원을 풍부하게 묘사했다. 그럼으로써 쾌락과 관능의 장소로서 하렘이 지닌 이미지에 신빙성을 더했다.

하지만 몬터규를 제외한 여성 여행자 대다수는 하렘에서 남성들이 그토록 찬양했던 동양적인 화려함을 전혀 찾아볼 수 없다는 사실에 크게 놀랐다. "그 깊숙한 곳으로 파고들어 간 여성 여행자들의 증언은 낭만주의적 오리엔탈리즘과 거리가 무척 먼 하렘의 이미지를 전한다. 가구조차 제대로 갖춰져 있지 않고, 공간은 정돈되지 않았으며, 난방과 조명도 엉망이고, 아이들은 비실비실하고, 여자들은 지저분한 옷을 걸치고 무척 진하게 화장을 했으며, 좁은 곳에 갇혀 아무 일도 못 하는 상황에 화가 나 있었다"[139]라고 프랑수아즈 라페르는 지적한다. 기존의 여행기에서는 하렘을 호화롭게 장식된 거처로 소개했지만 실제로는 당시 모든 사회계층의 남성들이 집 안에 하렘을 두었고 그곳에 둘 여성들을 노예시장에서 사들였다.[140] 그래서 여성의 여행기는 매우 중요하다. 그 장소들에 직접 들어가 현실을 묘사한 이들이 바로 여성 여행자이기 때문이다. 마르가 당뒤랭도 그렇게 했다. 그녀는 사우디아라비아에서 그런 장소에 갇혀 지냈다. 당뒤랭은 그 "숨 막히고 슬픈" 삶의 지루함, 끝나지 않는 나날, 방바닥에 아무것도 깔지 않고 그대로 드러누워 자는 밤, 괴로운 굶주림을 묘사했다. "머리가 아프고 배고파 죽을 것 같다. 결국 새벽 세 시쯤 누군가 먹을 것을 가져다준다. 접시에 기름지고 시큼한 액체가 담겨 있고 녹색 풀이 군데군데 떠 있다. 정말 먹고 싶지만 너무 역겨워서 한 모금도 목에 넘길 수 없다."[141] 그녀의 유일한 즐거움은 가끔 식사 때 나오는 메디나의 검은 꿀을 맛보는 것이었다. 또 그녀는 자신이 몸의 털을 제거하지 않았다는 사실을 사람들이 알고 소동을 부렸던 일을 이야기했다. 그들은 설탕시럽을 가져다 강제로 제모를 했다.

20세기 초 콘스탄티노플의 제누르 누리 베이와 누리에 누리 베이 자매는 갇혀 있던 하렘에서 탈출하는 데 성공했다. 그들은 술탄을 위해 일하는 대신의 딸이었는데, 예전에 은밀히 피에르 로티와 연애를 했다. 이 연애담은 로티가 1904년 불가사의한 튀르키예 여성에게서 도시 변두리에서 만나자는 편지를 받으면서 시작된다. 약속 장소에는 세 명의 여성이 나왔다. 누리 베이 자매와 레일라라는 여성이었는데, 레일라는 다름 아닌 마리 레라(마르크 엘리스라는 이름으로 기사를 발표한 여행자이자 번역가, 페미니스트 언론인)였다. 여성들은 로티가 알아보지 못하게 두꺼운 검정 베일을 두르고 있었다. 로티는 그들을 "검은 유령들"이라고 지칭했다. 은밀한 만남과 여러 차례의 편지 교환이 이루어진 몇 주 동안 그 젊은 여성들은 작가를 완전히 매료시키고 싶어 했다. 그들은 로티가 (그사이 사망한) 아지야데와 연애한 이야기를 알고 있었고 그와 비슷한 모험을 다시 한번 꿈꾼다는 사실도 알았다. 그들은 로티를 추켜세우며 과장된 감탄을 늘어놓았다. 어느 날 저녁, 로티는 일기에 이렇게 적었다. "나의 작은 유령 여자 친구들, (⋯) 그들은 나를 돌보고, 나를 꿈꾸고, 내 이름을 말하며 황홀해한다."[142] 그는 자신이 지닌 오리엔탈리즘의 함정에 빠진다.

레일라/마리 레라는 로티에게 편지를 보내 자신이 아지야데처럼 체르케스 지역 출신이며 고통스러운 삶을 살고 있다고 전한다. 그녀는 대저택의 하렘에서 편지를 쓰는 중이라며 배경을 명시하고 길게 끌리는 치마와 류트를 연주하는 여성들, 옻칠한 장에 꽂힌 책들을 이야기한다. 편지를 쓰는 동시에 기자로서의 일을 계속해 스웨덴의 페미니즘을 다룬 책도 집필한다. 그녀는 파리나 다른 곳에 갈 때면 자신이 쓴 편지에 오스만제국의 우편 소인이 찍히도록 편지가 튀르키예를 경유해 (로티가 사는) 프랑스 로슈포르로 전달되게 함으로써 자신의 속임수를 신빙성 있게 만든다. 한편 제누르와 누리에는 콘스탄티노플에서 계속 로티와 만난다. 마리 레라는 1년 8개월 동안 로티와 편지를 교환한 다음 레일라를 죽게 만들면서, 사람들이 자기를 어떤 남성과 억지로 결혼시키려 하기 때문에 자살을 하는 것이라고 설명한다(마리 레라는 심지어 로슈포르로 가짜 부고까지 보낸다). 로티는 이 속임수에 기꺼이 빠진 피해자처럼 보인다. 그렇게 편지를 주고받고 자매를 만난 일을 바탕으로 1906년 6월에 『실망한 여인들』이라는 책을 펴냈기 때문이다. 작전은 성공이었다. 마리 레라는 로티가 하렘 체제로 여성을 노예화하는 상황을 낭만적으로 표현한 『아지야데』 이후 직접 페미니즘을 담은 것은 아니더라도 참여적인 책을 출간하게 만든 것이다. "그는 이제 좋은 가정 출신의 여성들을 옹호한다. (…) 격리되고 억압당하고 은둔하며, 우리가 알 수 없고 존재하지 않는 여성들 말이다"[143]라고 역사학자 알랭 켈라빌레제는 설명한다.

그런데 이야기는 아직 끝나지 않았다. 누리 베이 자매의 친구가 된 마리 레라는 두 젊은 여성에게 지적인 인물의 상징이었다. 마리는 대화를 나누면서 그들에게 반항적이고 해방적인 정신을 전수한다. 제누르와 누리에는 은밀하게 도피를 계획한다. 그리하여 1906년 1월 유럽인으로 위장해 가짜 신분증을 들고 오리엔트 특급열차가 정차하는 시르케지 기차역으로 간다. 거기서 그들은 유럽행 야간열차를 탄다. 수많은 모험 끝에 마침내 파리에 도착한 두 사람은 여성 작가 르네 비비앵의 도움을 받는다. 그녀는 동성 연인인 케리메 투르칸 파샤를 만나기 위해 튀르키예에 여러 번 체류했기 때문에 그 나라를 아주 잘 알고 있었다. 파샤 역시 로티가 좋아할 만한 여성으로, 그녀의 여자 형제는 2년 전에 이미 하녀로 가장해 마르세유로 도피했다.

성적으로 환대하는 장소에 대한 환상

남성들이 하렘을 이상화하는 이면에는 남성 여행자에게 바쳐지는 관능적인 여성에 대한 기대와 이상이 있다. 이는 탐험가들이 탄 배가 도착하기를 기다려 그 땅의 방종한 풍습을 따라 자신을 전적으로 내어준다는 영토에 대한 환상의 연장이다. 작가인 쥘리앵 블랑그라는 과테말라를 여행할 때 자신의 호텔 방에 불쑥 들어온 여성이 달려들어 자기 속옷을 벗겼다고 이야기한다. "『기드 뒤 루타르』*의 '노하우와 관습' 장에서 깜빡하고 말하지 않은 과테말라의 손

---

* 프랑스의 대표적인 여행안내서.

님 접대 의례일까? (…) 콜럼버스가 신대륙에 도착하기 이전의 관습 또는 부두교의 전통일까?"[144] 물론 아무도 블랑그라의 농담을 진지하게 받아들이지는 않을 것이다. 하지만 이 질문은 말도 안 되는 성적인 환대가 활발히 주어지는 지역이 존재할 것이라는 오래된 믿음에 뿌리를 둔 것이다.

이는 지구 반대편에 도착하는 남성 여행자들이 사로잡히는 일종의 집단적 환각으로, 그들은 새로 '발견된' 땅이나 먼 여행지에 도착하면 그곳에 자신의 여성혐오적 환상을 투사하면서 잠깐 머무는 외국인을 포함한 모든 남성에게 몸을 허락하는 음란한 여성들을 꿈꾼다. 이본 크니비엘레와 레진 구탈리에는 자신들의 연구 주제(여성과 식민화)에 대해 어느 문서 담당자와 인터뷰했는데, 그는 프랑스의 해외 영토 문서를 다루는 전문가임에도 불구하고 "섹스 이야기를 하려는 거군요!"라고 외쳤다고 한다. 하지만 두 역사학자는 놀라지 않았다. 식민화에서 영감을 받은 문학작품들로 온순하면서도 자극적인 '원주민' 여성 이미지가 만들어져 고착되었다는 사실을 이미 알았기 때문이다. "유럽 남성들은 상상 속 식민지에서 욕구를 마음껏 발산했다. 그들에게 식민지의 여성은 기껏해야 자신을 언제나 환영하는 성 파트너로 보였고, 최악의 경우에는 아무런 배려도 기대하지 않는 암컷으로 보였다. 문학작품에서는 식민지 전체가 서구의 하렘으로 그려진다."[145] 그렇게 구축된 이념은 유

럽인이 식민지에서 자행한 수많은 성폭력을 부분적으로 정
당화했다.

　다른 지역에 대한 "욕망 창출"[146]을 이끌어내고 뿌리박
게 하는 데 크게 기여한 인물이 한 명 있다. 바로 루이 앙투
안 드 부갱빌이다. 그는 1771년 출간한 『세계 일주 여행』에
서 모든 여성이 '여신'처럼 보인다는 의미로 그가 '새로운 키
테라섬'*이라고 부른 타히티섬에 도착한 이야기를 했다. 그
는 자신이 이끈 탐험대가 보낸 생활을 이렇게 묘사했다. "우
리 대원들은 매일 그 나라를 거닐었다. (⋯) 사람들은 우리
를 집에 초대해 음식을 대접했다. 하지만 여기서 집주인의
예의는 단지 가벼운 간식을 제공하는 데 그치지 않았다. 그
들은 우리 대원들에게 소녀들을 내주었다. 바닥에는 잎사
귀와 꽃이 군데군데 깔려 있고, 음악가들이 플루트 가락에
맞추어 환희의 찬가를 불렀다. 비너스는 이곳에서 환대의
여신이다. 비너스 숭배에는 어떤 불가사의도 없으며, 쾌락
하나하나가 나라를 위한 축제다."[147]

　하지만 (아주) 어린 소녀들은 스스로 *제공하기*보다는
제공되었다. 지역 지도자들은 탐험가들에게서 상품, 특히
금속을 얻기를 바랐다. 따라서 그런 '관계'는 섬의 방탕함보
다는 순수하게 여성의 몸을 경제적으로 교환하는 일에 훨

---

*　비너스가 태어났다는 상상 속의 사랑의 섬.

씬 큰 비중을 두었다. 장 프랑수아 드 라 페루즈는 열두 살에서 열다섯 살 사이의 소녀들이 유럽 탐험가들을 즐겁게할 목적으로 공공장소에서 노인과의 성교를 강요받으며 우는 모습을 묘사하기도 했다. 19세기에 사십대였던 화가 폴고갱은 열다섯 살 미만의 어린 타히티 소녀들과 성관계를 맺으며 그 섬에 매독을 퍼뜨렸다. 당시에는 미혼 정복자들이 어린 '신부'를 한 명 골라 집안일을 하는 성 노예로 삼는 일이 흔했다.[148] 식민지 영토에서 남성 여행자의 환상을 실현하고, 본국인 프랑스에서라면 분명히 법적 처벌을 받을만한 행동을 마음껏 하게 만드는 남성들의 무법 천국 신화가 만들어졌다. 이 경우에도 여성들의 이야기 덕분에 남성여행자들이 전하지 않은 사각지대가 밝혀졌다. 시도니 가브리엘 콜레트가 "작은 해적"이라 불렀던 여성 여행자 르네아몽은 타히티섬에 체류하며 자신이 만난 어린 여성들에대해 말했는데, 무력감에 빠진 그들은 새로운 삶을 꿈꾸며도시로 떠나 백인이나 부유한 중국인을 만나려고 했다.[149] 그런 남성들 대부분은 그곳에 잠시 머물렀을 뿐이며, 가끔은 성병을 옮기거나 원치 않은 임신을 하게 만들어 여성들을 처음보다 더 곤궁한 상태에 빠뜨렸다.

폭력은 타자다

외국인 여성의 몸이 페티시즘의 대상이 되는 한편, 비

백인 남성의 몸은 혐오의 대상이 된다. 비백인 남성은 엄청나게 큰 성기와 과도한 성욕을 지녔다고 묘사되며 성적인 야만인으로 여겨진다. '타자'라는 개념은 이렇게 성차별적이고 인종주의적인 서술과 젠더를 기반으로 한 원주민 차별을 통해 구축된다.

유럽 여행자들이 자행하는 폭력이 완곡하게 표현되고 은폐되는 한편, 비서구권 남성들의 성욕은 변태적이고 짐승 같은 모습으로 형상화된다. 여행 이야기에서는 성폭력에 대한 문화주의적 관점이 드러난다. 폭력은 '타인'이 저지르는 일일 수밖에 없다. 부갱빌이 남긴 일지에 따르면, 잔 바레의 정체를 폭로한 것은 여성을 식별하는 뛰어난 '후각 능력'을 지닌 타히티섬 남성들이었다. "겁에 질린 젊은 여성을 에워싼 타히티섬 남성들의 이미지는 '야만인' 특유의 성적이고도 동물적인 모티프를 나타내며, 유럽인이 지닌 정중한 사랑에 대한 이상과 대비된다. 그러니 성욕에 찬 원주민들이 있는 먼 곳으로 떠나는 (유럽) 여성들을 보호해야 했다"[150]라고 역사학자 기욤 칼라파는 설명한다. 하지만 부갱빌이 이끈 대원들의 일지 어디에도 잔 바레가 타히티섬 남성들에게 폭력을 당하는 장면은 나오지 않는다. 반대로 그들은 잔 바레가 타히티섬에 도착하기 훨씬 전에 배 안에서 발각되었고, 파푸아뉴기니에 정박했을 때 같은 배에 탄 선원들에게 강간당했을 것이라고 전한다.

20세기 초, 그와 비슷하게 원주민에게 감금과 강간을 당하는 백인 여성 이야기를 주제로 한 여행문학의 전형이 발달했다. 그 소설들의 표지에는 대체로 반쯤 벌거벗은 백인 여성을 납치하는 흑인 남성이 그려져 백인이 아닌 '타자'는 오로지 폭력으로서만 여성의 신체에 접근할 수 있다는 생각을 드러낸다.[151] 작가이자 정치 활동가인 앤절라 데이비스는 그 문제를 "백인 여성을 범한 흑인 강간범 신화"[152]라고 부른다. 그녀는 자본주의 사회에서(특히 미국에서) 강간을 다루는 법들이 애초에 상위계층 남성들의 아내와 딸에게 자행된 범죄의 처벌을 통해 그들의 이해관계를 보호하기 위해 제정되었다는 것을 상기시킨다. 그 결과 강간으로 형을 선고받는 남성은 대부분 흑인이라는 인식이 널리 퍼졌고, 백인 남성이 흑인 여성에게 저지른 강간은 제대로 처벌되지 않는 상황이 벌어졌다.

　　남성의 성적인 천국이나 식민지, 그 외의 발견된 지역에서 가장 가난한 여성들의 성이 착취되는 것과 달리 역설적으로 (부유한) 서구 여성들의 성은 제한되고 부정된다. 이와 같은 기제가 섹스 관광산업의 중심에 있다.

| 섹스 관광객 |

"파타야는 온갖 쓰레기 같은 인간과 신경증 환자로 가득한 곳이에요. 나도 그런 사람들 중 하나죠"[153]라고 필리프는 말한다. 69세인 그는 섹스 관광을 하러 자주 태국에 간다. 피에르는 이렇게 덧붙인다. "일이 어떻게 진행되냐고요? 그냥 요청하세요. 나는 항상 아시아 여자들에게 환상을 갖고 있었어요. 그러니 여기 도착했을 때는 천국에 온 것 같았죠." 파타야는 단기간에 주요한 섹스 관광지 중 하나가 되었다. 피에르는 태국에 도착한 지 며칠 뒤 처음으로 돈을 내고 성적인 서비스를 받았다. 그는 나이트클럽에 가서 한 태국인 여성에게 다가가 대화를 조금 나눴고, 금세 거래가 이루어졌다. 그때 그는 72세였고 그녀는 19세였다.

여행기와 식민지 문학은 여성을 페티시즘의 대상으로 삼고 지역을 성애화함으로써 섹스 관광이 발달할 터전을 다지는 데 한몫했다. 섹스 관광이라는 용어는 그 대규모 산업을 완곡하게 표현하면서 그것이 서구의 시야(그리고 공감의 영역) 밖에 위치한 나라에서 일어나는 추상적이고 먼 무언가인 것처럼 보이게 한다. 하지만 섹스 관광은 관광객이 있어야만 존재할 수 있고, 그 대다수는 외국인 여성을 만나려는 서구 남성이다. 여성의 수요 역시 점점 더 늘어나고 있고(자메이카, 인도의 고아), 게이 섹스 관광도 존재한다(이는 여행자 본국의 지배적인 동성애 혐오 문화 때문에 더욱 발달한다). 그렇지만 이 책에서는 서구 남성과 개발도상국 여성(또는 아동) 사이에서 대가를 지불하고 행해지는 성관계를 중심으로 다룰 것이다. 매춘이 부수적인 것이든 여행의 주요 목적이든, 바로 그런 형태의 매춘에 가장 강력한 지배 기제가 담겨 있기 때문이다.

세상에서 가장 오래된 관광

섹스 관광은 여행과 마찬가지로 최근에 등장한 현상이 아니다. 가브리엘 마츠네프가 쓴 『검정 노트들』은 그가 "동양에서 한 사랑의 유희들"(지구 반대편에서 겨우 열다섯 살짜리 소년과 소녀에게 가한 항문 성교를 일컫는 완곡어법)에 대한 이야기와 이어지는 비열한 학대 이력을 담은 책인데, 불행히도 전혀 새로운 창작물이 아니다. 플로베르의 사례가 보여주듯 섹스 관광은 미성년자 성매매 같은 가장 끔찍한 측면에서도 이미 오래전부터 존재했다. 플로베르는 콘스탄티노플에서 보낸 한 편지에서 친구인 막심 뒤 캉이 튀르키예의 물라에 있을 때 아동과 맺은 범죄적인 성관계를 이야기했다. "막스는 섹스가 뭔지도 거의 모르는 (암컷) 어린애한테 더럽혀졌다. 열두 살, 열세 살쯤 되는 계집애였다. 그는 그 아이 손으로 수음을 받았다."[154]

우리가 오늘날 알고 있는 현지 매춘 네트워크 공급과

접목된 대규모 섹스 관광의 형태는 1950년대에 쿠바 전역이 미국 여행객들을 위한 사창가로 이용되면서 등장했다.[155] 1970년대 베트남전쟁에 참전한 미군들이 휴가 때 이용한 '휴식과 회복' 네트워크를 통해 태국에서도 그런 유형의 관광이 발달했다.[156] 그 시기부터 섹스 관광은 태국의 파타야, 세네갈의 살리, 모로코의 마라케시, 라오스의 루앙프라방 등 동남아시아, 아프리카, 남아메리카 전역으로 점차 퍼졌다. 암스테르담 같은 예외가 있기는 하지만, 이런 관광객의 흐름은 대체로 북반구에서 남반구로 향한다.

식민주의와 극단적 자유주의의 후손

이전의 섹스 관광이 무엇보다 성적인 엑조티시즘과 페티시즘적 환상을 실현하려는 욕망에 따랐다면, 21세기의 섹스 관광은 상업적인 측면을 더 많이 띤다. 가부장적이고 식민주의적인 유산에서 유래한 '관광' 산업은 극단적인 자유주의 사상에 힘입어 존재한다. 바로 이 두 가지 측면이 현대 섹스 관광의 특수성을 이룬다.

먼저 신식민주의 측면을 살펴보자. 섹스 관광은 식민지를 문명화한다는 사명을 내세우지 않는다는 점에서 정치성이 제거된 식민주의를 상징한다. 이런 식민주의는 지배를 드러내 정당화하려는 담론을 전하지 않으며, 그 핵심어는 쾌락과 자유다. 하지만 섹스 관광과 식민주의의 원동력은 비슷하다. 둘 다 똑같은 단절에 의존하고, 똑같이 에로틱한 상상력을 동원하기 때문이다. "현지 여성을 성애화하는 서구인의 고정관념, 그리고 현지 여성을 정복자 또는 백인 방문객에게 제공하도록 하는 권력관계 때문에 그 여성들은 잠재적 매춘부가 되었다. 상황은 탈식민화 이후에도 거의 변하지 않았다. 강한 표상이 뿌리박혔고, 오늘날의 관광객은 과거의 정복자보다 결코 열등하지 않은 권력과 지위를 지녔기 때문이다"[157]라고 지리학자 장프랑수아 스타자크는 강조한다.

여행자는 본국에서라면 처벌받을 행위를 하기 위해 외국에서 성매매를 하기도 한다. 그래서 에드워드 사이드는 동방을 "유럽에서 할 수 없는 성 경험을 할 수 있는 장소"[158]라고 정의 내렸다. 이런 신식민주의적 환상은 여행자에게 안심이 되는 해석의 틀을 형성한다. 여기서 특정한 지역은 착취라는 개념 자체가 전혀 적용되지 않는 곳이자 받아들일 만한 무법 지대라고 받아들이는 사고방식을 다시 찾아볼 수 있다. 특히 미성년자 대상 성매매는 관광객의 입장에서 보기에도 범죄적인 행위로 느껴질 수 있지만, 자신과는 다른 관습을 지닌 추상적 '타자'의 나라에 있다는 이유로 그런 행위마저 상대화된다. 여기는 우리나라와는 다르다. '관광객들'에게 여성과 아동이 주가 되는 '타자'의 몸을 세계적인 수준에서 독점할 특권을 부여하는 것은 사실상 사회경제적·성적·역사적·정치적 격차다. 1994년 이후로 프랑스 국적 보유자가 외국에서 대가를 지불하고 미성년자에게 행하는 성폭력은 법으로 처벌된다. 2020년 마츠네프 소송 사건에서 파리 검찰청 검사들은 이를 "섹스 관광"이 아니라 "프랑스 소속민이 미성년자에게 성폭력 또는 강간을 범할 목적으로 외국으로 이동"[159]한 일이라고 표현했다. 이런 의미 변화는 매우 중요하며 바람직하다.

이제 극단적인 자유주의에 관해 살펴보자. 섹스 관광에 대한 상상 속에서 여성과 아동은 각 나라의 고유한 특수성을 지닌 일반 소비재가 된다. 관광객이자 고객은 여행지에 따른 특정 서비스를 기대한다. "브라질 여자나 쿠바 여자 이야기를 들을 겁니다. 나는 여행을 많이 다녔어요, 선생님. 쾌락을 찾아 여행했고, 서슴없이 이렇게 말하죠. 내가 보기에 태국 여자들은 세계 최고의 애인이라고요. (…) 세네갈, 케냐, 탄자니아, 코트디부아르에 가봤는데 거기 여자들은 태국 여자들보다 능숙하지 못합니다. 태국 여자에 비해 온순하지는 않지만, 허리가 참 유연하고 음부에서 좋은 냄새가 나죠."[160] 미셸 우엘벡의 소설 『플랫폼』의 등장인물 로베르는 거침없이 이렇게 말한다. 상업적 교류가 오가는 '고객' 지위가 비난받자 사람들은 그보다는 대가를 지불하고 성적 모험을 부수적으로 하는 '관광객' 또는 '여행자' 지위를 선호한다. 성매매에 대한 보수가 항상 돈으로 주어지는 것은 아니다. 선물이나 월세 지불, 휴대폰 구입 등의 형태를 취할 수도 있다. 성적인 엑조티시즘은 엄청난 경제 흐름을 유도하며 그에 따른 막대한 재정적 이윤을 창출한다. 현지에서 여러 영역으로 뻗어나가는 이윤 가운데서 관광산업, 성매매 네트워크, 국가 3인조가 주요한 이득을 얻는다. 그 수요는 계속해서 증가하고 있으며, 1990년대 말부터 태국을 비롯한 섹스 관광 지역도 늘어나고 있다(버스에 젊은 여성들을 채워 통째로 '대여'하기도 한다).[161]

불평등을 찾아 나서기

고객이 누리는 경제적 장점은 중요한 요소다. 하지만 그것이 전부는 아니다. 인류학자 하이디 회핑거가 특정한 상대와 장기간 (그리고 성적인 영역에만 제한되지 않는) 관계를 맺는 매춘부들을 일컬으려고 만든 표현대로 "프로페셔널 걸프렌드"를 찾는 섹스 관광객은 보통 더 전통적이고 보수적인, 다시 말해 *가부장적인* 사회를 찾아간다. 이는 우연이 아니다. 섹스 관광객은 바로 그런 사회를 추구한다. "많은 사람이 (…) 자신이 사는 사회에 대해 매우 부정적인 견해를 펼치며 그곳에서는 무르익은 성생활을 할 수 없다고 주장한다. (…) 섹스 관광객들은 여성해방이 일으킨 폐해를 비난하면서 여성해방 때문에 남녀가 '전통적인' 혹은 '자연스러운' 역할에서 벗어났다고 말한다"[162]라고 장프랑수아 스타자크는 설명한다. 유독하고 불평등한 성 역할에 의지한 무르익은 성생활을 더 이상 할 수 없다는 사실에 안타까워하는, 환멸적이고 위협받는 남성성에 대한 생각은 『플랫폼』에 잘 나타나 있다. "[섹스 관광을 한] 이후로 나는 백인 여자하고 한 번도 섹스를 안 했어요. 하고 싶은 마음도 들지 않습니다. 내 말을 믿으세요. (…) 부드럽고 온순하고 탄탄하고 훌륭한 음부는 이제 백인 여자한테서 더 이상 찾아볼 수 없을 겁니다. 그 모든 것이 완전히 사라져버렸죠"[163]라고 로베르는 단언한다.

섹스 관광객은 단순한 육체적 관계를 넘어 자연스럽게 복종하고, 언제든 몸을 허락하고, 기대되는 외모 관리(출신 민족에 따른 체모 문제는 그들의 이야기에서 큰 비중을 차지한다)를 완벽하게 하는 여성 동반자를 찾는다. 이런 의미에서 그 여성들은 직업적인 여자 친구가 된다. 그들은 전통적인 이성애자 부부에게 지워지는 역할 및 지배 기제를 받아들이고 가부장제가 생각하는 여성성을 훌륭하게 수행한다. 그런 관계를 맺는 남성들 중 한 명에게 태국인 파트너가 피곤하다든지 단순히 원하지 않는다는 이유로 가끔 성관계를 거부할 때도 있냐고 묻자, 그는 이렇게 답했다. "아니요. (…) 보통 그 여자는 그냥 해요. 그냥 하죠."[164] 경제적인 부분과 크게 연관된 그런 관계는 관광객-고객을 속이는 환상에 의존한다. 『플랫폼』의 등장인물 가운데 한 명인 미셸은 한숨을 내쉰다. "현대 여성을 무서워하는 남자가 많습니다. 그들은 그저 가정을 돌보고 아이들을 키울 착한 아내를 바랄 뿐이에요. 그런 것이 사실상 사라지지는 않았지만, 서구에서는 이제 그런 일을 바란다고 털어놓기가 불가능해져버렸죠. 그래서 그 사람들이 아시아 여자와 결혼하는 겁니다."[165] 전통적인 지배 욕구를 단순히 자신이 인정받지 못하는 상황으로 둔갑시키는 방법이다. 미셸이라는 인물은 남성적인 여행자가(또는 그저 평범한 여행자도) 전혀 아니기 때문이다. 그는 전통적인 성 역할을 강력하게 유지하는 사회에서 남성에게 기대되는 기준에도 부합하지 않는다. 그는 풍경과 장소, 신체를 손쉽게 소비할 목적으로 멀리 여행을 떠난다. "내가 바란 것은 단지 (…) 정직한 보디마사지를 받고 나서 구강성교를 받고 기분 좋게 섹스하는 것이었죠." 그는 젊은 태국인 여성 킴과 동거하는 친구 리오넬에 대해 이렇게 말한다. "킴은 서양 여자와 달리 리오넬이 시시한 남자라는 사실을 깨달을 방도가 없었죠." 미셸 역시 낙오자였지만, 그에게는 통찰력이 있었기에 스스로 다음과 같이 말한다. "나는 평생 대부분의 상황에서 고작 진공청소기만큼 자유로웠어요."

허구가 아닌 인물을 살펴보면, 자신의 반페미니즘적 사고를 더 확실히 인정한 여행자와 섹스 관광객들이 있었다. 2000년 『데이트를 하기 위해 가야 할 먼 길』을 펴낸 헨리 마코의 경우가 그렇다. 그는 그 책에서, 서구의 페미니즘과 평등주의 사회가 대두하면서 자신이 남성 정체성을 탐색하고 사랑을 찾는 일이 위협받게 됐다고 말한다. 그러면서 가부장적인 원천으로 되돌아가야 한다며 더 젊고 온순한 동반자를 찾으러 필리핀으로 떠나는 일을 정당화한다. 그는 자신보다 서른 살 어린 소녀 세실리아와 결혼한다. 마코는 스스로 "사랑이라는 미지의 대륙을 탐험하는 사람"이라고 정의한다. 실제로 마코가 하는 탐색에는 그 어떤 '사랑'도 없다. 그저 지배욕과 남성우월주의적 환상이 있을 뿐이다. 그가 우리에게 펼쳐 보이는 것은 여성 동반자가 아니라 여성 고용인을 구하려는 남성의 이야기다.

4

여행을 탈식민화하기

여행은 타자성을 경험하는 장소다. 어디론가 떠나는 것은 새로운 마음의 풍경에 닿는 일이며, 자기 내면에서 한 번도 열어본 적이 없는 문들을 여는 일이다. 인도에서 협죽도 향기에 젖은 차르포이*에 앉아 밤늦게까지 이야기를 나눈 일은 나에게 가장 멋진 기억으로 남아 있다. 바로 그런 순간들이 나를 풍성하게 만들었다. 경청하기, '타인' 뒤에 내 모습을 감추기, 타인의 경험이 확장하며 나를 붙들게 두기, 그러면서 내 마음속 공간을 그 존재에게 전부 내주기. 여행이 타자성을 경험하는 장이라면, 여행문학은 그 타자성을 잘 나

＊　인도의 간이침대.

타내는 장이어야 한다. 하지만 여행문학은 여전히 타자를 지배하는 더없이 뛰어난 장이다. 다시 말해 여행문학은 역사와 사회의 다른 영역에서 이루어지는 억압 기제를 벗어나지 못할 뿐 아니라, 나아가 그런 기제를 확장하고 거기에 지리적·이념적 기반을 제공한다.

역사적으로 봤을 때 여행문학은 사실 지배자의 문학으로서 구축되었다. 그것이 여행문학이 지닌 가장 중요한 지적 목표 중 하나다. 포스트식민주의 전문가인 미국의 호미 바바 교수는 '식민주의 담론'이라는 용어를 '여행문학'이라는 말로 대체할 수 있을 정도라고 보았다. 여행문학은 초창기부터 이미 식민화를 정당화하려는 의도를 가졌거나, 적어도 서구의 백인이 다른 민족보다 우월하다는 사실을 증명해 보이려 했다. 이 점에서 여행(문학)과 정복은 그야말로 근친관계를 맺는다. 탐험은 식민화 계획이 확실히 실행되게 만들었으며 탐험하는 주체와 정복하는 주체는 대체로 같았다. 19세기 말 중앙아프리카에서 프랑스 식민화의 길을 연 피에르 사보르냥 드 브라자는 무엇보다 일단 탐험가였다. 20세기 초에 모험가와 아시아 주둔 식민지 공무원의 삶을 동시에 살아간 오귀스트 파비의 이력 또한 여행과 식민화가 뒤얽힌 양상을 잘 나타낸다.

오늘날 포스트식민주의의 흐름은 여행을 탈식민화하고 세상을 기록한 이야기를 비서구 민족이 재전유해야 한다고 말한다. 이런 접근법은 젠더라는 프리즘으로 여행을 바라보고 연구하는 일과 비슷하다. 세상을 담은 이야기가 일부 사람들에 의해서만 생산된다면 그 이야기는 부분적일 수밖에 없다. 그러므로 두 경우의 관건은 독점의 문제 그리고 독점하는 주체가 지닌 관점의 문제다(그 주체가 남성이든, 서구이든, 둘 다이든). "세상 이야기의 90퍼센트는 유럽 서부 끄트머리 나라들과 북아메리카가 한다"[166]라고 여성 작가 마리엘렌 프라이세는 상기시킨다. "내가 30년 전쯤 그 문제에 관심을 가지기 시작했을 때, (…) 여행 및 탐험 문학 전문가인 역사학자들은 제국을 그리워하는 극우파들이었다. 지금은 그 모든 것을 비판적인 도구를 통해 다시 연구하기 시작하는데 이는 참으로 흥미로운 일이다." 여행을 탈식민화하는 흐름이 우리에게 문을 열라고 한다. 관점과 서술, 장소, 주체를 여럿으로 늘리고 커다란 전체가 요동치게 만드는 작은 이야기들을 전하라고 말이다.

| 타인을 만들어내다 |

(보부아르가 남성과 여성을 다루며 말한) '자신'과 '타자'라는 이원성은 외국을 '타자'로 보는 관점으로 이어진다. "그 어떤 집단도 결코 자기 앞에 '타자'를 세우지 않고 자신을 '하

나'로 정의하지 않는다. 우연히 기차의 한 칸에 여행자 세 사람만 모여도, 다른 모든 여행자가 얼마간 적대적인 '타자'가 되기에 충분하다"라고 보부아르는 썼다. 이런 식으로 유럽은(그리고 더 넓게 보면 서구는) 세계의 나머지 부분과 대비해 자신을 정의할 수 있었고, 유럽이 '타자'와 대비되는 '자신'임을 증명함으로써 지배권력을 확립했다.

여행을 탈식민화하는 일에 앞서 여행에 대한 표상을 탈식민화해야 한다. 서구의 많은 이야기는 타자성을 질식시킨 채 이념적 선입견이라는 고요하고 안정적인 물에서 항해하는 것만으로 만족한다. 이 경우 여행자는 *타자와 함께* 바라보지 않고 타자를 바라본다. 여행자는 틀에 박힌 이미지, 감각, 냄새를 모아 가지고 떠나며, 오로지 그것들을 확인하려고 여행한다. 그는 인도 델리의 거리에서 피리를 불어 뱀을 재주 부리게 하는 사람을 찾으며 카스트제도는 그저 이국적인 특징이 된다. 일본 교토의 골목길에서는 카메라를 피해 살며시 지나간다는 새빨간 입술의 게이샤를 찾기 시작한다. 이런 사냥만이 유일하게 가치 있는 일이자 여행에서 가지고 돌아와 유일하게 전시할 만한 것이 된다. 여행자는 떠나기 전 이미 '타자'를 만들어내고 직접 경험한 세상과는 전혀 상관이 없는 "전면에 드러난 정체성들"[167](문화, 종교 등)이라는 프리즘을 통해 그 타자를 관찰하며, 실제로 마주한 타자는 여행자의 주관성이 반사된 모습에 불과하게 된다.

굳어져버린 개인(들)

타자가 여행자의 예측에 부합하려면 스스로를 창조하고 지우며 결과적으로는 고유성을 부정해야 한다(심지어 그것을 파괴해버려야 한다. 그 과정은 은근슬쩍 넘겨서는 안 되고 적극적인 조처를 취해야 하기 때문이다). 타자는 직접 관찰하지 않고 해석하는 대상, 어떤 전체 속에 잠긴 "이상적이며 변치 않는 일종의 추상"[168]적인 대상이 된다. "타히티섬 사람들의 성격은 어린아이 같다. 지나치게 변덕스럽고 제멋대로인 데다 별안간 이유 없이 토라진다. 본성은 항상 정직하고, 손님을 진심으로 환대한다"[169]라고 피에르 로티는 썼다. 타자를 만들어내는 일은 약간의 경멸감이나 거만하게 친절한 태도 없이는 불가능하다. 여행기를 쓰고자 하는 이들에게 마티아스 드뷔로는 반어적으로 다음과 같은 충고를 전한다. "선량한 미개인의 이미지를 다시금 살려내라. 그곳 사람들은 세상에서 가장 사랑스럽다고 서슴지 말고 뻔뻔하게 말하라. 지역 주민들의 친절을, 그들의 눈빛만 봐도 당장 알 수 있는 따스한 마음을 입에 침이 마르도록 칭찬하라. 그들은 항상 유쾌하고, 삶의 기쁨으로 충만하며, 언제든지 대화를 나눌 준비가 되어 있고, 가난 속에서도 품위를 잃지 않는 치명적인 매력의 소유자들, 소위 '선진국' 사회를 일깨워줄

교훈이 무궁무진한 사람들이다."[170] 여행자의 눈에 비친 타자는 추한 존재와 단순히 옆 사람을 돋보이게 만드는 존재 사이를 오간다.

타인의 정체성을 고정시키는 일은 곧 그를 장악하는 일이다. 이는 일단 타인에게 수동적인 역할을 부여하고, 뒤이어 그에 대한 서술을 통제함으로써 이루어진다. 에드워드 사이드는 1978년 출간된 『오리엔탈리즘』에서 그 내용을 설명했다. "유럽이 만들어낸 발명품에 가깝다고 말할 수 있는 동방은 고대로부터 온갖 환상과 이국적인 존재, 추억과 사람을 사로잡는 풍경, 놀라운 경험으로 가득한 장소다."[171] 그는 '오리엔탈리즘'이라는 지적·예술적 사조로 서구가 동방에 대한 우위를 차지하게 되었고, 이로써 서구가 동방을 지배하며 "권위 재정비"가 이루어졌다고 썼다. 전자는 글을 쓰는 반면, 후자는 묘사된다. 타자에 대한 담론과 서술 논리를 통제하고 지식과 권력을 교묘히 결합해 침략을 정당화할 수 있었다. "어떤 대상을 아는 것은 곧 그 대상을 지배하는 것, 그 대상에 대하여 권위를 지니는 것인데, 여기에서 권위는 '우리가' '그에게'(동방 국가에게) 자율성을 거부함을 뜻한다. 우리는 그 대상을 알고 있으며, 어떤 의미에서 그 대상은 우리가 알고 있는 모습 그대로 존재하기 때문이다." 서구가 동방 지배를 정당화하며 만든 지식들은 거의 대부분 여행자와 탐험가의 이야기로 전해졌다.

타자의 정체성은 담론과 이야기로 먼저 규정되었지만, 일부 여행자와 탐험가는 개인을 기념품으로 변모시키기에 이르러 진정한 인간 동물원 체제를 발달시켰다. 그 절정은 식민 박람회였다. 18세기 아후토루의 경우가 그랬다. 부갱빌이 베르사유에 있는 루이 15세의 궁궐로 데려온 젊은 타히티인인 그는 금세 스타가 되어 파리에서 열리는 사교 모임에서 "훌륭한 야만인"으로서 큰 인기를 누렸다. 19세기 남아프리카의 흑인 여성 사라 바트만은 정상성을 벗어난다고 여겨진 신체적 특징 때문에 노예가 되어 유럽 전역에서 전시되었다. 그린란드의 이누이트 미니크의 이야기도 시사하는 점이 많다. 탐험가 로버트 피어리가 1897년에 데려온 그는 자기 가족과 함께 뉴욕 자연사박물관에 전시되었다. 그러다 가족이 모두 결핵에 걸려 미니크만 유일하게 살아남았다. 부모는 사망한 이후에도 박물관에 그 시신이 보존되었다. 미니크의 아버지는 뼈대까지 전시되기도 했다. 1993년에야 그린란드 당국의 압력을 받아 사망한 가족의 유해가 고향으로 보내졌다.[172]

오늘날 주로 아시아에서 만들어지는 관광객 대상의 '민족 테마파크'는 정치적인 성격을 띤다. 그런 장소는 소수민족의 전통을 연출해 전시하고, 그들을 그저 본질로(그들의 음악, 춤, 생활양식으로) 축소한다. 즉 그런 것들을 '박물관화'하여 과거의 것으로 만든다.[173] 한편 프랑스인 여행객이 외국에서 찍은 사진들을 살펴보면, 해당 국가가 부유하고 국민 중 백인이 많을수록 어린이를 찍은 사진이 적다는 사실을 알 수 있다. 가령 독일이나 영국에서 현지 어린이를 찍은 사진은 무척 드물다. 반면에 베냉이나 인도, 세네갈, 캄보디아 같은 여행지에서는 어린이를 담은 이국적인 사진이 무척 많이 찍힌다.[174]

적절하게 유지되는 거리

이런 식으로 개인으로서의 타자를 부정하는 일은 그 사람에 대해 감정적으로 무심해지게 한다. 플로베르는 이집트를 여행하며 이렇게 썼다. "구타당하는 노예, 여자를 파는 무뚝뚝한 상인, 야바위꾼이 벌이는 오래된 코미디가 이곳에서는 무척 순박하고 진실하며 정말 매력적이다." 플로베르는 동방에서 공격성이나 고통은 이국적이고 매력적인 모양새를 띤다고 우리에게 말한다. 그러면서 자기 자신을 위해서도, 자녀를 위해서도 견디지 못할 상황을 타자는 쉽게 견딜 것이라고 가정한다. 이런 담론은 인도를 찾는 유럽인들 사이에 널리 퍼져 있다. 나는 그들의 태도를 가까이에서 관찰하며 역겨움을 느꼈다. 카스트제도처럼 억압적인 상황을 쉽게 받아들이고 그 상황을 정당화하는, 심지어 거기에 가담하는 이들은 결코 그런 고통을 겪지 않을 사람들이다. 인간적이고 지성적인 관점에서 봤을 때 억압을 맹목적으로 옹호하는 것, 예를 들어 달리트(불가촉천민)가 '느끼는 것'은 우리가 느끼는 것과 다르고 자녀와 멀리 떨어져 중동으로 일하러 보내지는 필리핀 여성의 '모성 감각'은 우리와 다르다고 단언하는 일은 용납될 수 없다. 이런 담론은 노예제도 옹호자들의 것과 다름없으며 사회 속 종교적, 성적 그리고/또는 경제적 소수의 권리를 신장하기 위한 움직임을 완전히 부정하는 무지를 드러내는 것이다.

페미니스트 에세이 작가인 모나 엘타하위는 그런 태도를 문화상대주의라는 말로 일컬으며 분노한다. "서구인이 외국의 문화를 '존중'해야 한다는 핑계로 침묵할 때 그들이 지지하는 것은 사실상 그 문화의 가장 보수적인 요소들뿐이다. 문화상대주의는 내가 나 자신의 문화와 종교 안에서 맞서 싸우는 억압만큼이나 나의 적이다."[175] 한편 브누아트 그루는 서구 관광객들이 관광을 위한 구경거리처럼 단체로 보러 가는 미얀마의 '기린 목 여인'을 예로 들어 설명한다. 그러면서 그 여성들의 고통을 축소한 탐험가 비톨드 드 골리시의 글을 인용하는데, 그는 그런 고통이 "사람들이 그 여자들에게 잔뜩 주는 선물을 받는 대가로 치면 대수롭지 않다"라고 본다. 그에 대해 그루는 다음과 같이 비꼰다. "그토록 낙관적인 태도로 타인의 고통을 아무렇지 않게 묘사하는 특파원들에게 경의를 표한다."[176] 여기에서도 외국인 여성을 비인간화하는 끔찍할 만큼 효율적인 기제가 작용하는 것을 알 수 있다.

배반당하는 상상 속 이미지

그러므로 여행을 탈식민화하려면 먼저 여행이 상상으로 만들어내는 표상을 탈식민화해야 한다. 진짜를 가짜와, 환상을 현실과 구분해야 한다. 이는 은밀하게 이루어지는 일, 부재하는 것을 연구하는 지리학이다. "여행자는 자신이 여행을 하고 있다고 믿지만, 얼마 지나지 않아서부터는 여행이 여행자를 만들고 여행자를 해체한다"[177]라고 여행작가 니콜라 부비에는 말한다. 좋아하는 장소를 여행하는 일은 무엇보다 먼저 자기 마음속으로 깊숙이 내려가는 일이다. 우리는 타자를 만나고 경험하면서 조금씩 수정해가는, 현실에서 영감을 받은 이야기들을 스스로에게 들려주는 내밀한 동굴 속으로 내려간다. 이름만 들어도 어떤 꿈의 문이 열리는 장소들을 상상한다. 방콕, 다르질링, 이스파한, 사마르칸트, 나이로비, 이스탄불. 혀가 입천장을 어루만지고 잇새를 구르며 이미지가 솟아나게 만든다.

바로 이 지점에서 여행을 하면서 느끼는 실망이 생긴다. 어떤 장소로 떠나는 것은 곧 그 장소를 현실의 수준으로 낮추는 일이다. 여러 여행담을 들으며 타자에 대한(타자의 나라에 대한) 편견이 쌓이면 그에 따른 실망과 환멸은 더 커진다. 여행자는 자신이 상상하던 이미지가 배반당하는 상황에 직면해야 한다. "이제 곧 나는 내 꿈들을 어디에 도피시켜야 할지 모를 것이다. 특히 이집트를 나의 상상에서 몰아내 서글프게도 기억 한구석에 둬야 한다는 사실이 가장 애석하다"[178]라고 네르발은 한탄했다. 환상과 현실 사이의 간극이 정신적 장애를 불러오기도 한다. 뭄바이에 있는 프랑스 영사관에서 한때 정신과 의사로 일했던 레지스 에로는 '인도 증후군'이 존재한다고 설명한다. 예루살렘과 마찬가지로 인도 역시 근본적인 감각을 뒤흔들어, 일부 외국인은 정신질환 전력이 전혀 없는데도 가끔 무척 심한 환각과 불안, 설명할 수 없는 슬픔을 경험하거나 종교적 광신에 빠진다. "인도 여행은 우리 문화가 전하는 편견과 풍설, 허구적인 사실, 그에 대한 생각과 함께 일찍이 시작된다. (…) 그런 환상은 '인도에서 돌아온' 사람들을 만나는 청소년기에 더욱 굳어진다. 그랬다가 막상 인도에 가면 갑작스러운 충격을 받고 어려움에 빠져 고통스러워한다. 새로운 감각들이 우리를 집어삼키면서 인도 증후군을 유발하는 마음속 지진이 일어난다."[179] 그는 단지 인도에서 며칠을 보냈을 뿐인데 공황 상태에 빠져 본국으로 돌아가기 위해 영사관에 들이닥치는 여행자들을 떠올린다. "그들은 단순히 누군가 자기 말을 경청해주고, 비현실적인 분위기 속에서 방향을 찾기를 바랐을 뿐이다. 그들이 느끼는 공포는 그것을 표현할 단어를 찾지 못해 생겨났다."

일반적으로 사람들은 여행을 통해 비밀이 밝혀질 것이라고 믿지만, 사실 비밀은 누적될 뿐이다. 상상의 세계와 현실의 세계가 완전히 분리되어 있지 않기 때문이다. 두 세계는 서로를 유지하고 풍성하게 만든다. 그 가운데서 빠질 수 있는 함정은 여행을 꿈꾸지 않으며 그저 환상에 만족하는 것이다. 환상에서 더 많이 벗어날수록 다른 곳을 탐색하는 일에 의미가 생기고, 여행은 동일성과 차별성이 화해하는 만남의 장소가 된다. 낯선 세상으로 빠져드는 일은 엑조티시즘을 몰아낸다. 그러려면 여성(또는 남성) 여행자는 때로는 수십 년간 이어질 수도 있는 격렬한 탐색에 나서야 한다. 코이누르*[180] 또는 깊숙이 숨겨진 해적의 보물은 잊으라. 진정한 보물찾기는 다른 곳에서 가능하다.

그곳이 어디일까? 바로 문법 교과서다. 문법 교과서는 모든 언어와 문화로 들어가게 해주는 열쇠이자 그 가치에 비해 부당하게 무시당하곤 하는 소중한 지도다. 문법을 공부하는 것은 한 나라의 암호를 해독하고 이웃들의 암호를 풀 방법을 모색하는 일이기 때문이다. 나는 문법 교과서를 모으는 것을 좋아한다. 일부 언어(지금까지 내가 가장 관심을 가졌던 언어는 힌디어, 페르시아어, 튀르키예어다)의 문법을 겉

✽　'빛의 산'이라는 뜻으로, 소유한 자가 세계를 지배한다는 전설로 유명한 다이아몬드.

핥기식으로 배웠을 뿐이지만, 그 책들은 나에게 시집이나 모험소설과 마찬가지다. 언어에는 역사, 지리, 정치, 사회, 종교 등 모든 것이 담겨 있다. 지난 4, 5년 동안 내가 해온 여행의 행적은 언어들의 관계를 그린 계통수를 그대로 따른다. 이것은 언어를 이용해 조금씩 앞으로 나아가며 나의 상상력을 배반하지 않는 하나의 방법이다. 인도에서 이란으로, 뒤이어 튀르키예와 캅카스로 가면서 중앙아시아 언어의 세계에 차츰 들어선 나는 각 나라를 내가 지닌 환상 속 고립된 섬처럼 보려는 유혹에 저항했다. 나는 섬세하게 풀리며 각각의 새로운 나라가 다음에 올 나라에 대해 가르쳐주는 멋진 리본으로 그 환상을 대체했다. 언어는 그 언어를 말하는 사람들에 대해 알려줄 뿐 아니라, 이해하고 이해받는 것, 그리고 꿈에 현실이라는 달콤한 형태를 부여하는 것이라는 두 가지 보상을 해준다.

| 역방향으로 이루어지는 탐험 |

이란의 도시 이스파한의 어느 찻집 안쪽에 놓인 양탄자 한 구석에 휘갈겨 쓴 수사본手寫本 한 권. 나무 아래에서, 카라반이 쉬어가던 고요한 숙소에서, 중국의 시안과 우즈베키스탄의 사마르칸트 사이에 있는 비단길 어딘가에서 붓으로 어수선하게 남긴 짤막한 글들. 많은 여행기가 그런 식으로 쓰였다. 탐험은 한 방향으로 이루어지지 않는다. 중국의 순례자도 발견했고, 페르시아와 아랍의 여행자들도 탐험했다. 예로부터 길은 언제나 여기저기로 뻗어 세상을 가득 채우며 여자들과 남자들, 언어, 사상과 철학, 향신료와 차, 비단, 종교와 신성을 모독하는 말들을 실어 날랐다.

'식민주의적 시선'을 뒤집기

1912년 스코틀랜드인 윌리엄 로버트슨 스미스는 이렇게 적었다. "아랍인 여행자는 우리와 전혀 다르다. 그는 간신히 조금 움직이는 일도 지겹다고 느끼고, 노력을 기울이면서 그 어떤 즐거움도 느끼지 않으며, 배고프고 피곤하다고 있는 힘을 다해 불평한다. 낙타에서 일단 내린 다음에, 양탄자 위에 쭈그리고 앉아 담배를 피우거나 음료수를 마시면서 쉬는 일 말고 다른 일을 하고 싶을 수도 있다는 사실을 당신은 동방 사람에게 결코 이해시키지 못할 것이다. 게다가 아랍인은 풍경에 감동받는 일이 거의 없다."[181] 글을 읽는 사람에게 아랍인 여행자의 특징을 알려준다고 생각했을 스미스는 결국 그보다는 자기 자신과 유럽인 여행자들에 대해 더 많은 사실을 말한다. 유럽인 여행자는 자신이 가는 나라뿐 아니라 그 나라의 여행자들까지 지배자의 시선으로 바라보았기 때문이다. 바로 이런 식민주의적 시선(영어로는

'colonial gaze'라는 용어로 이론화되었다)에서 비서구인 여행자들은 관찰자나 작가로서 능력이 없다고 여겨졌고, 그 결과 그들이 전하는 이야기와 그들이 세상을 접하는 방식은 보이지 않게 되었다. 여행의 연대기마저 유럽 중심적이다. 마르코 폴로, 크리스토퍼 콜럼버스, 바스쿠 다가마 이전에, 또 동시대에 여행한 다른 사람들이 존재했음에도 불구하고 그 유명한 여행자들이 활동한 시대를 탐험의 시기로 간주하기 때문이다.[182]

비서구인 중 가장 유명한 여행자는 단연 이븐 바투타다. 베르베르족 탐험가인 그는 14세기에 배를 타고 거의 30년 동안 여행을 다녔고, 그중 8년은 전성기의 델리 술탄 왕국에서 지냈다.[183] 이븐 바투타는 이슬람교의 흔적을 따라가는 여정을 떠났는데, 모든 비서구인 여행자가 그렇게 하지는 않았다. 이븐 바투타의 업적이나 그가 남긴 방대한 저작을 부정할 수는 없지만 그가 서구의 시각에서 다른 *세계*의 가장 위대한 모험가 중 한 사람으로 남았다는 사실은 결코 우연이 아님을 짚고 넘어가야 한다. 그는 사람들이 다른 세계의 여행자들에게 갖는 일반적 인식에 들어맞는 인물이다. 연구자 하미드 다바시는 페르시아인이나 아랍인 여행자들이 "유럽을 방문한" "이슬람 여행자들"로 자주 지칭되었다는 사실을 지적한다. 물론 이슬람교는 그들의 종교였지만 그것이 그들의 정체성을 결정하는 유일한 요소는 아

니었고, 유럽이 그들이 간 유일한 대륙도 아니었다.[184]

비서구인 여행자들의 이야기에는 오리엔탈리즘과 식민주의의 환상을 치유하는 진정한 해독제가 담겨 있다. 그 다른 여행자들은 '동방'이나 '이슬람교' 또는 '아시아'라는 하나의 커다란 덩어리에 속한 고정된 개인으로 서술되지만, 그들은 자유로운 시선으로 세상을 바라보며 그 시선은 그들의 개성과 그들이 길에서 만나는 사람들에 따라 다양하다는 사실을 여행기를 통해 증명한다.[185] 소속된 집단의 다른 구성원들과 비슷할 것이라고 예상되는 어떤 '타자'에 대한 서술은, 그가 세상을 묘사하고 관찰하고 온전히 체험하는 바로 그 순간에 산산조각 난다.

다양한 길

그들은 사막과 초원의 바람에 떠밀려 중국이나 인도, 페르시아에서 길을 떠났다. 모래 언덕 사이로 끝없이 펼쳐진 지평선을 향해 나아가는 작은 점 같은 카라반의 실루엣을 상상해본다. 통북투, 바빌론, 코르도바, 타브리즈 같은 지역을 떠올리면 그들 역시 가슴이 뛰었고, 그들이 태어난 나라의 도서관들에도 미지의 장소에 사는 바다 괴물과 환상적인 존재를 나타내는 지도들이 가득했다. 승려 현장은 629년에 이미 부처의 흔적을 따라 길을 나섰다. 중국 영토 밖으로 나가는 허가증 발급을 거부당한 그는 여행을 떠나기 위해 도망쳐야 했다. 그는 중앙아시아의 톈산산맥을 넘어 사마르칸트까지 갔다. 현재 아프가니스탄에 있는 바미안을 거치며 유명한 석불도 봤다. 그는 16년 동안 110개가 넘는 나라를 방문하고 중국으로 돌아오며 야자나무 잎에 쓰인 경전을 650권 넘게 가져왔다. 그가 쓴 『대당서역기』는 당대의 지리, 정치, 종교 등에 관한 많은 정보를 전했고 이후에 쓰인 여행기의 원형이 되었다.[186] 마찬가지로 13세기 위구르족 출신 승려인 라반 바르 사우마는 페르시아의 칸에게서 임무를 받아 파리까지 가서 필리프 4세를 만났다. 그는 여행 중 이탈리아에서 화산을 보고 "낮에는 내내 연기가 피어오르고, 밤이면 불이 나타나는 산"[187]이라며 놀라워했다. 그는 또한 유럽인의 관습을 묘사하며 마르코 폴로가 동양에서 했던 것처럼 진지하게 서구를 탐색했다. 최근 사례를 보면 20세기 초에는 이란인 여성 파테메 사야가 유럽 전역과 튀르키예를 여행하며 여성의 권리에 대한 강연을 했다. 모스크바에서 태어나 이란의 페미니즘을 선구한 그녀는 여성 여행자라는 세계주의 인물 유형을 완벽하게 나타내는 매우 박식한 인물이다.[188]

현대 이란에서 가장 흥미로운 여행을 한 이들 중 하나는 오미드바르 형제다. 그들은 시트로엥 사의 2CV 자동차와 오토바이를 타고 세계를 누비며 10년 동안 100개국에 이르는 나라를 여행했다.[189] 테헤란에 있는 작은 규모의 오미드바르 형제 박물관은 "이란 최초의 민족학 박물관"으로 소개된다. 그곳에 가려면 커다란 나무들이 있는 초록빛 열도를 연상시키는 사드아바드 공원의 가파른 언덕을 올라가야 하는데, 그곳에서는 테헤란의 다른 어느 곳보다 강렬한 산맥의 추위가 느껴진다.

오미드바르 형제는 세계 일주 다큐멘터리를 제작한 거의(혹은 실제로) 최초의 인물로 여겨진다. 그들은 당대에 아직 기록된 적이 없는 것들을 글로 쓰고 영상과 사진으로 기록함으로써 진정한 민족학자의 작업을 해냈다. 하지만 이란 국경 너머에서는 거의 알려지지 않았다. 1954년에 이사와 압둘라는 테헤란에서 오토바이를 타고 길을 떠났다. 그로부터 2년 전에 이사는 이미 자전거로 튀르키예와 시리아, 이라크를 횡단하는 4개월간의 여행을 했고, 그동안 동생 압둘라는 자전거로 이란을 일주했다. 처음에 그들은 남아시아와 동남아시아만 여행할 계획이었다. 그래서 아프가니스탄, 파키스탄, 인도, 티베트로 갔고, 오스트레일리아로 내려갔다가 일본으로 다시 올라갔다. 그 시기부터 여행은 차츰 세계 일주로 변했다. 그들은 일본을 떠나 알래스카를 거쳐 북극 지방까지 가서 자신들이 지낼 이글루를 짓고 이누이트 가족과 함께 생활했다. 그곳에서 4개월을 머물다 남아메리카로 떠난 두 사람은 7년 동안 여행한 끝에 1964년 이란으로 돌아왔다. 하지만 가만히 머무르지 못하고 다시 떠날 생각에만 사로잡혔다. 형제는 연이어 강연을 하고 탐방기를 팔아 모은 돈으로 시트로엥 2CV 자동차를 샀다. 그리고 이번에는 아프리카를 향해 떠났다. 그들은 사우디아라비아를 횡단하던 중 예기치 않게 모래 폭풍을 만나, 일주일을 음식도 없이 사막에서 지내다가 베두인족의 카라반에 구조되었다. 아프리카 대륙에서 그들은 차례로 피그미족, 마사이족과 함께 생활했고, 킬리만자로산을 등정했으며(그들은 그곳에 이란 국기를 꽂았다), 콩고의 열대우림을 가로질렀다. 마침내 이란으로 돌아온 형제는 영웅으로 환대받았다. 그들의 이야기는 1960년대 말 텔레비전 주간 방송 프로그램에서 특집으로 방영되기도 했다.

보이지 않는 여행자들

역사 속 여행자들이 모두 자유롭지는 않았다. 어떤 이들은 노예 신분으로 여행을 떠날 수밖에 없었다. 역사학자들은 세계 일주를 한 최초의 인물이 마젤란이 아니라 그의 노예이자 통역사인 엔리케였을 것이라고 추정한다. 말라카에서 사들여져 리스본으로 간 엔리케는 탐험가 마젤란이 세계 일주를 하는 동안 그와 함께 지내다가 필리핀에서 마젤란이 죽은 후 고향으로 돌아갔다. 그러므로 그를 역사상 최초로 세계 각국을 항해한 인물로 볼 수 있다. 또 로버트 피어리가 짐꾼으로 고용한 아프리카계 미국인 탐험가 매슈

헨슨은 1909년 북극에 도달한 최초의 인물이다. 그들은 탐험의 제약과 위험을 탐험가와 똑같이, 어쩌면 더 많이 겪었다. 가끔은 탐험대의 다른 구성원들에 앞서 '정찰병'으로 보내져 위대한 탐험가들보다 훨씬 더 많이 생명을 위협받기도 했다. 15세기에 바스쿠 다가마는 사형선고를 받은 죄수들을 배에 태우고 리스본을 떠났다. 그들은 지구 반대편에서 마주친 토착민과 처음 접촉하는 임무를 도맡았다.

노예, 하인, 요리사, 통역사 등의 도움이 없었다면 대부분의 탐험은 불가능했을 것이다. 그들 중 일부는 여행기를 남겼는데, 그 예로 18세기에 폴 뤼카의 밑에서 1년을 일했던 알레포 태생의 시리아 남성 한나 디아브가 있다. 그는 자신이 보기에 놀랍고 의문이 드는 풍습들을 자세히 기록했다. 프랑스의 수도 파리에 도착한 한나 디아브는 건물에서 상인이 생활하는 층 바로 아래층에 가게들이 있는 것, 보통 창이 안뜰 쪽으로 나 있는 알레포의 집들과 달리 파리의 집들은 거리를 향해 창문이 나 있는 것에 놀라워했다. 또 "도시 주민을 불안하게 만들고" "일곱 시간 떨어진 거리까지 그 소리가 가닿는" 노트르담 성당의 커다란 종에도 놀랐다.[190] 19세기 중반에는 여행자 도루구가 하우사어*로 여행기를 출간했다. 그는 어릴 적 고향 마을에서 아랍인 상인에

＊   하우사족의 언어로, 주로 나이지리아 북부에서 니제르 남쪽에 걸쳐 쓰인다.

게 붙잡혀 노예로 팔렸고, 열두 살에 다시 어느 탐험가에게 팔렸다. 탐험가는 도루구를 해방시켰고 그는 언어학자 하인리히 바르트 밑에서 일하며 그와 함께 보르노부터 통북투에 이어 런던, 함부르크까지 여행했다. 도루구는 자신이 관찰한 모든 것을 기록했다. 그가 죽고 나서 그의 가족은 그가 은밀하게 모은 상당한 양의 보물을 발견했다. 그것은 "유럽의 물건들로 이루어진 다양한 수집품으로 안경 수십여 개, 한 번도 뜯지 않은 비스킷 통들, 자신이 하인으로 일했던 모든 유럽인 탐험가의 이름이 수놓인 옷들, 250파운드에 이르는 금화와 은화"[191]였다.

이런 인물들이 탐험 역사의 주변부로 밀려난 이유는 무엇보다 그들의 존재가 부수적으로 인식되었기 때문이다. 당시 노예는 주인의 소유물이며 하인은 주인이 연장된 존재에 불과하다고 여겨졌다. 그들에게는 여행을 떠날지 말지에 대해 스스로 선택할 권한이 없었고, 연대기를 기록한 작가들은 그들의 존재를 굳이 알릴 필요가 없다고 생각했다. 또한 당시는 여행이 광범위한 홍보 사업이자 오직 한 사람의 업적이어야 했던 시대였다. 실제로는 전혀 그렇지 않으며, 위대한 탐험가들이 교육받지 못한 노예나 범죄자의 도움을 받았다는 사실을 밝히는 것은 집단적인 신화를 훼손하는 일이었을 것이다. 그러니 그들을 그림자 여행자로 만드는 편이 나았다.

비자를 발급받을 때 겪는 자유와 불평등

현대적인 관점에서, 오미드바르 형제나 이븐 바투타가 했던 여행은 오늘날에는 완전히 불가능하다는 사실을 짚고 넘어가야 한다. "나에게 가장 놀라운 사실 중 하나는, 사람들이 자유를 한껏 맛본 다음에 그 자유를 포기할 수 있었다는 사실이다"라고 알렉상드라 다비드넬은 적었다. "대부분의 사람들은 50여 년 전[1914년 이전]만 해도 우리 모두가 지구를 마음껏 누비고 다닐 수 있었다는 사실을 모른다. (…) 그러니 내가 독자들의 잠든 기억을 일깨우고 다른 사람들에게 그 사실을 알려줘야 한다는 말인가? (…) 예전에 여권은 생소한 것이었으니, (…) 오늘날 사람들은 자신들을 분리하는 담장을 다시 넘을 순간을 기다리며 각기 구분된 우리에 갇혀 있다."[192] 다비드넬은 이 글에서 100세 미만인 사람은 알 수 없는 시절을 이야기한다.

대중적인 인식에서 오늘날 여권은 자유와 여행의 동의어 같지만, 사실 여권은 국가가 개인의 이동을 통제할 목적으로 만들어졌다. 그래도 유럽 여행자들은 여전히 상대적으로 큰 이동의 자유를 누린다. 세계의 다른 국가 여행자들의 경우는 전혀 그렇지 않다. 프랑스 여권을 소지한 사람은 186개국에 갈 수 있는 반면, 네팔 여권을 소지한 사람은 38개국에만 갈 수 있고, 아프리카나 아시아 국가의 국민들은 가장 적은 이동의 자유를 누린다.[193] 오미드바르 형제가 오늘날 세계 일주를 하려 했다면 성공할 수 없었을 것이다. 이란 여권은 세계에서 가장 불리한 여권 중 하나이기 때문이다. 이란인으로서 여행하며 다른 나라에 가지 못하는 상황은 이란의 젊은 국민들에게 엄청난 좌절감과 부당하다는 감정을 불러일으키는데, 이 두 감정은 이란의 이슬람 혁명 이후 세대에게서 특징적으로 나타난다. 지구상에서 살아가는 대다수의 사람에게 국경은 만남의 장소라기보다는 그들을 짓누르는 정치적·행정적 장벽에 해당한다. 이제는 비자가 전체 인구에 맞서는 효율적인 정치적 무기로 사용되기 때문에 상황은 나아질 기미가 보이지 않는다. 2017년 도널드 트럼프가 백악관에 취임해 가장 먼저 취한 조치 중 하나는 악명 높은 '무슬림 밴'을 채택한 것이었는데, 이것은 이란을 비롯한 이슬람교 국가의 국민에게 사실상 미국 영토 출입을 금지한 명령이다.

흑인 여성 여행자들

흑인 여성이 모험에 접근하는 일은 여행에서의 성차별과 인종차별 문제를 동시에 또렷이 나타낸다. 이 주제는 최근 몇 년 동안 점점 더 많은 흑인 여성 여행자들이 증언을 전한 데 힘입어 세계 여행자들 사이에서 활발하게 고찰되었다. 모험가 메리 시콜은 19세기에 이미 모욕과 경멸을 당한 일, 노예 상인과 마주치는 것에 대한 두려움 등 자신이 여행하며 겪은 인종주의를 알렸다. 미국으로 떠나 황금을 채굴하기 위해 파나마에 모인 사람들의 사회나 런던의 상류사회에서 마주친 사람들이 보기에 메리 시콜은 그녀가 지닌 능력과 개성을 상실한 한 명의 흑인 여성에 불과했다. 런던 거리에서 아이들은 그녀에게 돌멩이를 던졌고, 그녀가 살롱에 초대받는 이유는 대체로 불건전한 호기심 때문이었다.[194] 남성 여행자의 경우, 토고 출신의 탐험가 테테미셸 크포마시는 1965년 그린란드에 도착해 경험한 색색의 작은 집들, 빙산들이 솟은 피오르, 바다표범의 기름과 익히지 않은 고래 고기로 만든 식사 등을 이야기했다. 그리고 배에서 내리자마자 사람들이 자신의 피부색에 보인 반응도 전했다. "그들은 나를 보자 일제히 말하기를 멈췄다. 너무나 조용해서 파리가 날아가는 소리도 들릴 정도였다. (…) 아이들은 어머니의 소매를 부여잡았다. 어떤 아이들은 겁에 질려 소리를 지르고 울기 시작했다. 누군가는 산에 사는 정령을 이르는 단어인 투르나르숙Toornaarsuk과 키비토크Qivittoq를 말했다."[195] 이틀 뒤 그 지역의 라디오 방송은 그가 도착했다는 소식을 알리기까지 했다. 여기에서도 관건은 중립성의 문제다. 공공장소에서 중립적인 몸은 단지 남성의 몸일 뿐 아니라, 백인의(또는 그렇다고 인지되는) 몸이다.

"흑인 여성에 대한 인종차별은 상대가 국경을 관리하는 경찰이든, 도시에 사는 호텔 직원이나 주민이든 상관없이 다양한 형태를 취할 수 있다"[196]라고 언론인 제니퍼 파제미는 지적한다. 『내셔널 지오그래픽』의 특집 기사에서 한 여성 여행자는 다음과 같은 일화를 전한다. 그녀는 남아프리카공화국의 케이프타운에서 항구로 가 배를 타기 위해 택시에 오른다. 택시 운전사는 대화를 시작하려는 의도로 그녀에게 그 배에 얼마 동안 일하러 가느냐고 정중하게 묻는다. "일하러 가냐고요?" 그는 다시 "네. 3개월, 5개월… 그렇게 일할 건가요?"라고 묻는다. "아, 알겠어요. 아니요, 저는 직원이 아니라 승객이에요."[197]

이런 중립성의 문제는 치마만다 응고지 아디치에의 소설 『아메리카나』 전반에서 다뤄진다. "라고스에 도착해 비행기에서 내렸을 때, 나는 흑인이기를 멈추었다는 인상을 받았다."[198] 소설의 주인공 이페멜루는 블로그에 자신이 겪은 인종차별 경험을 적는다. 그 게시물 중 하나의 제목은 '흑인으로서 여행하기'다. "친구의 친구인 성격 좋고 돈이 엄청나게 많고 미국 사람인 어느 흑인 남자가 『흑인으로서 여행하기』라는 제목의 책을 쓰는 중이다. 그냥 흑인이 아니라 의심의 여지 없는 방식으로 흑인일 때 말이다. (…) 보통 여행 가이드에서는 당신이 게이나 여성일 때 그 나라에서 어떻게 행동해야 하는지 알려준다. 젠장, 흑인에 대해서도 그런 조언을 실어야 할 것이다. (…) 신기한 동물인 양 사람들이 자기를 쳐다볼 수도 있다는 사실을 미리 알고 있는 편이 낫다. (…) 리우데자네이루의 근사한 식당과 좋은 호텔에는 나와 비슷한 사람이 한 명도 없다. 사람들은 내가 공항에서 일등석 줄에 가서 서면 이상한 표정을 짓는다. 저런 얼굴로 일등석에서 여행할 수는 없다고 생각하면서 내가 무슨 실수라도 한 양 재미있다는 표정이다." 아디치에는 여기서 여가 활동과 관광, 휴가, 즉 돈에 접근하는 일에 대한 사회의 생각을 드러내며 또 다른 결정적인 측면을 강조한다. 집단적 상상에서 흑인은 난민, 이민자, 불법체류자의 모습으로만 그려진다. 그런 표상이 우리 머릿속에 가득 들어차서 아프리카 대륙 출신 관광객의 모습을 떠올릴 자리가 없어지고, 흑인 여행자들이 국경에서 경찰과 갈등을 빚는 이유 중 하나도 이 때문이다.

아직도 탐색해야 할 지점이 많다. 미국과 영어 문화권에서는 이제 분명히 이 문제가 부각되기 시작했지만, 프랑스와 프랑스어 문화권에서는 아직 시작 단계일 뿐이기 때문이다. 가시성, 협력이라는 특징을 앞세운 인터넷과 소셜 네트워크는 이런 변화에서 가장 큰 역할을 하는 것으로 보인다. 인스타그램에서 유명해진 우간다계 미국인 제시카 나봉고는 2019년 세계 일주를 한 최초의 흑인 여성이 되었다. 그녀는 서른다섯의 나이로 유엔이 인정한 195개국을 모두 방문했다. 흑인 여성 여행자들은 점점 더 역동적인 공동체를 형성해 온라인 공간에서 조직적으로 활동하고 특집 기사를 내며, 목적지에 따른 조언을 모아 게시하는 사용자 참여형 웹사이트도 만들었다. 그들의 목소리를 키우고 더 넓게 생각하는 등 평등에 도달하기 위한 길은 아직 멀지만, 그 길은 더욱 풍성하고 다양하고 복합적인, 그리고 필연적으로 더욱 현실적인 여행의 세계로 우리를 이끌 것이다.

2 부

여행하기 위한 자유

그녀들은 당당히 단언한다.
모든 몸짓이 전복이라고.

—모니크 위티그, 『여전사들』

5

움직일 자유

나는 어두컴컴한 밤에 가만히 바다를 바라보는 것이 좋다. 새까만 물속, 파도가 잔잔히 속삭이는 가운데 고요한 그 침묵에는 격렬한 내밀함, 무시무시하고도 장엄한 무언가가 있다. 밤이 아닌 다른 시간에는 결코 그보다 더 멀리, 더 잘, 더 충분히 보지 못하리라는 느낌이 든다. 밤은 미지의 영토이자 물에 비친 달빛 그림자(튀르키예어로 '야카모즈yakamoz'라고 부른다), 검은 하늘로 된 거대한 아치와 거기 점점이 박힌 별들 같은 새로운 현상이 드러나는 순간이다. 낮의 하늘은 끝없이 넓고 웅장하며 심지어는 외설적인 푸른빛을 띤다. 하지만 밤이 되면 그 둥근 천장은 별이 박힌 반짝이는 양탄자를 펼쳐 보이고, 우리에게서 몇 광년씩 떨어져 있으면서

도 너무나 가까워 보인다. 우리가 가장 멀리 볼 수 있는 때는 바로 밤이다.

주위에 있는 모든 지표가 꺼졌을 때, 우리가 자기 자신의 모든 흔적과 모든 자국, 따라가야 할 모든 길을 잃은 상태에서 드러나는 그 멀고도 컴컴한 미지의 영토, 그것이 바로 우리가 길을 떠나며 닿고자 하는 곳이다. 출발지는 지도에서 아주 작고 빛나는 원을 이룬다. 여행은 밤으로의 도약이며, 낯선 땅에 있어 보이지 않는 현실의 야카모즈를 끊임없이 찾아 헤매는 일이다.

자유는 움직임일 수밖에 없다. 자유는 끝날 수 없는 도약, 여정, 목표를 토대로 무한을 찾아 나선다. 이자벨 에버하트는 "자유로운 공간은 더 이상 경계가 없는 것처럼 보인다"[199]라고 썼다. 모든 것이 느릿한 다급함, 우리의 모습을 여실히 드러내는 박탈, 도망쳤다가도 다시 붙드는 지평선으로 성큼성큼 나아가게 만드는 열정으로 변한다.

| 수 천 년 동 안 갇 혀 있 던 사 람 들 |

11월의 쌀쌀한 어느 날, 생일 카드를 하나 사려고 문구점과 서점 여기저기를 돌아다니던 나는 이런 문구가 적힌 카드를 보았다. "착한 여자는 천국에 가지만, 나쁜 여자는 원하

는 곳 어디든 간다." 그때 나는 스물여덟 살이었다. 인도에서 지내다 막 프랑스에 돌아와 그다음 달에는 기한 없이 이란으로 떠날 예정이었다. 아직 이란의 일자리를 구하지 못한 상태였고, 떠나는 이유는 테헤란에 여자 친구가 한 명 산다는 것과 페르시아어에 매료됐다는 사실뿐이었다. 그것만으로도 떠나고 싶은 욕망을 키우고 비자를 얻기에 충분했다. 그것이 내게 필요한 전부였다. 하지만 마음속으로는 얼마간 죄책감을 느끼지 않을 수 없었다. 일단 재정적인 상황 (테헤란에서 일자리를 구할 동안 인도에서 일하며 번 돈을 전부 써야 했다) 때문이었지만, 무엇보다 나를 괴롭히던 것은 가족과 친구들에게 내가 이성적인 결정을 내릴 능력이 없다는 인상을 준다는 생각이었다. 이 모든 상황을 두고 끝없이 대화가 이어졌고, 그러면서 나는 낙담했다. 나는 주변 사람들을 실망시키는 것 같다는 끈질긴 느낌과 내가 해야 할 일을 하고 있다는 강한 신념 사이를 오갔다.

문구점에서 집어 든 카드를 보면서 (페미니스트들 사이에서 이미 널리 알려진) 그 문구는 내게 진실을 환히 밝히는 강렬한 메시지로 보였다. 어쩌면 내가 그렇게 나쁜 사람은 아니며, 단지 그리 얌전하지 않은 젊은 여자일 뿐이라는 생각이 들었다. 내가 1유로 30상팀짜리 엽서 앞에서 존재론적 상념에 빠져들기 훨씬 이전에 여성 모험가들이 그 문구를 봤다면 지금보다 훨씬 더 강한 울림을 느꼈을 것이다. 내가 느끼는 두려움은 여성은 가정이라는 폐쇄적 공간에서 (오로지 그 안에서만) 가만히 머무르며 행복을 찾아야 한다는 수천 년에 걸친 명령이 무의식적으로 전달되어 느껴지는 감정일 것이다. 내가 열한 살쯤에 쥘 베른의 소설을 처음 읽으면서 느꼈던 다른 곳을 향해 타오르는 욕망을, 과거의 여성들도 미처 충족시키지 못한 채로 마음속에서 강렬하게 느꼈을지 모른다. 그 여성들은 평생 보지 못한 사막과 초원을 꿈꾸었다. 나는 그것들을 볼 수 있었으므로 그렇게 해야만 했다.

안에서 바깥으로

여성들은 여행을 떠나기에 앞서 *바깥으로* 나가는 일부터 시작해야 했다. 흔히 갖는 편견과 달리 형편이 넉넉하지 않은 여성들은 오래전부터 밖에서 일했고, (자녀와 관련된 일을 하거나, 가정에 물과 식료품을 조달하기 위해) 기능적인 목적의 이동을 해야 했다. "예나 지금이나, 자유롭거나 예속된 수백만 명의 여자들은 자기 집에서 몇 킬로미터 떨어진 곳으로 혼자 물을 구하러 가고, 우물에서 물을 길어 올리고, 바람과 모래, 태풍을 헤치며 물을 수십 리터씩 머리에 지고 가져오는 일처럼 힘과 인내력, 지구력 같은 남자다운 미덕을 필요로 하는 일을 한다"[200]라고 올리비아 가잘레는 지적한다. 이런 이동이 내부/외부로 움직임을 전제로 하는 반면 어떤 경우에도 여성이 자신에게 주어진 역할과 공간, 즉 가정의 범위 바깥으로 나가는 일은 허용되지 않았다. "가정의 문들은 여자에게 닫혀 있다. 가정은 세상에서 여자에게 주어진 영역의 전부다"[201]라고 보부아르는 말한 바 있다. 바로 그곳만이 유일한 여성의 영역이다. 자기 자신을 위한 여행, 즐거움을 위해 한가로이 여행하는 일은 오랫동안 여성들에게 금지되었다.

지배하는 남성은 가부장적인 사회 질서를 정당화하기 위해 완벽하게 인위적으로 만들어낸 이념을 끼워 맞출 정교한 고정관념을 구상한다. 그리하여 젠더화된 범주가 만들어졌고, 생물학적 자료의 인과관계를 사실상 뒤집으며 여성의 활동 범위를 제한하는 성별 결정론이 날조되었다. 성 구분은 지배적인 가부장 질서를 뒷받침하고 "역사를 본성으로, 문화적인 자의를 자연스러운 것으로 변모"[202]시키는 정치적 요구를 수용한다. 그러므로 여성 여행자는 가정의 한계와 자신에게 주어진 의무를 벗어나는 것만으로 충분하지 않았고, 그것이 내포한 모든 것에서 벗어나 근본적으로 해방되어야 했다.

역사학자 미셸 페로는 여성이 "감금의 고리를 깨뜨릴"[203] 필요가 있다고 말한다. 그녀는 밖으로 나가는 일을 두 가지 측면으로 구분한다. "자기 집 바깥에서 거리를 걷기, 금지된 장소(카페, 집회)로 들어가기, 여행하기" 등 신체적으로 벗어나는 경우와 "스스로 견해를 갖기, 예속 상태에서 독립 상태로 나아가기" 등 "주어진 역할로부터" 정신적으로 벗어나는 경우다. 그렇지만 여성의 공간을 새롭게 형성하는 일만으로는 충분하지 않으며, 그 공간의 시간성을 다시 생각해야 한다. 가정은 반복적인 과업들과 그 일이 만드는 순환적인 시간으로 여성의 인간성을 박탈하기 때문이다. 이 시간은 여성이 영영 정체할 수밖에 없게 만들고, 혁신하거나 탐험할 여유를 주지 않는다. 피에르 부르디외가 보기에, 세계의 성 구분은 "남성에게 주어진 집회 장소나 시장을 여성에게 주어진 집과 대비"하는 공간의 구조, 그것에 결합된 "남성적인 단절의 순간들, 그리고 여성적인 기나긴 잉태기간들"이 있는 시간의 구조를 전제로 한다. 변화와 발전을 위한 남성의 시간, 그리고 항상 기다림으로 특징지어지는 여성의 시간 말이다.

몸을 통제하기

수 세기 동안, 그리고 오늘날에도 세상의 일부 지역에서는 '미친 여자', '히스테리적인 여자', '색정광'이라고 간주된 여성들, 달리 말해서 적어도 남성만큼 자유로운 여성들을 가둬두었다. 여자들의 오랜 감금 경험은 격리, 통행금지, 사적인 공간과 공적인 공간에서의 성 분리, 운전면허증이나 자기 이름으로 된 여권 취득 금지, 외출 금지, 출입 통제

같은 다른 일상적인 경험들과 공존했다. 이 모든 것은 여성의 몸을 통제하려는 의도를 가졌다. 여성의 옷차림, 여성이 맺는 감정적·성적 관계, 여성의 쾌락에 대한 접근, 여성의 피임과 출산을 통제하듯 여성의 이동 역시 통제된다. 마르가 당뒤랭이 사우디아라비아의 메카에 가려고 했을 때, 당국은 그녀의 출입을 막았다. 그녀가 외국인이고 이슬람교로 개종한 지 얼마 되지 않았다는 이유 때문이었다. 그녀는 프랑스 영사를 만나게 해달라고 요청했지만 그들은 그녀가 이슬람교도이므로 '그런 사람들'과는 아무런 관계도 맺어서는 안 된다는 이유를 들어 거부했다. 그래서 그녀는 호텔로 가려 했지만, 그때도 그녀가 혼자이기 때문에 호텔에서 묵을 수 없다고 답했다. 마르가 당뒤랭은 어디로도 가지 못하게 거부당하는 상황에서 스스로 물었다. "모든 것이 나에게 금지되어 있으니 도대체 어디로 가야 한다는 말인가?"[204] 이 질문은 터무니없이 많은 금지 사항 때문에 여성 여행자들이 때때로 느끼는 당혹감을 완벽하게 요약한다.

여성을 신체적·상징적으로 감금하는 극단적인 형태는 하렘이나 그리스의 규방, 여성들의 발을 꽁꽁 묶어 걷지 못하게 만들고 장기적으로는 뼈를 망가뜨려 평생 불구가 되게 하는 중국의 '전족' 풍습(20세기 초까지 시행)에서 나타난다. 정도는 다르지만, 일부 페미니스트들은 현대에 들어 아름다움을 이동의 자유보다 우선시하는 하이힐이 유행한 현상에 여성의 이동을 덜 편안하고 더 짧게 만들어 제약하려는 의도가 있었다고 본다.

여권에 관한 법률 또한 여성이 가는 길에 세워진 장벽과 여성의 이동에 가해지는 통제를 상징적으로 보여준다. "혼인 여부로 나 자신을 식별하는 일을 거부하면 비행기 표를 살 수 없었다! 행정 문서에 그저 미즈*라는 호칭을 넣기 위해 싸워야 했다"[205]라고 글로리아 스타이넘은 이야기한다. 지금까지도 사우디아라비아의 여성 여행자들은 남성 후견인(보통 아버지나 남편)의 소유물이다. 2019년 8월 이후 여성도 자기 이름으로 된 여권을 취득하게 됐지만, 왕국은 후견인이 여성을 강제로 가정으로 데려오거나 국가 수용 시설에 둘 수 있게 하는 법적 조항인 '타가유브'를 폐지하지 않았다. 사우디아라비아 여성들은 혼자 여행할 자유가 있지만(여권을 발급받을 수 있지만), 이는 이론적인 자유일 뿐이다. 남성 후견인 제도 때문에 사실상 집 밖으로 자유롭게 나갈 수 없기 때문이다.

아름다운 탈출

역사적으로 구속된 존재인 여성에게 여행은 자신이 처한 조건에서 해방되기 위한 가장 상징적이고 강력한 수단

---

* Ms. 영어로 Madam/Miss에 대한 중립적인 호칭.

중 하나다. 여행을 떠나는 것은 자신의 토대를 다지는 행위, "나는 내가 원하는 곳에 간다. 나는 오로지 나 자신의 것이다"라고 선언하는 일이기 때문이다. 여성 여행자는 젠더화된 사회 범주를 뛰어넘어 그 바깥으로 과감히 나가 움직일 자유를 취하고 목소리를 높이며, 잠깐의 탈출 동안에만 삶을 엿보기를 거부한다. "여성에게는 그들에 앞서 존재하며 그들의 삶을 조건 짓는 사회적인 숙명, 일종의 규범이 주어진다. 하지만 그와 동시에 여성은 그것을 무시하는 것이 아니라 거기에 대항하여 자신의 자유를 행사함으로써 그 사회적 숙명을 뛰어넘을 가능성도 지닌다"[206]라고 마농 가르시아는 강조한다. 여성 여행자들은 반드시 해야 한다거나 되어야 한다고 강요받는 것에 자신을 한정하지 않으려 했다. 아네마리 슈바르첸바흐는 환경과 가족이 자신을 정신적으로 가둔 "황금으로 된 새장"을 설명하며 여행을 한 덕분에 그 새장에서 나갈 수 있었다고 말했다. 그녀는 1928년에 처음으로 멀리 여행을 떠나 이렇게 감탄했다. "나는 난생처음으로 삶이 나에게 제시하는 전망이 얼마나 광대한지 깨달았다. 한계는 사라졌고, 엄청나게 커 보이던 장애물들은 눈에 띄게 줄어들어 우스우리만치 무의미해졌다."[207]

한편 엘라 마야르는 열 살이었을 때 아버지가 레만 호숫가 크뢰 드 장토에 집을 한 채 빌린 것을 계기로 결정적인 변화가 생겼다고 말했다. 부녀는 1년 중 다섯 달을 고니와 갈대, 금련화로 둘러싸인 그곳에서 지냈다. 처음에 마야르는 배를 타고 호수로 나갈 수 없었으며 자유는 여전히 제한적이었다. 그녀는 갈비뼈를 자를 듯 죄어드는 코르크 벨트를 한 채 헤엄치는 법을 배웠고, 집 연못에서 올챙이를 잡았으며, 밤에는 물결 소리에 잠을 설쳤다. 마침내 배를 탈 수 있게 되자 그녀는 너무 멀리 가지 말라는 지시를 받았다. "식사 시간을 알리는 종소리가 내 귀에 들려야 했다."[208] 마야르는 서서히 바다를 누비는 늑대로 변모했다. 그녀의 친구인 미에트(에르민 드 소쉬르)가 쾌속선 페를레트호를 사서 두 여성은 함께 배에 올랐다. 그들은 해적들 사이를 누비고 다닌다고 상상하고 배 위에서 잭 런던이 쓴 책을 읽으며 행복과 자유를 느꼈다. "나는 처음으로 아버지의 집을 벗어났을 뿐 아니라, 바다의 광활함과 인간의 다양성을 발견했다. (…) 우리는 대담해지기 시작했다." 이렇게 훔친 자유와 집에서 떨어져 보낸 시간이 미에트와 엘라를 자신들도 모르는 사이에 성장하게 만들었다. 많은 여성 여행자가 그런 이동의 자유를 자신이 존재하는 이유이자 모든 결정의 구성요소로 삼았고, 머물러 지내는 생활을 거부하며 자신이 시작한 탈출을 돌이킬 수 없는 것으로 만들려 했다.

| 엄청난 전율 |

안전과 두려움의 문제는 혼자 여행하는 모든 여성에게 무척 중요하다. 나는 모험에 내포된 그 부분에 오랫동안 집착해왔다. 하지만 내가 홀로 여행하며 느꼈던 위험은 프랑스의 도시인 파리나 리옹, 낭트에서 지낼 때 경험했던 것보다 덜했다. 알렉상드라 다비드넬도 티베트 고원에 있을 때보다 파리에 있을 때 더 위험하다고 느꼈다고 단언했다. 20세기 초에 네팔에 간 최초의 프랑스 여성 이자벨 마시외는 물소나 야크를 타고 히말라야산맥을 다니면서 무한한 안정감을 받았다. 10년 넘게 여행을 다니며 겪은 어려움 중에서 가장 힘들었던 일을 고른다면, 남성에게도 충분히 일어났을 법한 사례를 세 개 정도 들 수 있을 것이다. 최악의 경우는 말레이시아의 밀림에서 원숭이 무리가 나를 에워싸고 내가 가진 음식을 빼앗으려고 달려든 일이다.

현실과 조언 사이, 내가 직접 체험한 것과 내가 들었던 조심해야 한다는 명령(남성 여행자들에게 주어진 것에 비해 지나치게 강도 높은 명령) 사이의 격차가 처음 이 책을 써야겠다는 생각을 하게 만들었다. 나는 그 실마리를 잡아당기기 시작했고 거기에서 다른 실마리 하나가, 뒤이어 수십 개의 다른 실마리가 끌려 나왔으며, 그 문제는 더욱 광범위한 다른 문제, 우리가 여행과 맺는 관계에 깊은 영향을 미치는 끔찍한 성차별주의와 뒤얽혀 있었다. 서구에서 여성을 모험에서 배제하는 관행은 법적으로는 사라졌지만 배려라는 포장 아래 여전히 남아 있다. 혼자 여행하는 일은 남성보다 여성에게 훨씬 더 위험하기 때문이다.

창살 사이로 지나가기

"거기 가지 마. 강간당할 거야! 이것이 보통 여행을 간다고 말할 때 당신을 아끼는 친구들이 당신에게 해주는 첫 번째 격려다"[209]라고 안프랑스 도트빌은 비꼰다. 여행을 떠나려는 여성을 둘러싼 새장을 구축하는 일은 거의 언제나 그들의 안전과 보호를 명목으로 정당화된다. 그 새장은 문에 거는 자물쇠를 말하는 것이 아니다. 그것은 지나친 사전 예방 원칙, 체계적으로 의욕을 잃게 만드는 언행, 혼자 여행하는 여성이 마치 신기하고 특이한 작은 동물인 듯 그들의 '용기'를 과하게 강조하는 행동으로 나타난다. 경고와 마찬가지로 "너는 참 용감해"라는 말의 반복은 여성 여행자가 자신의 선택과 (근거가 있든 없든) 두려움에 직면하게 만들고, 그녀를 끊임없는 의심에 빠뜨리면서 서서히 가면 안 될 길을 가고 있다는 느낌이 마음속에 자리 잡게 만든다. 결국 여행 자체는 그다지 중요하지 않게 된다. 여성 여행자는 남성이라면 책을 집필하거나 새로운 여행을 준비하는 데 쓸 수 있을 에너지를 주위 사람들을 설명하고 안심시키느라

소진한다.

　나는 비르지니 데팡트가 쓴 『킹콩걸』을 읽으며 그 사
실을 깨달았는데, 여성도 위험을 감수하고 모험에 나설 권
리가 있다고 주장하는 구절이 특히 마음에 와닿았다. 그때
나는 생각을 바꿨다. 그 책은 나에게 자유를 향한 사라지
지 않는 열정을 주었다. 『킹콩걸』은 여행을 다룬 책이 아니
지만, 나는 어느 봄날 그 구절을 읽고 단 한 번도 느껴본 적
없는 강력한 힘으로 책에 빨려 들어갔다. 데팡트는 열일곱
살에 자동차를 얻어 타고 여행을 다니다가 강간당했던 것
과 피해자 역시 그것을 즐겼다는 의심을 받지 않으려고 자
신이 당한 범죄에 대한 사회적 낙인을 떠안아야 했던 이중
의 고통을 이야기한다. 그 시기에 그녀는 미국의 페미니스
트 커밀 팔리아의 글을 접했다. 팔리아는 "강간을 감수해야
할 하나의 위험, 여자라는 우리의 조건에 내재된 위험이라
고 생각하라"라고 제안해 논쟁을 불러일으켰다. 데팡트는
이에 대해 다음과 같이 논평한다. "팔리아는 우리가 스스로
를 자신이 자초한 일에 대한 개인적 책임이 있는 사람이 아
닌 여전사로 상상하게 만든다. 여자로서 바깥에 나가고자
한다면 당할 수도 있을 일을 당한 평범한 피해자 말이다."[210]
데팡트는 강간을 당한 이후에도 계속 밖으로 나가고, 위험
을 감수하고, 기차역에서 잠을 자고, "[자신이] 여자가 아닌
것처럼" 행동하면서 여성에게 운명처럼 가해지는 이중의

고통을 거부했다.

이는 어린 시절부터 여자아이들에게 전해지는 바깥세상에 대한 두려움이 사실상 가부장적 질서에 봉사하는 사회적 기능을 지님을 명백히 드러낸다. 그런 두려움은 만들어진 것이다. 위험은 가능성의 영역에 있지만 현실이나 객관적인 가설과는 더 이상 아무런 연관이 없다. 사람들은 여성에게 바깥세상이 지뢰밭이라고 소개함으로써 여성을 가정이라는 제약된(통계적으로 여성이 죽임을 당하는 경우가 오히려 훨씬 더 많은) 공간에 가두며, 정작 남성이 가하는 괴롭힘과 폭력의 문제는 근본적으로 해결하지 않는다. 여기에 논리라는 것이 존재할 수 있다면, 통행이나 공공장소 출입, 여행을 금지해야 할 대상은 바로 남성이라는 것이다. 가부장제의 본질은 여성이 처음부터 두려움과 망설임을 느끼게 만들어 여성의 선호와 행동을 설계하는 것이다. 따라서 배려하는 마음에서 비롯되었다고 해도 성차별적인 명령을 그대로 되풀이하는 것은 그런 상황을 영속시킬 수밖에 없다.

여성 모험가 카렌 블릭센은 여행에 따르는 위험에 대해 그보다 한 걸음 더 나아갔다. 그녀는 여성을 위험에 처하게 하는 것은 성차별이고, 이는 특히 어린 여자아이들이 받는 교육으로 형성된다고 보았다. 카렌은 어릴 적 가정교사에게서 문학과 역사, 예술, 언어를 배웠지만 수학이나 물리학은 전혀 배우지 않았다. 그녀는 훗날 케냐에서 커피 농장을 경영하게 되었을 때 수학과 물리학적 지식이 부족하다는 데 무척 아쉬워했다. "여자아이들이 양육되는 방식은 부끄럽기 그지없다. 내가 지금의 나와 똑같은 지능과 능력을 지닌 남자였다면, 충분히 궁지에서 벗어날 수 있었을 것이다"[211]라고 그녀는 분노했다. 여자아이는 스스로 방어하는 방법보다 남의 힘을 빌려 보호받는 방법을 배움으로써 애초에 취약하도록 교육받는다. 어떤 여성이 홀로 여행을 떠나거나 외국에서 일하기를 주저한다면, 그녀는 오로지 한 가지 질문만 자신에게 던져야 한다. "내가 만일 남자라면, 똑같은 이유로 주저할까?"

위험을 즐기는 취향

보호를 명목으로 갇혀 있었던 가장 대표적인 여성 여행자는 이저벨라 버드다. 그녀는 건강을 지키기 위해 일생 대부분을 침대에 누워 있으라고 권고받았다. 미혼에 자녀가 없던 그녀는 마흔 살이 되기 조금 전까지 스코틀랜드에서 여동생과 함께 살았는데, 몇 년 동안 이상한 병을 앓았다. 의사들이 거머리, 에그노그, 통증을 완화하는 쇠고리 등 여러 치료법을 시도했지만 아무 소용이 없었다. 이저벨라 버드는 갇혀 있는 상태나 "욕망을 자신의 능력에 맞춰야 하는" 일을 견디기 힘들어했으며, 녹초가 될 때까지 말을 타고 질주하는 것을 좋아했다.[212] 어느 날, 에든버러의 한 의사가 그녀에게 병을 치료하려면 "가능한 한 자주 배를 타라"고 조언했다. 1872년 그녀는 배를 타고 오스트레일리아를 거쳐 오클랜드에 도착한 후 샌프란시스코로 항해하는 네바다호에 올랐다. "버드는 미심쩍은 냄새가 나는 선실에서 보잘것없는 여행 가방을 풀며 난생처음으로 자신이 위험을 감수한다는 느낌을 받았다. 그 느낌은 이상하게도 기분 좋게 다가왔다. 또 놀랍게도 편두통과 거북함을 몰아내는 효력이 있었다"[213]라고 크리스텔 무샤르는 전한다. 버드는 결국 마법처럼 질병에서 벗어나 지금 우리가 아는 대담한 여성 모험가가 되었다. 그녀를 구한 것은 수년간 주어진 모든 처방과 반대로, 여행과 위험을 즐기는 취향이었다.

이렇게 위험을 감수하고, 부르주아적인 삶보다는 죽음을 선호하는 방식을 카렌 블릭센을 비롯한 많은 여성 여행자가 언급했는데, 그중 한 명인 알렉상드라 다비드넬은 1920년 남편에게 다음과 같이 썼다. "죽음을 위해 죽는 것, 나는 그 일이 대초원 어딘가에 있는 길의 아름다운 하늘 아래에서, 적어도 내가 원하는 일을 시도했다는 마지막 만족감을 느끼며 이루어지기를 바랍니다. 침실에 누워 용기가 없었다는 후회, 내가 소중하게 여기는 것을 포기했고 내가 보려 했던 것을 결코 보지 못했고 내가 하려 했던 것을 결코 하지 못했다는 후회 때문에 죽어가기보다는."[214] 시몬 드 보부아르 역시 주변 사람들이 폭행이나 강간의 위험을 경고

했음에도 불구하고 홀로 산책을 즐긴 일에 대해 이야기했다. "나는 신중을 기하느라 내 삶을 무미건조하게 만들고 싶지 않다. (…) 나는 오랫동안 그런 환상을 키워왔음을 후회하지 않는다. 훗날 살아가는 것을 더 쉽게 만들어준 대담함을 거기에서 길어냈기 때문이다."[215]

두려움은 자유에 필연적으로 따르는 요소다. 두려움은 길동무이자 보호자이지, 길을 떠나지 못하게 하는 족쇄가 결코 아니다. 두려움은 우리가 활기를 띠게 만드는 생명력의 표시이고 우리가 다른 곳으로 향하게 만드는 충동이며, 발전하려는 욕망과 자신을 보존하려는 욕망을 조화시키는 요소다. "만일 어떤 행동을 실행하기도 전에 이미 위험으로 영토의 모양새가 그려진다면, 또 위험 때문에 세상에서 살아야 하는 방식이 미리 정해지고 어떤 지평선이 구축된다면… 목숨을 거는 일은 아마도 일단 죽지 않음을 뜻할 것이다"[216]라고 철학자 안 뒤푸르망텔은 말한다. 일부 여성 여행자들은 여행하다가 죽음을 맞았는데, 대부분의 경우 남성이었더라도 죽었을 만한 상황이었다. 1869년에 사하라사막에서 살해당한 알렉시너 티너부터 1904년에 불어난 하천에 휩쓸린 이자벨 에버하트, 2014년에 중앙아프리카에서 살해당한 사진기자 카미유 르파주까지, 여성이라는 이유로 죽은 사람은 매우 드물다. 반대로 많은 여성 모험가들이 장수했고 죽기 직전까지 여행을 계속했다. 알렉상드라 다비드넬은 101세에 평온하게 세상을 떠났는데 죽기 바로 전에 여권을 갱신했다. 엘라 마야르는 90세에도 여행을 했으며, 루이즈 보이드는 82세에 비행기를 타고 알래스카로 갔다. 이저벨라 버드는 미국과 일본에서 돌아와 심장에 병이 생긴 지 얼마 되지 않았는데도 55세의 나이로 손전등과 접이식 침대, 공기 주입식 매트리스를 챙겨 배를 타고 인도로 떠났다. 그녀는 카슈미르를 횡단했고, 티베트를 거쳐 페르시아로 간 다음 아르메니아로 올라갔다가 한국으로 떠났다. 70세에는 말을 타고 모로코를 횡단했으며, 뒤이어 중국으로 떠날 준비를 하다가 73세에 세상을 떠났다.[217] "여행은 젊음과 장기 임대계약을 맺는 일이다!"[218] 다비드넬은 우리에게 이렇게 상기시킨다.

날개를 펼치기: 변신하는 여성 여행자

여성 여행자는 혼성적인 존재로서 별도의 젠더, 여성과 남성의 이점을 모두 지닌 제3의 성이다. 사회적 압박이 줄어들면서 여성 여행자는 일상을 벗어난 행동들을 할 수 있게 된다. 잃을 것이 더 이상 없는 그녀는 괴짜, 주변인, 대부분은 자녀가 없는 미혼 여성으로 간주되며, 그래서 더 많은 일이 허용된다. 결국 여성 여행자는 사실상 위험을 별로 감수하지 않으며, 그녀에게는 본국에서도 겪을 수 있는 괴롭힘과 폭력이라는 위험만이 남는다. 어떤 새로운 위험도

더해지지 않는 데다 심지어 줄어드는 경향이 있다. "혼자 다니는 젊은 여성으로서 나는 환영받고 존중받았다. 내가 열 번 중 아홉 번은 현지 사회에서 교양 있다고 여겨지는 행동과 정반대로 행동했는데도 말이다. 나는 흥미롭고 놀라운 이방인이었고, 모든 사람은 타인을 너그럽게 비추는 거울이었다"[219]라고 안프랑스 도트빌은 전한다.

엘라 마야르와 아네마리 슈바르첸바흐는 아프가니스탄에서 이와 비슷한 경험을 했는데, 그곳에서 두 여성은 큰 호기심을 불러일으켰고 지역 주민들은 그들에게 지낼 곳과 음식을 수차례 제공했다.[220] 그 여행을 떠나기 몇 년 전 작가 피터 플레밍이 엘라 마야르에게 티베트의 고원에 있는 차이다무 분지에 함께 가자고 제안했을 때, 그녀는 여성 혼자 여행하는 것이 그 성공 가능성이 더 높을 것이라고 생각해 망설였다. 그녀가 결국 그 제안을 받아들인 이유는 안전에 대한 염려보다는 혼자 여행하면 지루할지 모른다는 두려움 때문이었다.

하지만 무엇보다 여성 모험가가 별도의 존재로서 본질적으로 자유로운 이유는 그녀가 젠더에 대해 하는 경험 때문이며, 그보다 더 큰 영향을 주는 것은 그녀가 젠더에 대해 하지 않는 경험이다. 여행이 극단적인 생활 조건이나 신체적 시련을 필요로 하는 경우에는 더욱 그렇다. "나는 그런 야생의 삶이 좋다. 나 자신이 강하다고 느낀다. 내가 남자도 여자도 아닌, 두 다리를 딛고 선 인간이라고 느낀다"[221]라고 오데트 뒤 퓌고도는 회상했다. 생존해야 하는 극단적인 상황에 처했을 때, 여성 여행자는 변신해 여성에게 가해지는 명령을 벗어던진 보편적 인간이 되며 젠더에 대한 경험을 접어두고 성별에 초연해진다.

1933년에 오스트리아 여성 크리스티아네 리터는 북극의 최극단, 스피츠베르겐제도에 있는 남편을 보러 갔다. 그녀는 그곳에서 난생처음 혹독한 생활을 체험한다. 부부는 친구인 남성 한 명과 함께 지내며 바람과 야생동물 울음소리만 들리는 작은 외딴집에서 힘겹게 생존한다. 리터는 지평선까지 끝없이 펼쳐진 눈밭 한가운데에서 외로움에 사로잡힌다. 그녀는 몇 달 동안 북극의 밤 속으로 파고든다. "바람이 울부짖으며 굴뚝으로 들이쳤고, 지붕 위에서는 비쩍 마른 여우의 사체들이 춤을 추었다. (…) 나는 신경을 다스리기가 점점 힘들어졌다. 이를 악물고 나 자신을 겁에 질린 소녀, 신경과민증 환자, 응석받이 어린애로 취급했다."[222] 두 남자가 식량을 구하러 며칠 떠나 있는 동안 리터는 나무를 자르고 곰과 폭풍우에 대한 두려움을 다스리며 홀로 살아남아야 했다. 처음에는 정착 생활에 애착을 느끼는 완벽한 가정주부였던 그녀는, 자신에게서 점차 생존 말고는 선택의 여지가 없는 위대한 여성 모험가의 모습을 발견한다. "하루 종일 어두운 생각을 몰아내고 살아남기 위해 짐을 나르는 가축처럼 고군분투한다. (…) 나는 내가 전혀 피로를 느끼지 않고 몇 시간 동안 톱질을 할 수 있다는 것을 알게 되었다. 선사시대의 것처럼 날이 한심할 만큼 둔한 도끼로 나무토막을 쪼갠다." 두려움과 위험이 도처에 존재한 덕분에 얻을 수 있는 점진적인 해방감이다.

| 도시를 한가로이 거니는 여자 |

오늘 새벽에 나는 일찍 일어나 이스탄불을 산책했다. 다섯 시쯤 에잔(이슬람교에서 하루 중 첫 번째 기도 시간을 알리는 외침을 일컫는 튀르키예어)을 듣고 잠에서 깼다. 그 소리는 아래쪽에서 가볍게 들려오다가 뒤이어 도시 전체로 힘차게 울려 퍼지며 열린 내 방 창문까지 들어왔다. 나는 갈매기 떼가 격렬하게 돌며 한 건물에서 다른 건물로 서로 울어대는 그 시간, 이스탄불이 약속으로 가득 찬 하루의 그 순간을 정말 좋아한다. 달은 작별 인사를 하고 떠날 것만 같다. 걷다가 방향을 바꾸고 모퉁이를 돌 때마다 내 마음속에서 작은 혁명이 일어난다. 거리는 서서히 사람들로 붐비고, 보스포루스해협 위로 희미한 주황색 선 두 개가 그어진다. 비둘기들은 내가 다가가면 무리 지어 날아오른다. 몇 시간 후면 보스포루스해협이 아침 안개 사이로 간신히 보이는 가운데 바푸르*가 운행 시작을 알리며 이스탄불 사람들을 실어 나를 것이다.

　도시를 한가롭게 거니는 일은 프랑스나 내가 살았던 외국의 모든 도시에서 나에게 항상 중요했다. 나는 축음기를 가지고 다니며 주변 소리를 녹음하고, 집에 돌아와 노트에 메모를 몇 줄 남긴다. 테헤란에서 처음 거주한 아파트 바로 옆에 있는 케샤바르즈 대로는 내가 이란의 수도에서 한가로이 거닐기를 각별히 즐긴 첫 번째 장소다. 그 길에는 멋진 나무들이 작은 꽃다발처럼 늘어져 지나가는 행인들을 즐겁게 한다. 반면 인도 북부 길거리에서는 자주 괴롭힘을 당하느라 홀로 몽상에 잠겨 걸을 수 없었기에 그런 한가로운 시간을 갖지 못했다. 어느 날 자이푸르에서 내가 살던 집 근처 공원을 산책하는데, 두 남자가 나를 부르더니 나 같은 사람은 여기에 아무런 볼일이 없다고 말했다. 괴롭힘은 인도에서 만성적인 문제가 되어 인도 여성들은 반드시 필요한 때만 외출하고 거리를 한가로이 거닐 수 없다. 하지만 인도아대륙 외에도 여성들이 공공장소를 아무 목적 없이 다닐 때 불편한 상황에 처하지 않는 곳은 전 세계에 사실상 거의 없다. 여기서 문제가 되는 것은 바로 한가로이 다니는 행위, 소요flânerie이기 때문이다. 버지니아 울프에게 소중했던

---

*　　이스탄불의 해상 교통수단.

'존재의 순간들', 꿈과 여행, 양보할 수 없는 자유, 원하는 옷을 입고, 가고 싶은 속도로 자유롭게 다니고, 특별한 이유가 없어도 공공장소에 가고, 멈춰서 책을 읽고 몽상을 하고, 봄이 오는 모습과 새나 곤충을 관찰할 자유, 괴롭힘을 당하지 않고 카페에 느긋하게 머무를 수 있는 자유의 영역에 속하는 산책 말이다. 그런 한가한 거닒은 오늘날에도 여전히 남성의 특권으로 남아 있다.

남성(들)의 놀이터(들)

테헤란의 거리에는 "지가레토 보크호람"(jigareto bokhoram. 문자 그대로 옮기면 "나는 너의 간을 먹는다")이라고 외쳐대는 남성들이 많다. 연인에게 쓰곤 하는 이 페르시아어 문장은 머릿속이 텅 빈 채 음탕한 시선으로 나른하게 벤치에 앉아 있는 지배적인 남성의 전형적인 표현이 되었다. 다른 곳과 마찬가지로 이란에서도 도시는 남성들의 놀이터다. 프랑스 도시들의 상황을 연구한 지리학자 이브 레보가 쓴 책의 제목을 빌리면 도시는 "남성에 의하여, 그리고 남성을 위하여" 만들어졌다. 레보는 "도시는 여성들을 사적인 영역에, 남성들을 공적인 영역에 할당한 역사의 흔적을 담고 있다"[223]라고 말한다. "생활공간으로서의 도시는 대부분 여성에게 위험과 동의어이거나 장애물이 가득한 코스에 해당한다. 최근 몇 년간 프랑스와 유럽에서 실시한 연구들로 이 사실을 확인할 수 있다. 즉 도시는 남성에 의하여, 그리고 남성을 위하여 만들어졌다.” 레보가 보기에 이 현상은 “도시의 남성문화”로 설명할 수 있다. 도시는 “남성의 여가활동을 위해 마련된 작은 공간들”(다목적 운동장, 스케이트장, 페탕크 경기장 등)과 남성 이름을 딴 94퍼센트의 거리(여성의 이름이 붙은 거리는 보통 골목이나 막다른 길이고, 대로나 넓은 거리는 아주 적다)로 점철되어 있기 때문이다.

그래서 남성이 도시를 '소유'한다는 감각이 생긴다. 여성 작가 로런 엘킨은 자신이 헤밍웨이를 알게 된 것과 그의 글에 지닌 애정, 그의 글이 한가로이 도시를 걷는 일에 준 영향을 이야기하며 헤밍웨이가 도시와 맺은 관계에 자신이 거리를 둔다는 사실 역시 말한다. “지금도 어디를 가든 노트를 들고 다닌다. 헤밍웨이에게서 배운 것이다. 그러나 헤밍웨이가 파리라는 도시와 파리 사람들이 마치 자기 것인 양 대하는 데는 거부감이 들었다.”[224] 그리고 『파리는 날마다 축제』에서 특히 지금은 유명해진 다음 구절을 보며 오싹했다고 덧붙인다. “아름다운 여인이여, 그대는 내 시선을 사로잡았습니다. 당신이 누구를 기다리고 있든, 그리고 내가 당신을 다시는 보지 못한다 해도, 지금 이 순간 당신은 나의 것입니다,라고 나는 생각했다. 당신은 내 것이고, 파리도 내 것이고, 나는 이 공책과 이 연필의 것입니다.”[225] 엘킨은 다음과 같이 논평한다. “요즘에는 헤밍웨이가 시선을 권력과 연결시키는 것, 여성이건 파리건 자기가 관찰하는 것이 모두 자기와 자기 연필에 '속한다'고 하는 것을 보면 화가 난다. 내가 파리에서 느낀 감정은 나에게 속한다는 것이 아니라 내가 속한다는 느낌이었다."[226]

남성이 도시와 공공장소에 갖는 상징적인 지배력은 여성을 부당하게 침입한 존재로 만든다. 여성은 부적절한 젠더가 된다. 그런 사고가 길거리에서 일어나는 괴롭힘에 정당성을 부여한다. "거리에서 벌어지는 괴롭힘은 남성성의 과시로, 남성은 여성의 몸을 평가하고 여성을 불편하게 만들고 모욕할 권리를 행사하며 더 일반적으로는 여성의 시간과 관심을 남성의 마음대로 처분할 권리가 있다고 간주한다"[227]라고 여성 언론인 빅투아르 튀아용은 설명한다. 문제는 계속 반복된다. 여성들은 자신에게 향할 말이나 시선이 두려워 특정한 장소에 가거나 특정한 옷차림을 하고 외출하기를 주저한다. 특정 장소나 시간에 혼자 다니는 여성들을 쉽게 보지 못한 남성들은 길에서 마주치는 여성들을 더욱 괴롭힌다. 공공장소는 사실상 여성들이 끊임없이 방해받는 남성적 공간이 된다. 그리고 어떤 경우 여성들은 무의식적으로 자신이 여기에 아무런 볼일이 없다고 인정하며 남성들의 사고에 굴복하기도 한다. 결과적으로 길거리 괴롭힘은 여성에게 가해지는 폭력 중에서 가장 일반적으로 용인되는 형태의 폭력이 되었다. 일상적이고 반복적으로 벌어지는 폭력은 아무런 해도 끼치지 않는다고 여겨지거나 심지어는 그 존재 자체가 부정된다. 전 세계의 거의 모든 여성에게 길거리 괴롭힘은 자신이 동의하지 않아도 일상적으로 겪는 일이 되었다.

이브 레보에 따르면 괴롭힘은 "거리에서 여성의 위치를 구성하는 하나의 현상"이고, 이 현상은 "[여성을] 특정 장소에 할당"함으로써 공공장소에서 일어나는 성 분리에 기여한다. "거리 괴롭힘을 진지한 문제로 받아들이는 것은 그런 행동을 천박하고, 좌절감에 빠져 있고, 성적으로 집착하거나 정신병을 앓는 남성들만의 행동으로 축소하지 않고, 도시의 남성문화에 힘입어 강력한 방식으로 계속 이어져 내려오는 행동으로 바라보는 일이다."[228] 사회적·문화적 배경이 전혀 다른 괴롭힘의 주체들이 지닌 분명한 공통분모는 남성이라는 젠더다.

한가하게 거닐 특권

그렇기에 한가하게 거니는 일은 보통 남성, 특히 부르주아 남성이 누리는 특권이 된다. '소요하는 사람flâneur'이라는 유형은 19세기에 보들레르 같은 프랑스 작가들의 글에서 나타나기 시작했다. 로런 엘킨은 『도시를 걷는 여자들』에서 '플라뇌르'라는 프랑스어 단어에 관한 자료를 찾다가 접한 데버라 파슨스의 다음과 같은 연구를 인용한다. "플라네리를 할 기회나 플라네리 활동은 대체로 부유한 남성의 특권이었고 따라서 '현대적 삶을 그린 예술가'는 필연적으로 부르주아 남성이었다."[229] 프랑스 문학에서 우리는 보들레르부터 아라공, 앙드레 브르통에 이르기까지 남성이 한가로이 거닌 이야기를 읽는 데 익숙하다. 그 이야기에서 여성은 산책의 배경에 속하고 그들의 욕망의 대상이 된다. 남성은 지나가는 여성의 치맛자락을 바라보다 그녀를 따라가고, 뒤이어 (하렘을 꿈꾸며) 사창가에 들렀다가 다시 산책과 몽상을 시작한다.

피에르 로티는 그런 산책을 즐기던 중에 하렘에 갇혀 지내는 아지야데를 만났다. 작가는 그 젊은 여성이 자기 앞에 나타난 일을 마법과 같은, 불길하다고 할 만한 등장으로 묘사한다. "완벽하게 혼자라고 믿고 있었던 나는 가까이에서 굵은 쇠창살 뒤로 인간의 머리에 달린 커다란 초록색 눈이 내 눈을 응시하고 있는 것을 보고 기묘한 인상을 받았다."[230] 소요하는 행위는 그가 콘스탄티노플에서 보낸 날들에서 중요한 위치를 차지했다. "내가 동방에서 보낸 삶을 그 누가 나에게 되돌려줄까? 야외에서 자유로이 보낸 삶, 목적 없이 했던 기나긴 산책들, 그리고 이스탄불의 떠들썩한 소음을. (⋯) 카페가 보일 때마다 들어가 (⋯) 구리로 된 받침이 달린 자그마한 파란 잔에 담긴 튀르키예 커피를 마신다. 햇살 아래 앉아서 물담배 연기를 맡으며 서서히 몽롱해진다. (…) 자유롭고 태평하게 익명으로 지내기. 그리고 사랑하는 여인이 저녁에 집에서 나를 기다린다고 생각하기."

따라서 태평함은 원하는 대로 오갈 수 있고 보들레르처럼 "상념의 물결침"[231]에 몸을 맡길 수 있는 남성의 전유물로 보인다. 그동안 여성은 폭력이나 강간을 당할 위험, 그리고 바로 그 때문에 자유롭게 외출하기 힘들다는 이중의 고통을 겪는다. 한가로이 거니는 여성은 자신이 가면 안 될 곳으로 간다. 그녀가 스스로 도발했으므로 무슨 일을 당하든 그런 일을 당해 마땅하다고 생각된다. 반면에 소요하는 남성은 몽상가, 예술가, 쾌락주의자가 된다.

공간을 재정복하기

여성에게는 지구 반대편으로 여행을 떠나거나 카라반이 다니던 길을 따라가는 것은 물론, 아무 목적 없이 거리를 돌아다니는 단순한 일마저 이미 도발 행위다. "여자라면 고어텍스를 입고 쭈그려 앉지 않아도 전복적일 수 있다. 그냥 문밖으로 나오기만 하면 된다"[232]라고 로런 엘킨은 꼬집는다. "여성이 힘을 얻는 곳도 도시의 중심이다. 여성은 도시의 심장에 몸을 던지고 걸어선 안 되는 곳을 걷는다." 조르주 상드, 시도니 가브리엘 콜레트, 시몬 드 보부아르, 버지니아 울프를 비롯한 많은 여성이 도시를 한가로이 걷는 일, 아무런 목적 없이 자유를 만끽하며 걷는 일을 즐기며 자신의 상상을 공간에 새겨 넣었다. 하지만 소요하는 여성들은 남성들과는 다른 방식으로 그렇게 했고, 바로 그 점이 소요하는 여성들의 특별한 점이라고 카트린 네시는 『소요하는 남성과 소요하는 여성들』에서 설명한다. "20세기 이후 초현실주의자들은 소요하는 남성을 현대 공간에서 소외된 인물, 우수에 찬 산책자, 상품과 여성을 시각적으로 '소비하는 인물'로 영원히 각인시켰다. 여성 소설가들은 대체로 그런 이미지와 단절하며 여성을 해방시키는 긍정적인 소요 행위를 제시했다."[233]

이자벨 에버하트 역시 한가로이 거니는 일을 무척 즐겼다. 그녀는 강렬한 이미지를 찾아 거리를 누비고 다녔고, 불면증에서 벗어나기 위해 밤에 산책했다. "폭풍우를 예고하며 공기가 묵직해진 무더운 8월의 밤이면, 나는 잠을 이루지 못하고 밖으로 나가 몽상에 잠긴 채, 해가 뜨면 생명이 끝날 미로 같은 아라비아의 거리를 돌아다녔다."[234] 비비언 고닉은 청소년기에 접어들면서부터 여자 친구들과 함께 뉴욕의 거리를 누볐다. "우리는 시골 아이들이 들과 강, 산과 동굴을 이용하듯 거리를 활용했다. 세계지도에 우리 자신을 새겨 넣기 위해서 말이다."[235] 어른이 된 그녀는 매일 수십 킬로미터씩 걷는다. 그녀는 관찰하고 메모하고 걸으며 보내는 그 오랜 산책에서 영감을 받아 집으로 돌아와 글을 쓴다. "나는 내가 하루 중 마주친 사람들을 다시 떠올린다.

그들의 목소리를 듣고, 그들의 몸짓을 보고, 그들 대신 그들의 삶을 채워 완성해나간다." 이렇게 소요하는 여성 또한 도시와 공공장소를 포착하고 점유하며, 단지 누군가에게 보일 뿐 아니라 직접 바라보는 존재가 된다.

6

나 자신의 주인이 되기

다른 곳으로 떠나기를 꿈꾼다면, 세상의 두께를 느끼고 싶다면, 닳아 지저분해진 모든 생각을 벗어던져야 한다. 나는 아주 어렸을 때부터 홀로 지내는 법을 배웠다. 홀로 있을 수밖에 없었던 그 시간이 나를 풍성하게 만든 것 같다. 내가 그런 고독을 자진해서 겪었다고 한다면 거짓말일 것이다. 나는 고독을 길들이는 방법을 배워야 했고, 그러기 위해 많은 시간을 책을 읽고 생각하고 공상에 빠진 채 보냈다. 그러면서 마음속에 수십 개의 씨앗을 뿌렸고 그 씨앗들은 세월이 흘러 나무가 되었으며 모든 나무는 야생의 숲이 되었다. 나는 기회가 있을 때마다 그 숲에서 거니는 것을 좋아한다. 그곳에 가는 것은 마음속에서 움직임이 일어난다는 의

미다. 처음에 그곳은 별로 가고 싶지 않은 어두침침하고 작은 숲이었다. 그래서 나는 그곳에 머물러 있으려고 애써 노력해야 했는데, 그러다 보니 점차 진심으로 즐기게 되었다. '숲'에서 몇 시간씩 거닐다 보면, 그곳은 멋들어진 나무와 온갖 식물이 가득한 울창하고 짜릿한 밀림으로 변한다. 어떤 식물은 너무 거대해서 나를 집어삼킬 듯하고, 다른 식물은 이제 막 땅에서 솟아나 아주 조그맣다. 밀림 여기저기를 이은 덩굴들을 붙들고 한 나무에서 다른 나무로 이동할 수도 있다. 어떤 나무는 잎의 색이 변하지 않고, 어떤 나무는 계절에 따라 색이 변하거나 1년 중 한 시기에 잎사귀가 전부 떨어지기도 한다.

이런 마음속 망명 생활 덕분에 나는 다른 곳을 찾아 나섰고 여행을 좋아하게 되었다. 오로지 나 자신을 느끼고 나만의 세계라는 내밀함 속에서 지내는 경험은 나를 구축하고 내가 더 자유롭고 진실하고 공감하는 마음으로 '타인'에게 나 자신을 열 수 있게 만든다. 일단 여행을 떠나면, 여행 자체가 당신을 복잡하고 유일한 존재로 만드는 데 기여한다. 모든 것이 서로 반응하며 퍼져나가고, 덩굴들은 뒤얽혀 감긴다. 밀림은 더 넓고 다채로워진다. "고독은 만들어진 상태로 찾아지는 것이 아니다. 고독은 만드는 것이다"[236]라고 마르그리트 뒤라스는 강조했다. 여행은 고독을 만들 수 있게 해준다. 이것은 극단적인 자유 행위로 *자기 안에 홀로 있*

어야만 행할 수 있다.

　반드시 여행을 혼자서 해야 한다는 뜻은 아니다. 여행 길도 공유할 수 있다. 마찬가지로, 가만히 머물러 지내는 생활이 방랑하는 생활과 접목될 수 없는 것도 아니다. 오히려 머물러 지내는 순간이 여행에 강렬함과 깊이, 명확성을 부여한다. 그러나 여행을 하는 동안 우리 마음속 밀림은 진화(어떤 나무들이 심기거나 베어진다)하므로 숲 관리자가 필요하다. 그 관리자는 여행자 자신일 수밖에 없다.

| 홀 로 있 기 , 자 유 롭 기 |

여행을 할 때 독립성과 자율성은 가장 중요한 카드다. 여성 여행자는 자기 자신밖에 의지할 수 없으며 또 자기 자신만 의지해야 한다. 그녀는 자신의 욕망과 시간성에 자신을 맞춰야 한다. 정착 생활에서 주어지는 분할된 시간은 더 이상 존재하지 않으며, 지표들로 촘촘히 구성된 네트워크도 없다. 여성 여행자는 탐험과 모험을 지속하는 내내 그 무엇에도, 그 누구에게도 속하지 않는다. 그녀는 자신이 누비는 세상의 중심이자 모든 것이 시작되고 수렴되는 장소다.

여성에게 거부되는 고독

사람들은 여성이 전적으로 스스로 원해서 고독해지려한다는 것을 인정하기 힘들어한다. 그렇기에 혼자 있는 여성은 이상한 사람이 되고, 사회는 그런 여성에게 의심스러운 시선을 보낸다. 즉 그런 여성은 불완전하다. 샹탈 토마는 자신을 남성 없이 홀로 번성할 능력이 없는 인간, "자기 자신이 되기 위해서" 다른 누군가를 반드시 필요로 하는 인간으로 만드는 "존재의 결함"을 말한다.[237] 고독은 여성에게 사회적으로 용납되지 않는다. 어딘가에 반드시 채워야 할 부재, 빈 공간이 있다고 생각된다. 나는 공공장소에서 책 읽기를 좋아하는데, 그럴 때면 내가 읽는 책에 대해 부정적인 견해를 말할 필요가 있다고 생각하는 남자가 친절하면서도 거만한 어조로 나를 방해하는 경우가 자주 있다. 내가 못 들은 척하며 그들의 비평을 무시하면, 그들은 나를 비난하기 시작한다(이건 조금 나은 경우이고, 이따금 욕설을 퍼붓기도 한다). 남성들은 보통 여성이 자기 자신에게 할애하는 시간을 남성인 자신에게 써야 마땅하며 그런 자유를 자기 마음대로 사용할 수 있다고 생각한다. "'당신, 오늘 저녁에 자유로운가요?'*라고 물어오면 '네. 하지만 내가 그냥 자유롭도록 놔두세요'라고 분명히 말해야 한다. 내가 그저 '네, 자유로워

---

*   이 표현은 프랑스어에서 '시간이 있느냐'는 질문으로 흔히 쓰인다.

요'라고 말하면 상대방은 그 말을 한 사람의 의도와 달리 자기 언어로 '좋아요, 나를 가지세요, 나를 즐겁게 해주세요. 내가 지닌 자유로운 시간을, 나의 무중력 상태를 가져가주세요'라고 해석한다"라고 샹탈 토마는 통탄한다.

'고양이나 키우는 노처녀'라는 진부한 표현이 증명하듯, 미혼 여성은 미혼 남성보다 더 안타깝게 여겨진다. 젊은 여성에게는 결혼 생활만이 유일하게 가치 있는 운명이라고 강요된다. 여성 여행자들의 이야기를 읽으면서 놀라운 점은, 그들 대다수가 결혼을 피하려는 수단으로 여행을 택했다는 사실이다. "나는 평생 모험을 꿈꿨지만, 상상력이 극도에 달했을 때도 내가 실제로 모험을 떠날 수 있을 거라고는 결코 생각하지 못했다. 모든 일이 예상치 않은 방식으로 벌어졌다. (…) 2년 전까지 나는 삶에서 벗어나는 길이 오로지 하나라고 믿었는데, 그 출구는 바로… 결혼이었다"[238]라고 잭 런던 소설 『모험』의 여주인공 조운 랙랜드는 회상한다. 한편 많은 여성 여행자에게 구혼자를 거부하는 일은 그들이 모험을 떠나도록 부추기는 사건이 되었다. 한 남성의 청혼을 거절한 다음 일생일대의 모험을 떠난 알렉시너 티너의 경우가 그랬다. 거부당한 구혼자는 그녀가 여행을 떠난 후 몇 주 동안 그녀를 괴롭혔고, 심지어 그녀가 머무는 곳마다 찾아가 기다리다 그녀에게 다시 청혼했다.[239]

이저벨라 버드는 1873년 하와이에 도착해 난생처음

혼자 사교 모임에 갔는데, 그때 사람들이 자신의 있는 모습 그대로에 관심을 가질 수 있다는 사실을 알게 되었다. 이것은 새로운 느낌이었다. 한 남성이 청혼했을 때, 그녀는 아직 자신이 발견해야 할 가능성의 섬들이 있음을 예감하며 청혼을 거부했다. 그녀의 삶은 이제 막 시작되었기 때문이다. 1930년에 '살인자의 계곡' 알라무트(당시 아직 지도에 기입되지 않은 지역)를 찾아 페르시아로 떠난 여성 모험가 프레야 스타크는 남성을 두고 떠날 때마다 "놀라운 환희"를 느꼈다고 말했다.[240]

마음속 생명력을 느끼기

"(사람은 혼자일 때만 자유롭기 때문에) 홀로 만끽하는 자유의 가치와 그 달콤한 맛을 아는 사람에게 어딘가로 훌쩍 떠나는 것은 가장 용감하고 가장 아름다운 행위다. 어쩌면 이기적인 행복일지도 모른다. 하지만 이를 만끽할 줄 아는 사람에게는 행복이다. 홀로 있는 것, 많은 것을 필요로 하지 않는 것, 낯선 사람으로 대해지는 것, 이방인이지만 도처에서 자기 집처럼 편안하다고 느끼는 것, 세상을 정복하기 위해 고독하고 위대하게 걷는 것."[241]

이자벨 에버하트가 이렇게 묘사한 것들을 혼자 여행하는 여성 여행자는 모두 경험했을 것이다. 새벽에 출발해서 길을 떠나는 순간, 모든 것과 모든 사람에게서 멀리 떨어져 오롯이 혼자이지만 자유롭다고 느낄 때의 엄청난 기쁨(그리고 공포)을 말이다. 완벽하게 자유롭다. 왜냐하면 혼자이기 때문이다. 알렉상드라 다비드넬 역시 『수수께끼의 마법』에서 그렇게 자유에 취했던 순간을 떠올렸다. 그녀는 아주 어릴 때 영어를 배우러 런던으로 떠났다(그때 이미 그녀는 인도로 떠나겠다는 큰 계획을 세우고 있었다). 그녀는 네덜란드 플리싱언에서 새벽에 출발하는 배편을 예약했다. 떠나기 전날, 호텔 방에서 잠을 이루지 못하던 그녀는 한밤중에 부두로 갔다. "나는 완벽하게 혼자라고 느꼈다. 나를 아는 사람 중 누구도 내가 여기, 네덜란드의 부둣가에 와 있다는 사실을 모르고, 만일 내가 바로 이 순간에 죽는다면 아무도 내가 누구인지 모를 것이다."[242] 이런 생각이 들면 아무리 용감한 사람이라도 두려워졌겠지만, 다비드넬은 그런 생각을 하면서 말로 표현할 수 없는 행복을 느꼈다.

방랑하는 삶의 고독에는 영속성이 담겨 있다. 인간은 오직 자기 자신에게만 의지할 수 있을 때 더없이 진실해진다. 그러므로 떠돌며 방랑할 권리를 주장하는 것은 사실상 자신의 길을 찾고 자신이 나아갈 방향을 스스로 정할 가능성을 요구하는 일이다. 모나 숄레는 인간이 "다른 사람의 사례에서 영감을 받고, 그들을 모방하며 어떤 모델을 따를 수 있지만(인간은 타인에게서 빌린 무수한 특징을 조합해 독특한 개성을 만든다는 점에서 언제나 그렇게 한다), 걸음을 내디딜 때

마다 그 자리에서 스스로 결정하고 행동해야 한다는 현기
증이 날 만큼 엄청난 과업에서 절대로 벗어날 수 없을 것"[243]
이라는 사실을 우리에게 상기시킨다. 따라서 "유일한 존재
로서 살아가는 일은 일종의 줄타기 곡예"다. 그보다 수십 년
전에 엘라 마야르는 비슷한 사실을 확인했다. "그렇다. 독립
적인 삶으로 나아가는 첫걸음은 떼기 힘들다. 아무도 당신
의 필요와 욕망을 고려하지 않는다. 자기 자신을 확신하게
될 때까지 몇 년 동안 혼자서 살아야 한다. 그러다가 갑자기
도움을 받게 되고, 매사가 더 쉬워지며, 당신이 일으킨 파도
가 마침내 당신을 떠받친다."[244]

　고독한 움직임에서 얻은 이 자유는 곧 충격파처럼 삶
의 나머지 부분으로 퍼진다. 여행을 위한 삶을 살기로 정하
는 것은 엄청난 개인적·직업적·재정적 희생을 요구하지만
주위 사람들은 그런 희생을 깨닫지 못하거나 표면적으로만
이해한다. 나를 잘 알지 못하는 사람들은 내가 외국에서 사
는 (온전히 스스로 구축한 삶의) 이유를 설명하며 '운'이 좋았
다고 말하곤 한다. 그들은 내가 그런 삶을 사느라 무엇을 포
기했는지 모른다. 많은 것을 잃었지만 전혀 후회는 없다. 자
기 자신에 대해, 움직이려는 방향에 대해 확신을 가지는 것
은 사람들이 당신의 선택에 끊임없이 질문을 던지는 순간
에도 방향을 잃지 않고 앞으로 나아가며 행복해질 수 있는
최선의 방법이다. 우리 집안에는 나만큼 강도 높은 여행을

한 사람이 없다. 숙모 한 분은 기차조차 전혀 타본 적이 없다. 아버지는 나를 보러 이란에 오면서 40년 만에 처음으로 비행기를 탔다. 아버지가 테헤란에 머물던 열흘 동안 나는 직장 때문에 해야 할 일들이 있었는데, 내가 없는 시간에 아버지는 영어를 거의 할 줄 모르는데도 혼자 테헤란을 산책했다. 아버지는 그 순간을 정말 좋아했다. 그 이후로 아버지는 조만간 이란, 아니면 적어도 그 일대에 다시 가고 싶다고 자주 이야기한다. 표현한 적은 없지만, 아버지가 그렇게 말한다는 사실에 무척 뿌듯하다.

다른 곳으로 가는 비밀 통로

나는 책이 없는 여행을 상상할 수 없다. 지난 몇 년 동안 절반이 책으로 가득 찬 여행 가방을 끌고 다녔다. 가끔은 무게를 줄이려고 책을 읽어가면서 책장을 뜯거나 제본을 몇 부분으로 나눴다. 어떤 책은 여관이나 호텔, 기차역, 중고 서점에 두고 떠났다. 어머니 소유의 프레드 바르가스 소설책 몇 권도 테헤란의 서점에 두고 왔는데, 어머니는 나중에 그 사실을 알고 무척 섭섭해했다. 그런 상황이었기에 뒤늦게 구입한 전자책 단말기는 방랑 독서가인 나에게 엄청난 발전이었다. 종이 냄새와 책장을 넘길 때의 감미로운 사각거림이 아쉽기는 하지만.

문학은 그 자체로 우정이며 길동무이지만, 어느 정도

고독을 위한 자리를 내주는 일도 필요하다. 여행과 독서는 본질적으로 서로 연결된 활동이다. 문학은 여행과 마찬가지로 우리가 존재할 법한 장소와 삶에 접근하게 해주고, 여행은 독서에 유리한 조건들을 한군데 모은다. 여행은 세상을 이해하는 데 접근하는 하나의 방법이고 반대로 책은 여행하며 보는 것을 언어로 표현하게 해주는 하나의 방법이다. 우리는 밤낮으로 외국의 도시를 돌아다닐 수 있겠지만, 그 도시에서 탄생한 책들의 속삭임에 계속해서 귀를 기울이지 않는다면 도시를 제대로 포착할 수 없을 것이다.

그러므로 책은 우리가 집에 내는 여분의 창문이다. 책은 다른 세상들로 향하는 비밀 통로다. 나는 책을 읽으며 중국해의 여성 해적, 에티오피아의 커피 상인, 히말라야산맥을 오르는 모험가가 될 수 있었다. 어렸을 때는 매일 새로운 해협을 항해했고, 섬에서 섬으로, 바다에서 바다로 성큼성큼 옮겨 다니며 내 방을 에워싼 사방의 벽을 멀리 밀어냈다. 방은 나를 미지의 땅으로 데려가는 잠수함이었다. 위대한 여성 여행자들이 위대한 독서가였다는 사실은 우연이 아니다. 독서는 우리가 "종이로 된 길"[245]을 거치지 않는다면 영영 알 수 없을 정신적, 신체적 공간에 대한 새로운 전망을 열어주기 때문이다.

어린 시절 집에 갇혀 있어야 했던 이자벨 에버하트는 피에르 로티와 체호프, 톨스토이를 비롯한 위대한 러시아

작가들의 책을 탐독했다. 빅토리아 시대 영국 작가 조지 킹즐리와 그의 하녀인 메리 베일리 사이에서 태어난 모험가 메리 킹즐리는 30년 동안 거의 감금된 채 지냈다. 그동안 그녀는 여행을 다룬 책들이 가득한 아버지의 서재를 지칠 줄 모르고 드나들었다. 아버지가 세상을 떠나자, 그녀는 모험이라는 자신의 꿈을 실현하려고 짐을 싸서 아프리카 대륙의 오지로 갔다. 한편 알렉상드라 다비드넬은 쥘 베른이 쓴 소설 속 주인공이 되기를 열망했다. 훗날 그녀는 기메 박물관의 도서관에 갔는데, 그 경험은 그녀가 남은 생을 여행에 바치도록 충동한 일생일대의 발견이 되었다. "그 당시에 기메 박물관은 신전이었다. 지금 내 기억의 깊숙한 곳에서 그곳은 우뚝 서 있다. (…) 계단 꼭대기에 거기서 '가장 성스러운 장소'가 컴컴한 소굴처럼 자리 잡고 있다. 안으로 들어가는 입구의 묵직한 창살 너머로 책이 가득한 책장이 빼곡히 들어찬 원형 방이 얼핏 보인다. (…) 그 작은 방에 있는 사람들이 넘기는 책장에서 말 없는 부름이 새어나온다. 인도, 중국, 일본 같은 나라들, 수에즈 너머에서 시작되는 세상의 모든 장소가 책 읽는 사람들을 부추긴다… 사명이 탄생한다… 나의 사명이 그곳에서 탄생했다."[246]

어느 나라에 있든, 그 나라의 언어를 얼마나 잘 알든, 외국에서 서점이나 도서관 안을 돌아다니다 보면 익숙한 분위기와 냄새, 감각을 되찾게 된다. 테헤란에는 각각의 취향에 따라 다양한 서점이 있다. 내 취향에 맞는 곳은 대학가인데, 그곳에는 책과 서점이 끝없이 이어진다. 나는 대로를 따라 들어선 작은 문학의 동굴 같은 서점에 들어가기를 즐긴다. 이란 사람들은 대학가의 현대적인 카페에서 만나 공부하고, 담배를 피우고, 정치나 문학에 대해 이야기한다. 그곳은 내게 익숙한 장소들에서 멀리 떨어져 있음에도 세상의 다른 어디에서보다 편하게 숨 쉴 수 있는 곳이다.

| 자유만 짊어지고 떠나는 여행 |

나는 여행 가방이라면 끔찍하다. 여행 가방 꾸릴 생각을 하고, 가방을 꾸리고, 들고 가는 것 중 어느 단계도 즐겁지 않다. 수개월 동안 떠날 예정이어도 떠나기 전날에야 가방을 꾸리기 시작하고, 결국 새벽에 일어나 떠나기 직전에 짐 싸기를 마친다. 하지만 사실 모험을 떠나는 것은 단지 짐을 가져가는 일만은 아니다. 혼자서 지내거나 자주 이동하는 생활을 하다 보면 어떤 짐들, 특히 남성의 시선이라는 짐에서 벗어나 더욱 강해지고 여성을 끊임없이 표상과 유혹의 역할에 한정시키는 성차별적 명령을 내려놓을 수 있다.

아름다워야 한다는 짐

세상은 남성과 여성의 젠더 구조를 만들 뿐 아니라 정신과 육체, 존재와 현상을 구분한다. 미적인 부담은 '아름다운 성'이라고 불리는 여성에게 주어진다. "여성이 단장하는 의미는 분명하다. 이는 자신을 '치장'하는 일이고, 자신을 치장하는 것은 곧 자신을 제공하는 일이다"[247]라고 보부아르는 지적했다. 이렇게 여성을 그 몸에 할당하고, 그들이 끊임없이 아름다움에 관심을 갖도록 강요하는 일은 여성이 주체가 될 능력을 심각하게 저해하고 여성을 "지속적인 종속 상태에 가둔다".[248] 여성이 무슨 일을 할 수 있든, 성취한 업적이 무엇이든 그녀가 가치 있는 인간이 되기 위해서 자신이 가진 가치 대부분을 몸에 걸어야 한다는 여성성의 계약을 따르지 않는다면, 그 무엇도 충분하지 않을 것이다. 카렌 블릭센은 위대한 여행자이자 뛰어난 작가였지만 다음과 같은 끔찍한 문장을 썼다. "내가 평생토록 불행하게 여긴 사실 중 하나는 내가 더 아름답지 않다는 것이었다."[249]

이런 관점에서 사람들은 여성 모험가들을 추하지는 않더라도 적어도 태만한 여성으로 간주하며 오랫동안 깎아내렸다. 태만하다는 표현은 여성에게 수치스러운 모든 요소를 내포한다. "우리를 개집으로 돌려보내는 것은 언제나 우리의 아름다움을 명분으로 행해진다!"[250]라고 브누아트 그루는 질타한다. 여성은 햇빛이나 습도에 관련된 변덕스러운 기후가 피부에 미칠 영향, 위생과 청결 관리의 제약, 보장되지 않는 음식의 질, 제모의 기술적 어려움 때문에 외모가 흉해질 위험이 있다는 이유로 모든 여행을 포기해야 했다. 1899년 일간지『라 프롱드』에 실린 기사에서 마담 아젠은 "우리는 무도회와 극장을 돌아다니지만, 추해져 돌아오게 되는 여행은 하지 않는다"[251]라고 말했다. 여행을 떠나기로 결심한 여성들은 적어도 20세기까지는 대부분 무슨 일이 있어도 적당히 청결한 외모를 유지하려 했고, 바로 이 때문에 페티코트를 입은 여성 모험가 또는 코르셋으로 몸을 꽉 조인 여성 여행자 세대가 등장했다. 우아함에 대한 이런 강박은 가끔 도가 지나쳐서 여성 여행자를 위험에 빠뜨리기도 했다. 19세기에 메두사호를 탔다가 난파를 당한 작가 샤를로트 다르는 자기 가족을 구조한 장교들이 갈아입으라고 준 남성복 입기를 거부하고, 물과 모래로 무거워진 드레스 때문에 제대로 걷기조차 힘든데도 여성스러운 외모를 유지하기를 택했다.[252]

짐을 가볍게 만들기

20세기 중반까지 여성 여행자들은 이중적인 의복 생활을 했다. 가정에 정착하는 생활로 돌아오면, 환경에 적응해 다시 몸단장을 시작해야 했다. 19세기의 페미니스트 여행자 올랭프 오두아르는 그렇게 현실로 되돌아왔을 때의 충격을 다음과 같이 이야기했다. "나는 둥근 철 고리 32개로 몸을 두른 다음, 그것을 30여 미터 길이의 퍼케일과 모슬린 천으로 덮고, 그 위에 50미터짜리 실크를 펼쳐야 했다. 한마디로 옷 한 벌을 만들기 위해 내가 사막에서 1년을 보내며 입었던 모든 옷을 마련하는 데 쓴 돈보다 더 많은 돈을 써야 했다."[253] 알렉시너 티너와 루이즈 부르보노, 그리고 페르시아를 탐험할 때 고급 드레스를 입었던 프레야 스타크 같은 탐미적 모험가들도 분명히 있었다. 하지만 현대 여성 모험가에게 여행은 아름다움과 외모에 관련된 사회적 명령에서 벗어나, 자신의 몸을 더 이상 목표가 아닌 수단으로 여기며 온전히 *제자리를 되찾을* 가능성을 제공한다. 이는 당연한 것처럼 보여도 강조할 필요가 있다. 편안하고 실용적인 의복(더러워져도 되고 쉽게 세탁할 수 있는 옷, 몇 시간 동안 신고 걸을 수 있는 신발)은 여성 여행자에게 필수적이다.

애거사 크리스티는 시리아로 떠날 준비를 하며 물건을 구입했던 경험을 다룬 글에서 성차별적 요구와 이동하는 삶을 위한 절대적 필요 사이의 격차를 언급했다. 그 일화는 여성 여행자의 욕구가 여성에게 강요되는 *미적 규범*에 얼마나 어긋나는지를 보여준다. 그녀는 가게와 백화점을 돌아다녔지만 "물로 세탁할 수 있는 비단 또는 면으로 된 옷"[254]을 구할 수 없었다. 여성 판매원 중 한 명이 그녀에게 '유람선 여행' 코너에 가보라고 권했다. "'유람선 여행'이라는 말은 언제나 낭만적인 꿈의 분위기에 둘러싸여 있고 조금은 목가적으로 들린다. 그 말을 들으면 유람선으로 여행을 떠나는 젊은 여성들을 떠올리게 되는데, 그들은 날씬하고 젊으며 발목 부분은 풍성하고 허리는 딱 달라붙는 절대 구겨지지 않을 것 같은 리넨 바지를 입고 있다"라고 크리스티는 짜증을 냈다. 그녀는 더 큰 치수의 옷을 보고 싶다고 했지만, 그 코너를 담당하는 판매원은 "오! 없는데요. 우리는 큰 치수는 없어요"라고 답했다. 그러자 크리스티는 속으로 이렇게 논평한다. "끔찍하겠지! 큰 치수와 유람선 여행이라고? 이런 기이한 경우가 어디 있겠어?" 하지만 그녀는 낙담하지 않고 모자를 찾아 나섰다. "내가 원하고 반드시 사려고 하지만 절대로 살 수 없을 모자는, 바람이 조금만 불어도 날아가버리지 않을 적당한 크기의 펠트 모자다. 20년쯤 전에 개를 산책시키거나 골프를 할 때 썼던 그런 모자 말이다. 지금은 아쉽게도 요즘 유행에 따라 머리에 찰싹 달라붙거나 한쪽 눈이나 한쪽 귀, 또는 한쪽 목으로 기울어진 모자만 찾아볼 수 있다."

한편 기자인 넬리 블라이는 옷이라고는 입고 있던 드레스 한 벌만 가지고 여행을 떠남으로써 말 그대로 아름다움에 대한 짐을 벗어던졌다. 그녀가 80일보다 더 짧은 기간 안에 세계 일주를 해내겠다는 계획을 직장 상사에게 처음 말했을 때, 그는 단호히 거부했다. 여성은 많은 짐을 가져가야 하기 때문에 그만큼 시간이 소요돼 그런 기록을 세울 수 없다는 것이었다. "의논할 것도 없습니다. 이 일은 남자만 할 수 있어요." 하지만 블라이의 완고한 고집에 그는 결국 여행을 승인한다. 그녀는 떠나기 직전에 양장점에 가서 "석 달 동안 끄떡없이 버틸 드레스"를 한 벌 주문하며 당일 저녁까지 완성해달라고 요구한다. 그리고 "가방에 들어가는 만큼만 짐을 꾸리기로" 마음먹고 가방도 하나 산다. 그 안에 담은 것은 (더운 나라에서 입을) 실크 코르셋 하나, 모자 두 개, 베일 세 개, 실내화 한 켤레, 그리고 나중에 가져간 것을 후회한 콜드크림 한 통이었다. "사실 콜드크림 통은 여행 내내 애물단지였다. 자리를 제일 많이 차지하는 것 같았고, 가방을 닫을 때마다 거치적거려서 애를 먹였다." 넬리 블라이의 작은 여행 가방과 단벌 드레스는 1889일 11월 30일자 『뉴욕 월드』에서 언급된다. "도대체 어떻게 된 여자이기에 작은 가방 하나와 입고 있는 드레스만 가지고 세계 일주를 하겠다는 것인지 모르겠다. 그녀는 현실을 우리의 꿈보다 더 기가 막히게 만들어 낭만을 산산조각 낸다."

넬리 블라이는 이집트의 포트사이드로 향하는 배에서 한 젊은 남자를 만난다. "젊은 남자는 아홉 살 때부터 계속 여행하며 살았다면서, 수많은 짐 꾸러미와 트렁크 없이 여행할 수 있는 여자를 찾으리라고는 기대할 수 없기 때문에 사랑하고 결혼하고 싶은 욕망을 계속 참아왔다고 말했다."

하지만 그녀는 그가 "아주 세련되게 옷을 입고" 적어도 하루 세 번은 옷을 갈아입는다는 사실을 알게 된다. 그녀가 트렁크를 몇 개 가지고 왔냐고 묻자, 그는 열아홉 개라고 대답한다. "나는 트렁크 없이는 여행하지 못하는 아내를 얻을까봐 걱정하는 남자의 두려움이 더는 이상하지 않았다."[255] 우리도 그렇다.

인스타그램은 지옥이다

지난 10년 동안 여성 여행자들에 대한 미적 압박이 다시 심해지고 있다. 이는 특히 소셜미디어 서비스가 여행 경험을 연출하는 수단으로 흔히 사용되기 때문이다. 그 선두에는 2010년에 만들어진 유명한 애플리케이션, 인스타그램이 있다. 동영상과 사진 공유를 기반으로 하는 인스타그램은 먼 곳에 대한 집단적 상상력을 금세 포화 상태로 만들었다. 연이어 등장하는 서로 비슷한 풍경들, 필터를 지나치게 사용해서 심하게 보정한 사진들, 선정적인 자세, 여러 브랜드에서 협찬받은 옷 광고, 성형수술과 몸에 대한 집착 등을 보면 21세기 초반인 현재, 여성 여행자의 신체와 생활수준, 물질적인 소유의 규모는 집단적 강박의 대상인 듯하다. '좋아요' 기능으로 부추겨지는 끊임없는 인정 욕구는 여성 여행자의 이미지를 여행의 핵심으로 만들고, 가장 멋진 여행지, 가장 근사한 아웃핏('옷차림'을 부르는 신조어이지만, 표현만 다를 뿐 의미는 똑같다), 지구 반대편에 있는 호화로운 식당에서 저녁 식사를 하는 가장 아름다운 커플 등에 관한 사회적 압박을 다시금 가한다.

이 같은 시스템은 광고나 협찬을 받은 게시물에 의존해 형성되고, 2.0 버전 소비주의가 여성 여행자의 표상을 만들어내는 데 기여하면서 그런 표상이 신체적·재정적 측면에서 다른 여성들의 모습과 멀어지게 한다. 여성들이 예전에는 자신에게 여행할 능력이 없다고 느꼈다면, 오늘날은 자신이 여행할 만큼 충분히 부유하거나, 예쁘거나, 젊지 않다고 느낀다. 그리고 점차 '인플루언서'가 모험가보다 우위를 차지하는 것처럼 보인다.

| '자기만의 방'에 닿기 |

나는 여행의 예측 불가능성, 낯선 곳에서 느끼는 전율, 언어도 문화도 기후도 잘 모르는 나라의 환경에 빠져들 때 우리를 가득 채우는 아드레날린의 기운이 좋다. 아니면, 적어도 그런 것을 좋아하기를 좋아한다. 그것은 내가 열심히 읽은 모험소설과 지구본을 검지로 짚으며 먼 길을 다니는 상상으로 키워온 꿈을 반영하기 때문이다. 여러 측면에서 볼 때 나는 사실 여행자는 아니다. 나는 횡단보다 정박이 더 매력적이라고 생각하고, 출발보다는 도착이 훨씬 좋다. 나는 오랜 시간 한자리에 머물러 있어야만 접근할 수 있는 현실의 복합성을 추구한다. 여행은 지체하고 은신처에 물러나 있으라고, 즉 환경에 적응하고 언어를 배우고 창문들을 더 잘 통과하기 위해 창문들에 둘러싸이라고, 또 그렇게 해서 자기만의 방에 가닿으라고 요구한다.

자기만의 영토

여성이 전통적으로 사적인 영역에 한정되어 지냈다는 사실이 그들이 내면이나 *자기 자신*에 접근할 수 있었음을 뜻하지는 않는다. 주어진 가사 의무에 끊임없이 방해당하고, 무보수 노동을 하느라 재정적 의존을 할 수밖에 없는 상황 때문에 오랫동안 여성의 자유롭고 혁신적이고 창조적인 정신은 제대로 펼쳐지지 못했다. 1929년 버지니아 울프는 책에서 가장 유명해진 다음 문장을 세상에 전했다. "여성이 픽션을 쓰기 위해서는 돈과 자기만의 방이 있어야 한다."[256] 그녀는 여성이 "문에 자물쇠를 채울 수 있는" 방으로 구체화된 특정한 내면성 그리고 최소한의 개인 재산을 가지고 있음으로써 얻을 수 있는 정신의 자유에 접근해야 할 절대적 필요성을 강조했다.

자기만의 방에 닿으면, 자신의 내면을 여성을 소외하는 장소가 아니라 여성이 스스로 실현하는 장소로 파악할 수 있게 된다. 세상과 분리되어 원하는 만큼 고독을 만끽하며 글을 쓰고, 책을 읽고, 잠을 잘 수 있는 오아시스가 있는 공간. 즉 침묵에 자리를 내어주고, 바깥세상에서 잠시 벗어나 그 세상에 더욱 잘 동화할 힘을 얻는 곳. *자기만의 방*은 가스통 바슐라르가 "내면의 거대함"[257]이라고 부른 상상과 꿈에 가까워지는 공간이다. 여행과 여행이 주는 고독 덕분에, 여성은 바깥세상뿐 아니라 자신의 내면세계도 되찾는다. 여행은 두 공간 사이를 오가는 움직임을 만들어 그 공간들이 하나가 될 때까지 둘을 연결한다. 그렇게 생기는 공간이 바로 여성 여행자의 내적인 영토다.

소라게 증후군

세상은 *자기만의 방*들로 가득 차 있다. 그 방들은 기차가 속도를 늦추거나 비행기가 천천히 하강하기 시작할 때 선명히 드러난다. 그 방들은 우리 마음속 별자리가 되는 반짝이는 작은 점들만큼 빼곡하다. 그 작은 점들은 우리가 잠시 머무르다 가는 집, 밤늦은 시간까지 차를 마시며 시간이 팽창하게 둘 수 있는 아늑한 장소들이다. 여행을 할 때면 자기만의 방은 시골 여관, 게스트하우스, 일본의 료칸, 키르기스스탄의 유르트, 밀림 속 방갈로, 카라반의 숙소, 캡슐호텔, 배의 선실이나 기차 칸 등 다양한 형태를 취할 수 있다. 어떤 여행자는 단출한 방 하나와 몇 가지 물건만 있으면 그 공간에 소속된다는 느낌을 받았다. "글을 쓸 만큼의 충분한 빛과 난롯불, 양가죽 이불 하나, 라키. 그 이상도 이하도 필요 없다"[258]라고 아네마리 슈바르첸바흐는 튀르키예의 코니아에 머무는 동안 썼다. 반면 거창한 것을 좋아했던 여행자들도 있는데, 19세기에 자기 선실을 물 위를 떠다니는 진정한 거처로 만든 앤 브래시와 자신이 머무는 곳마다 엄청나게 커다란 임시 숙소를 설치하고, 하인들을 시켜 도서관 하나를 채울 수 있을 만한 책들과 우유를 가득 부어 마시는 중국산 도자기 찻잔 세트, 그림을 그릴 이젤과 물감을 가져오게 한 알렉시너 티너가 그 예다.[259]

모든 여행자들은 자신이 생활할 방에 대한 각각의 취향을 지니는데, 그들은 지구 반대편에서 *자기만의 방*에 닿는 행복을 묘사하는 데 여러 페이지를 할애했다. 바슐라르에 따르면, "어디에서나 숙박하면서 아무 데도 갇혀 있지 않는다. 이것이 바로 여러 곳에 머물기를 꿈꾸는 자의 구호다."[260] 여성 언론인 니콜리즈 베른하임은 『다른 곳의 객실들』에서 여행 중 머물렀던 방들을 묘사하며 잠을 잘 새로운 장소를 발견할 때마다 느낀 기쁨을 표현했다. 일본에서 머문 방에 대해서는 물품 목록까지 작성했다. "침대는… 매트리스 두 개, 접어서 옷장에 넣은 요들. 그 요를 마음에 드는 곳 아무 데나 솜이불 두 개와 함께 펼치고, 그 위에 반쪽짜리 베갯잇이 덮여 있고 '베개용 곡물'로 채워진 단단한 베개

두 개를 놓는다. 차와 찻잔 두 개가 달콤한 간식과 함께 쟁반 위에 놓여 나를 기다린다."[261] 자기만의 방은 또한 그녀가 네팔에서 지냈던 방처럼 다른 곳을 향해 난 창문이기도 하다. "어제 나는 좁은 침대가 하나 있는 방에서 깼다. 탁자 하나, 의자 두 개, 또 내가 밤에 책을 읽고 글을 쓰기를 원해서 집주인이 빌려준 관절이 있는 붉은 램프 하나. 그게 전부고, 그걸로 충분하다. 바닥은 시멘트로 되어 있고, 방문은 개 세 마리가 어슬렁거리는 정원으로 나 있다. (…) 이곳은 대체로 안개에 가려져 있거나 흐릿한 구름으로 감싸인 (언덕이라 해야 할) 산 가까이에 있는 조용한 천국이다."

몇 달이 걸리는 유람선 여행이나 오리엔트 특급열차 같은 장거리 기차 여행이 집단적 상상력에 부정할 수 없는 매력을 발산했고 지금도 발산하고 있다는 사실은 우연이 아니다. 여행자들은 프랑스 칼레에서 출발해 며칠간 자신의 기차 칸을 떠나지 못하다가(식당 칸에 갈 때만 빼고) 콘스탄티노플 중심부에 있는 시르케지 기차역에 도착했다. 여행이 민주화된 이 시대에 비행기로 몇 시간이면 도착할 곳에 가기 위해 그토록 오랜 시간 동안 기차를 타는 일을 왜 계속해서 꿈꾸었을까? 사치 때문일지도 모르고, 시간을 충분히 들이고, 사람들을 만나고, 꿈꾸고, 관찰하고, 내밀하며 개인적인 공간을 재현할 수 있다는 것 외에도 여러 이유가 있었을 것이다. 오리엔트 특급열차의 여행객들은 1892

년 유럽에서 온 승객들을 맞을 목적으로 지어진 페라 팔라스 호텔에 묵었다. 튀르키예 고지대에 위치한 이 전설적인 호텔에서는 금각만의 멋들어진 장관이 내려다보인다. 여성 스파이 마타 하리부터 조세핀 베이커, 사라 베르나르, 피에르 로티를 비롯한 많은 남녀가 이곳에 머물렀다. 애거사 크리스티가 『오리엔트 특급 살인』을 집필한 장소로 유명한 객실 411호는 현재 하룻밤 숙박비가 수백 유로에 이른다.

하지만 그 분야의 전문가이자 자기만의 맞춤형 공간을 만들기를 좋아했던 인물은 단연 알렉상드라 다비드넬이다. 게다가 그녀는 버지니아 울프가 말한 '자기만의 방'에 가장 가까운 경험을 한 것으로 보인다. 다비드넬이 아시아 횡단 여행을 연장한 이유는, 결혼을 늦추고 자신이 좋아하는 명상과 티베트어 연구에 전적으로 몰두하는 은둔 생활을 하기 위해서였다. 1915년 즈음에 그녀는 작은 임시 수도원을 짓고 데첸 아슈람이라는 이름을 붙였다. 그녀는 건물을 지을 장소로 인도 시킴주 라첸 인근의 고도 3,900미터에 있는 장소를 선택하고 직접 평면도까지 그렸다. 가파른 경사 때문에 단독 건물로만 짓는 것이 불가능했기에 작은 건물 여러 채를 세 층으로 이어 붙이기로 했고, 중심이 되는 중간층에 자신의 침실과 서재 겸 거실을 마련했다. 장작 난로와 야크 가죽을 두고, 바닥에는 양털 카펫을 깔고, 자신의 책을 전부 가져다놓았다. 그녀는 암탉들과 고양이 한 마리, 집을 지킬 개들, 말 한 마리, 당나귀 한 마리를 키우며 그곳에서 1년을 살다가 시킴주의 영국인 주재관에게 쫓겨났다.[262]

내가 선택한 방에는 외부의 넓은 사유지나 예쁜 정자 따윈 전혀 없다. 나는 전망 좋은 발코니와 틀어박혀 있을 수 있는 방이 더 좋다. 오래된 도시 예루살렘의 미로 같은 거리나 더블린에 있는 트리니티 칼리지의 복도에 파묻혀 있는 방들, 스테인드글라스 사이로 푸르고 붉은 빛이 비쳐 드는 이란의 민박집, 말레이시아나 태국 밀림에 있는 방갈로처럼 말이다. 우연히 창문이 없는 방에 묵었던 적도 있는데, 뜻밖에도 기분 좋은 경험을 했다. 밤이 오자 벽들이 나를 덮었고 그 안에서 나는 마치 누에고치에 들어와 보호받는 느낌이었다. 인도나 이란, 파키스탄, 튀르키예에서는 저가 호텔이 저렴한 가격으로 창문 없는 방을 제공하는 일이 흔하다. 뉴델리의 한 게스트하우스에서 화장실 수도관을 통해 들려오던 유일한 외부 세계의 소리에 매료되었던 일이 생각난다. 또 잠에서 깨어나 몇 분 더 세상으로부터 고립된 채 밀크티를 마시곤 했던 이슬라마바드의 창문 없는 방도 잊히지 않는다. 일본이나 중국, 싱가포르에서는 아주 작은 개인용 객실인 캡슐호텔을 예약해 밤을 보냈다. 레바논에서 내가 처음 구한 거처는 베이루트의 함라 구역에 있는 아주 작은 방이었다. 그 방에 비하면 나중에 파리에서 살았던 집들은 궁전 같았다. 하지만 그때가 내가 살면서 가장 행복했던 시기였다. 나는 자유로웠고, 작은 나만의 공간에서 안전하다고 느꼈다.

가장 감동적으로 기억하는 방은 인도 북부의 다르질링에서 지냈던 방이다. 당시 나는 인도에서 살았는데, 방학의 몇 주 동안 히말라야산맥이 있는 북부 지방으로 여행을 갔다. 다르질링에 도착해서 몇 세대 전에 인도로 망명한 티베트인 가족이 운영하는 여관에 방을 하나 예약했다. 불교 수도승들이 그 여관의 다른 방 하나를 차지하고 있었다. 그들은 매일 새벽 네 시에 일어나 노래하고 기도했는데, 나중에는 결국 나도 그들과 같은 시간에 일어났다. 여관 주인은 벽난로와 작은 소파들, 향, 책장이 있는 공용 공간과 차(일반적인 홍차, 또는 암컷 야크가 생산한 버터에 소금을 더해 만든 티베트의 전통차. 후자는 모험가 알렉상드라 다비드넬이 글에서 언급했기에 나도 마셔보고 싶었다)를 끓일 수 있는 부엌을 투숙객들이 사용하도록 했다. 매일 아침 나는 방에 난 작은 창 너머로 히말라야산맥이 아침 안개 속에서 서서히 드러나며 지평선에서 레이스처럼 도드라지는 모습을 바라보았다. 그 여관은 나에게 마치 천국 같은 장소, 집에서 멀리 떨어진 집, 몇 시간 동안 벽난로 옆에 앉아 계속 책을 읽고 원한다면 밖에 나가 차밭을 산책할 수 있는 내밀한 은신처 같았다. 사람들은 가끔 나에게 진정한 여행이 무엇인지 묻는다. 나는 그 질문에 단순히, 그리고 완전히 주관적으로 이렇게 대답한다. 그것은 연속되는 자기만의 방들을 향해 계속해서 문이 열리는 여행이라고.

타성이 필요하다

판에 박힌 행동, 평범한 일상의 반복(이는 프랑스어로 '트랭-트랭train-train'인데 움직이지 않는 무언가를 가리키는 표현으로는 아이러니하다)은 움직임에 의미를 부여한다. 습관이 없으면 참신함도 존재하지 않는다. 타성은 여행을 하기 위해 필요하다. 그것은 출발과 도착 사이에서 아리아드네의 실을 이루고 탐색의 기초가 된다. 강을 건널 다리를 놓는 땅이면서 그 다리를 받치는 땅이기도 하다. 타성은 세상을 탐색하러 떠나기 위해 반드시 필요한 지표와 에너지를 제공하고, 불확실성 사이에 약간의 확실성을 더한다. 사람들은 타성이 나쁘다고 말하지만, 타성은 사실 우리 삶의 대부분을 이끈다. 그러므로 타성의 가치를 인정하고 그에 의미를 부여하는 것은 매우 중요하다. 그러지 않으면 모든 것은 영원한 상실에 불과할 것이다. 타성은 반복, 편안, 안전으로 한밤중의 등대 같은 역할을 한다.

타성은 또한 통과의례의 역할을 함으로써 여행자가 제자리를 찾게 해준다. 인도에서 받은 첫 근무 시간표, 이란에서 처음으로 산 지하철 카드, 레바논에서 공부하며 즐겨 찾은 커피숍, 남아시아에서 정기적으로 들른 세븐일레븐, 이란에서 처음으로 힘들게 개설한 은행 계좌, 물을 주며 가꾼 식물들, 인도에서 새벽에 받은 요가 수업 등등. 그 모든 작은 요소들이 내가 외국에서 살면서 활짝 피어나는 새로운 나 자신으로 향하는 통과의례가 되어 기억 속에 흩어져 있다. 프랑스 낭트에서 법대를 다니던 2011년, 시리아 알레포의 대학원으로부터 입학 허가를 받았다. 전쟁이라는 불가피한 전망 때문에 그 계획은 결국 취소됐지만, 나는 그전까지 떠날 준비를 하며 말로 표현할 수 없는 즐거움을 느꼈다. 외국에서 보낼 그 학기는 내가 처음으로 혼자 멀리 떠나 있는 시간이 될 터였고, 나는 그곳에서 하게 될 생활을 알아보려고 당시 알레포에서 살던 한 프랑스인 여자 대학생과 연락하기 시작했다. 우리는 이메일을 주고받았는데 그녀가 자기 집 아래층에 있는 식료품점에 들러 주인 부부와 이런저런 사소한 이야기를 오래 나누기를 좋아한다고 했을 때, 나도 곧 그곳으로 떠날 생각에 마음이 달아올랐다. 그 여학생이 무척 좋아한다는 시리아의 멋진 산골 축제보다 그녀가 들른다는 동네 식료품점이 나를 더 들뜨게 만들었다. 그녀는 자신의 아랍어 실력이 조금 나아졌다는 이야기를 하려고 그 일화를 전했겠지만, 나에게 엄청난 환상을 갖게 하는 반복적인 일상을 내가 그곳에서 보낼 수 있다는 사실을 자기도 모르게 알려줬다.

모험에서 일상은 허구에서의 사실성과 같은 역할을 한

다. 내가 리얼리즘문학을 탐독하고, 또 토마토 1킬로그램을 사러 알레포의 야채 가게에 가는 일을 꿈꾸는 것은 모두 같은 이유 때문이다. 허구 속 사실성은 우리 자신의 삶을 연장하고 삶에 입체감을 부여해 깊이를 더하며, 모험 속의 일상은 삶을 다른 곳에서 계속 이어가게 해주고 그 삶에 의미를 부여한다. 내 나라에서 습관적으로 하던 행동들을 외국에서 되풀이함으로써 일상은 더욱 두터워지고 확장되며, 구체적이고 일상적인 삶을 무한히 여러 번 살아보면서 그 삶들에 자신을 투영할 수 있게 된다. 끊임없이 움직이는 삶에 정착성을 도입하면 나만의 자유 공간이 만들어진다.

자신의 흔적들을 가져가기

나는 짐을 싸는 일은 싫어하지만 반대로 짐을 푸는 일은 무척 좋아한다. 여행할 때 사물은 나름대로 중요성을 지니며, 공간적이고 시간적인 일정한 통일성 안에서 *자기 자신의 일관성을 유지하게 돕는다.* 사물은 여성 여행자가 여행을 떠나기 전에, 또 낯선 장소에서 방향을 잃어버리기 전에 충만하고 온전한 삶을 누렸음을 기억하게 한다. 사물은 이전의 자기 자신과 지금의 자기 자신 사이에 다리를 놓아 연결시킨다. 비비언 고닉은 원래 사물을 소유하는 것을 좋아하지 않았는데, 어느 날 군더더기 없이 단순하고 개인적 특성이 거의 드러나지 않는 아파트에 사는 한 친구의 집에 갔다가 마음이 바뀌었다고 한다. "그곳에서 나는 나 자신을 있는 그대로 봤다. 사물들이 주변의 모든 것을 향해 온기와 색채를 발산하고, 무게감과 어떤 맥락, 차원을 부여한다는 사실을 별안간 깨달은 느낌이었다. 반대로 사물이 없는 세상은 단순한 느낌이었다. 까맣고, 하얗고, 텅 비어 있는 감각."[263] 오해하지 않기를 바란다. 여기서 나의 의도는 물질주의를 옹호하는 것이 아니라, 사물에 생명을 불어넣고 어떤 의미를 부여하는 것은 오로지 우리 자신의 삶이며 그 반대는 아니라는 사실을 상기시키는 것이다. 모나 숄레는 "가정생활의 기쁨을 우리에게 지겹도록 팔아먹는 산업 체제"가 증언하듯, 자기 집이나 방을 소비할 수는 있지만 결코 생활하지는 못하는 대조적인 상황을 지적한다. "당신은 할부로 킹사이즈 소파를 살 권리는 있지만(그런 소파를 하나 사는 것은 심지어 당신의 의무다), 오래된 안락의자에 앉아 오랜 시간 몽상에 잠겨 있을 권리는 없다."[264]

지구 반대편에서 사물은 더 많은 생각들을 불러오며 안정감을 준다. 알렉상드라 다비드넬은 남편이 부부가 함께 사는 튀니스의 집에서 자신이 입던 목욕 가운을 아시아로 보냈을 때 크게 감동했던 경험을 이야기했다. 오데트 뒤 퓌고도는 자신이 여행하면서 가져온, 집 안에 바깥세상을 다시 재현할 수 있게 해준 갖가지 물건들에 둘러싸여 모로코의 라바트에서 숨을 거두었다. 사물은 자기 자신뿐 아니라 다른 사람들에게도 연속성을 준다. 크리스티아네 리터는 스피츠베르겐제도에 도착해 겨울을 보낼 통나무집을 보고 여기저기 늘어진 동물 사체와 더없이 황량한 환경에 절망했다. 하지만 며칠이 지나 앞서 북극을 탐사한 사람들이 남기고 간 물건들이 있다는 사실에 힘입어 그 장소와 화해했다.

사물은 '계승' 행위로 작용해 전체에 통합되게 하는 동시에 시공간의 틀을 새로 만들어낸다. 오랫동안 나에게 안정감을 주었던 물건은 작은 차반(중국차를 만들 때 사용하는 나무판으로, 밑으로 물이 빠져 모이게 했다가 나중에 차를 대접할 때 뒤집는 것)이었다. 여행 가방에서 많은 자리를 차지하고 객관적으로 반드시 필요한 물건은 아니지만, 나는 그것을 항상 가장 우선순위에 넣곤 했다. 더 일반적으로, 차를 마시는 장소는, 내가 인도에서 갖고 있던 아주 작은 나무 의자가 됐든, 작은 분재 문양으로 장식된 낮은 탁자가 됐든 어딘가 도착할 때마다 나와 함께한다. 내가 테헤란에서 (혁명의 길에서 자유의 길로) 이사 갔을 때의 가장 큰 기쁨이자 다시 내 집으로 돌아왔다는 의미를 줬던 행위는 파키스탄에서 가져온 장식품(나는 그것을 어디든 가지고 다닌다)을 벽에 건 다음 사모바르를 불 위에 올려 새로운 은신처에서 처음으로 차를 끓인 일이었다. 차를 끓이는 의식은 세상의 끝에서 다른 끝으로 뻗어나가며 여러 가지 모양으로 변하는 실을 연결한다. 여행을 하는 동안 차는 내가 이미 알고 있는 것을 통해 미지의 것에 다가갈 수 있게 해주었다.

7

여행하며 경험하는 모성

수 세기 동안 여행기에서는 여행하는 여성의 몸에 대한 경험을 교묘하게 감춰왔다. 월경에 연관된 신체적·물질적 불편함, 멀리 떠난 곳에서 원치 않는 임신을 할 수 있다는 공포, 더 일반적으로는 지구 반대편에서 어머니가 되는 경험 말이다. 월경 주기는 여행기에서 거의 언급되지 않는 내용이지만, 대부분의 여성 여행자에게는 이를 위한 물질적 준비가 여행의 일부다. 사라 마르키는 3년간 쉬지 않고 아시아를 걸어서 돌아다니느라 지친 상태로 오스트레일리아에 도착해 이렇게 썼다. "내가 원하는 만큼 기운을 되찾을 수가 없다. 또다시 월경 때문에 완전히 녹초가 되었다."[265]

여성 여행자의 삶 곳곳에는 (원하든 원치 않든) 임신을 할 가능성이 도사리고 있다. 잔 바레는 부갱빌의 배를 타고 항해를 떠나기 전에 필리베르 코메르송의 아이를 임신해 출산했다. 어떤 버전의 이야기에서는 그 남자아이가 몇 달 만에 죽었다고 하지만, 그보다는 잔 바레가 당시 미혼모에게 가해지던 사회적 처우를 피하려고 아이를 버릴 수밖에 없었을 가능성이 높다. 미루어 짐작하건대, 잔과 은밀한 부모 관계로 연결된 필리베르가 그녀의 속임수를 눈감아줬기 때문에 훗날 잔 바레가 세계 일주를 한 최초의 여성이 될 수 있었을 것이다. 여성 여행자들은 보통 어머니가 되기를 거부했지만, 역사를 살펴보면 여러 방식의 삶이 존재했다. 존 래컴의 아이를 임신한 여성 해적 앤 보니는 쿠바에 몇 달 동안 머물며 아이를 출산한 다음, 그 아이를 두고 다시 항해를 떠났다.[266] 카렌 블릭센은 몇 번의 유산 끝에 아이를 출산할 수 없는 몸이 되어 평생 그 일을 고통스러워했다. 이다 파이퍼는 아들들이 모두 성인이 되어 결혼한 후에 여행을 떠났다. 그리고 현대에는 새로운 유형이 등장했다. 바로 자녀와 함께 여행하는 어머니다.

| 어머니가 될 것인가 말 것인가 |

"섹스는 좋지만, 자녀는 싫다!" 누군가 어머니가 되고 싶냐고 질문하자 아니타 콩티는 이렇게 답했다. 이는 여성 모험가들의 대체적인 입장을 잘 요약한 말이다. 임신과 출산은 여행을 하면서 생길 수 있는 사고이고, 더 넓게 보자면 홀로 지내는 자유로운 삶에 잠재적 장애가 되는 위험이다.

여행과 모성이 빚는 갈등

갑작스럽게 어머니가 되는 것은 여성 여행자의 삶에 단절을 일으킨다. 혼자서 오로지 자기 자신을 위해 살고 싶어 하는 본능적 욕구를 의심하게 되고, 마음속의 밀림을 이리저리 헤매려 해도 미리 일정을 조율해야 한다. 별안간 나의 생명보다 더 중요해진, 연약하기 그지없는 새로 태어난 생명에 온 주의를 기울여야만 한다. 가부장제 사회에서 어머니가 된다는 것은 여성성의 궁극적 성취로 간주된다. 모성과 여성성은 동의어에 가깝다. 이는 다른 것에 비교할 수 없는 위대한 체험이자 "그 어떤 다른 목적도 지니지 않는"[267] 체험으로 여겨진다. 그렇기에 가정의 영역을 벗어나 자신의 삶을 온전히 끌어안으려 하는 여성 여행자에게 모성은 위협적일 수밖에 없다.

알렉상드라 다비드넬은 콜카타의 한 점쟁이에게서 자녀를 일곱 명(!) 낳게 될 거라는 말을 듣고 모성과 임신을 매우 경계하면서 임신이 여성을 "무너뜨리고" 자신의 꿈을 실현하지 못하게 만든다고 말했다.[268] (자녀를 둔 이성애자 부부가 부모로서 해야 할 일 대부분을 여성이 도맡아 하는) 불평등한 사회에서 여성이 어머니가 됨으로써 위기에 처하는 것은 바로 자기 자신의 주인이 될 가능성, 자기 자신만을 위해 살아갈 가능성이기 때문이다. 여성 여행자가 모성을 거부하는 것은 자신이 시작한 해방 과정의 끝까지 가는 일이자 고유한 삶을 살아가는 온전한 인간으로서 스스로를 긍정하는 일이다.

여성이 원치 않는 자녀

글로리아 스타이넘은 『길 위의 인생』의 도입부에서 의사인 존 샤프에게 경의를 표한다. 1957년 런던에서 일했던 그 의사는 스타이넘이 낙태를 하는 데 필요한 증명서를 발급해주었다. 당시 영국에서는 임신부의 생명이 위태로운 경우에만 낙태가 허용되었다. 그때 스타이넘은 스물두 살이었고 인도로 떠날 준비를 하던 중이었다. 존 샤프는 그녀에게 말했다. "두 가지를 약속해줘야 합니다. 첫째, 누구에게도 내 이름을 말하지 마십시오. 둘째, 살면서 당신이 원하는 일을 하십시오."[269] 스타이넘은 이미 세상을 뜬 그에게 다음과 같이 답한다. "샤프 선생님, 선생님은 당시의 법이 공정하지 않다는 것을 알고 계셨습니다. 선생님이 돌아가시고 한참 지나 이렇게 말하는 것을 이해해주시겠지요. 저는 살면서 제가 원하는 일을 하기 위해 최선을 다했습니다. 이 책을 선생님께 바칩니다." 이 헌사를 읽고 나는 온몸에 전율이 이는 것을 억누를 수 없었다. 그 말에는 여성 여행자가 (그리고 일반 여성이) 피임과 낙태를 할 수 있게 되면서 얻은 엄청난 해방의 힘이 담겨 있기 때문이다. 여성이 체험했던 여행의 이런 사실적인 부분들은 수 세기 동안 남성이 전하는 여행기 안에서 소리를 잃었다. 그 부분을 명백히 지적한 문장을 보자 나는 완벽한 해방감을 느꼈고 그런 자신의 경험을 나눈 모든 여성에게 무한히 고마웠다.

피임이나 임신 중단에 관련된 여성 여행자들의 경험을 전부 나열하자면 수많은 책장을 채우고도 남을 것이다. 등반가 리디아 브래디는 자궁 내 피임장치 때문에 고통스러웠으며 아주 이른 시기부터 자녀를 갖고 싶지 않다고 생각했다고 한다. 그녀는 스물여섯 살에 인도에 있는 히말라야산맥의 다람수라 등정을 포기해야 했다. 실신 후 깨어나 자신이 임신했다는 사실을 알았기 때문이다. 브래디는 델리에 가서 낙태 수술을 예약했다. 담당 의사는 그녀에게 이전까지 다른 의사들이 모두 거부했던 불임 수술을 해주겠다고 동의했다. 수술을 받은 다음 날 브래디는 어머니에게 이렇게 적어 보냈다. "어제 불임 수술을 받았어요. 정말 행복해요. 믿을 수 없을 만큼 기뻐서 마치 누군가 '에베레스트산에 올라가자'라고 말한 지 2주 만에 그 일을 해치우기라도 한 것 같아요. 몇 년 동안 돈은 돈대로 쓰고 고통만 받는 빈

털터리 신세였다가 말이죠."

문제는 그것이 아니다

하지만 여행과 모성의 관계는 단지 선택의 문제로 축소될 수 없다. 모성을 거부 또는 희망의 문제로 축소해, 전자는 여행하는 삶을 계속하고 후자는 곧바로 여행을 중단해야 한다고 간단히 말할 수 없다는 것이다. 이런 식의 이분화는 극복할 수 있을 뿐 아니라 유지하려 할 경우 오히려 역효과를 낸다. 극복할 수 있는 이유는, 어머니가 될 것인지 말 것인지를 결정해야 하는 힘겨운 선택에 직면해 그 문제를 탐색한(그리고 입증해낸) 여성들이 쓴 많은 글 덕분에 여행에 관한 특수한 고찰의 범위 내에서 그 문제로부터 벗어날 수 있기 때문이다. 어머니가 되고 싶다는 욕망의 유무는 (그로부터 비롯되는 문제 제기와 이어지는 결정은) 여성이 가진 조건에 내재되어 있다. 그런 욕망/비욕망은 여성의 몸에 새겨져 있어서 여성은 처음 월경을 시작할 때부터 완경에 이르기까지 계속 스스로 질문을 던진다. 따라서 그 문제는 여성 여행자라는 특별한 운명에서 비롯되는 것이 아니라 여성의 몸을 지녔다는 사실과 연관된다. 여성으로 태어난 모든 이들에게 공통된 것이다.

한편 모성을 거부하거나 원하는 것으로 이분화하여 생각하는 것이 역효과를 내는 이유는, 그 두 가지 선택에 자신을 제한하는 일이 어머니와 여성 모험가가 서로 배타적이라는 생각을 더욱 강화하기 때문이다. '여행'과 '모성'이라는 두 단어는 이율배반적으로 보인다. 즉 어머니는 모험가가 될 수 없고, 여성 모험가는 어떤 경우에도 어머니가 될 수 없다. 1866년 『유명한 여성 여행자들』을 펴낸 지리학자 리샤르 코르탕베르는 이렇게 적었다. "한 가정의 어머니는 (…) 멀리 여행을 떠나서 위험에 맞서는 일 말고도 해야 할 역할이 있다. 그렇지만 자신을 가정에 얽매는 모든 의무와 요구에서 벗어난 여성이 자신의 열정을 좇아 여행을 떠나지 못할 이유는 없으며, 그 일을 두고 심하게 비판할 필요는 없다고 생각한다."[270] 바로 이런 문제다. 여성은 여행할 수 있지만, 그러려면 어머니가 아니어야 한다. 반면에 여행의 역사에는 모험을 떠난 아버지들이 무수히 많으며, 사람들은 그들을 무척 다르게 대우했다.

| 모성과 부성: 새로운 대륙들 |

1941년 '어머니의 날', 신장 150센티미터의 자그마한 68세 여성 진 매코믹은 미국의 CBS 지역 방송국을 찾아갔다. 그녀는 표지가 가죽으로 된 오래된 수첩을 주름진 양손으로 가만히 쥐고 「위 더 피플We the People」에 출연했다. 수첩에는 그녀의 생모가 쓴 편지가 담겨 있었는데, 그 생모는 바로 캘러미티 제인이었다. 서부 개척 시대의 전설적인 인물인 캘러미티 제인은 25년에 걸쳐 쓴 편지들에서 자신의 일상과 딸을 버리도록 강요받았다는 사실, 그로 인해 겪었던 엄청난 고통을 이야기했다. 또한 자신이 열렬히 사랑한 남자이자 딸의 아버지인 와일드 빌 히콕에 대해서도 썼다. 하지만 그녀는 무엇보다 자신이 말년에 고통스러울 만큼 외로웠다고 토로하며, 그 사이에 몇 가지 음식 조리법도 전했다. "그 편지들로 성적 차별화가 다시 정립된다. [캘러미티] 제인은 모성애가 넘치는 진정한 여성이며, 이로써 도덕적 질서는 회복된다"[271]라고 여성 철학자 엘렌 수메는 반어적으로 논평한다. 현재 역사학자들은 그 편지들이 마사 커네리(캘러미티 제인)의 명성을 재창조하기 위해 허위로 작성되었다고 확신하기 때문이다. 그런 속임수를 써서 제인이 어머니와 아내의 역할을 수행했다면 훨씬 더 행복했을 거라는 사실을 깨닫고, 사회에 순응하지 않는 모험가의 삶을 살았던 것을 후회하는 모습을 보임으로써 그녀를 진정한 여성으로 만들려 했던 것이다. 반면에 흥미롭게도, 와일드 빌 히콕이 아버지 역할을 포기한 것을 후회하는 내용의 가짜 편지를 찾아낼 생각은 그 누구도 하지 않았다. 그 이유는 모험가 아버지와 모험가 어머니를 대하는 (이중 잣대까지는 아니더라도) 차이가 존재하기 때문이다.

부재하는 아버지가 발하는 신비로운 휘광

몇 개월 동안 멀리 떠났다가 멋진 선물을 한가득 들고 집에 돌아오는 아버지 유형은 잘 알려져 있다. 그런 아버지는 그저 존재할 뿐 아니라 여행기에도 자주 등장하는 반면, 여행을 떠나는 어머니는 자녀를 저버린 여성, 비인간적인 어머니 등 더없는 괴물로 그려진다. 아버지는 모든 권리를 지니고, 어머니는 모든 의무를 진다. 아버지 역할을 일시적으로라도 포기할 수 있는 것은 남성의 특권이다. 피에르 로티는 (아내 블랑슈 로티와 낳은) 아들 사뮈엘의 출생에 별 관심이 없었지만 아무도 그를 탓하지 않았다. 그는 뒤이어 바스크 지방 출신의 젊은 여성 크루시타 가인사와도 가정을 꾸려 세 아들을 얻었는데 그 아이들 역시 제대로 양육하지 않았다. 유명한 탐험가 제임스 쿡의 경우, 여섯 명이나 되는 자녀를 아내 엘리자베스 배츠가 홀로 키우게 했다(그녀의 생전에 그중 다섯이 죽었다). 제임스 쿡은 아내를 여행에 데려가기를 거부했고, 그녀는 결혼 생활 17년 동안 남편을 5개월밖에 보지 못했다.[272]

가정 내에서 여행자 아버지의 반복적인 부재는 사회적으로 용납될 뿐 아니라 높이 평가되며, 그의 독립성이라는 '남성적 영예'를 더욱 빛나게 한다. 올리비아 가잘레는 모성이 여성의 자연스러운 기능으로 여겨지기 때문에(아이를 사랑하고 돌보는 법을 본능적으로 아는 것은 어머니다) 현실의 전달은 어머니에게, 상징의 전달은 아버지에게 맡겨진다고 설명한다. "그러한 여성-어머니 본질화로 (…) 양성이 '상호보완적'이라는 생각이 신빙성을 얻는다. 즉 '더러운' 특성을 지닌 모든 것—아이의 배변, 청소, 설거지, 세탁, 쓰레기 처리 등—은 여성이 '본래' 담당하는 영역이다. (…) 아버지는 '상징'을 담당하고, 어머니는 '현실'을 담당한다."[273] 아버지는 그런 상징적 역할을 담당하는 인물로서 사회적으로 비난받지 않으면서 멀리 떠나 모험을 하고 가정 바깥에서 경험을 쌓고 기념품을 가져올 수 있으며, 그동안 어머니는 자녀가 생활하는 실제적이고 물질적인 측면들, 즉 현실을 관리한다. 하지만 어떤 어머니들은 용기를 내어 이런 운명을 거부했다. 18세기 해나 스넬이 그랬다. 그녀는 남편이 (아내에게 상속된 유산을 탕진한 뒤) 가난해진 자신을 갓난아이와 단둘이 남겨두고 다른 여자와 함께 떠나자, 절망에 빠져 그를 찾기 위한 여행길에 나섰다. 남편을 찾아 복수하려고 제임스 그레이라는 이름으로 위장해 인도로 떠난 것이다.[274] 자신에게 주어진 페넬로페의 운명을 멋진 방식으로 물리치려 한 여성의 사례다.

"아버지는 자신이 자녀에게 주는 만큼 가치를 갖는다. 나는 나의 아이들에게 감정을 준다"[275]라고 탐험가 마이크 혼은 평했다. 작가인 뱅상 누아유는 2013년(마이크 혼의 아내인 캐시 혼이 죽기 몇 년 전)에 그의 삶을 이야기하면서 다음과 같이 토로했다. "마이크 혼은 자신이 5년 동안 집에서 보낸 시간이 30일이라고 했을 때 그 말을 들은 사람들이 눈썹을 찌푸리는 모습을 보는 데 익숙하다. 나쁜 남편! 나쁜 아버지! 이기주의자! (…) 하지만 모험가는 집에 있지 않는 편이 낫다. 마이크 혼 같은 남자가 스위스의 별장에서 도대체 무엇을 하겠는가? 벽난로 옆에서 주사위를 굴리며 백개먼 게임을 하겠는가? 저녁나절에 두툼한 양말을 신고 텔레비전 앞에 앉아 빵에 누텔라를 발라 먹겠는가? 솔직히 말해보자. (…) 모든 모험가에게 가정으로 돌아오는 순간은 힘겹다. (…) 바게트의 가격, 여름 히트곡 제목, 아내의 이름 등을 전부 다시 익혀야 한다." 이 말을 듣고 있자면 집에 돌아와 있는 마이크 혼이 딱하게 느껴질 지경이다.

2019년 온라인 미디어 『브뤼트』의 프랑스판에 2013년 요트 항해사가 된 일간지 『피가로』 기자 파브리스를 소개하는 동영상이 게재됐다. 그는 카메라를 바라보며 셋째 아이가 태어난 지 몇 달밖에 안 돼 아내가 아직 모유 수유를 할 때, 아내에게 편지 몇 줄을 남기고 일하러 나간 것을 다음과 같이 이야기했다. "그 편지에서 나는 바다에 대한 애정 때문에 방데 글로브 요트 일주에 참여하러 떠날 수밖에 없음을 설명했습니다."[276] 그에게 그 일은 새로운 삶의 시작, "신비로운 부름"에 응답하는 "코페르니쿠스적 혁명"이었다. 반면에 어머니들은 자녀가 태어나고부터 신비로운 부름에

응하고 자신에게 소중한 가치로 돌아가려는 욕구에 굴복할 권리를 훨씬 덜 누리게 된다. 아버지는 멀리 떠나며 위험을 무릅쓸 수 있지만, 어머니는 언제나 가정을 지키는 사람으로 남는다. "내가 등산을 시작했던 시기에 자녀가 있는 남자들은 쉽게 등반을 하고 위험을 감수했다"라고 리디아 브래디는 회상한다. "자녀가 있는 여자들이 산을 오르기 시작했을 때에야 사람들은 그 주제에 관심을 갖기 시작했다. 자녀를 둔 여성 등반가는 주목을 받았다. (…) K2 봉에서 앨리슨 하그리브스가 사망한 후 언론에서 했던 논평만 봐도 부모 역할에 적용되는 '이중 잣대'를 가늠할 수 있다. 그녀가 아이를 둔 남자였다면, 무책임하고 이기주의적인 사람이라고 공격당하지는 않았을 것이다."[277] 여성 여행자가 어머니가 된다면 더욱 의심스럽게 여겨지는 반면, 남성 여행자는 아버지라는 자신의 지위를 남성적이고 영웅적인 휘광을 더하는 지렛대로 활용할 수 있다.

생명을 탄생시키느라 자기 삶을 잃지 말기

여성들은 자기 자신 그리고 주위 사람들과 맞서 싸우는 대가를 치르며 혼자 하는 여행에 대한 애정과 어머니 역할을 조화시키려 노력할 수도 있다. 그럼에도 모험을 하겠다는 소명이 우위를 차지하기도 한다. 미셸 우엘벡의 어머니인 뤼시 세칼디는 자신이 어머니라는 사실에 무심했고,

어머니의 역할을 하는 대신 여행과 모험을 했다는 사실을 당당히 인정했다. 그녀는 1926년 알제리에 정착한 프랑스인 가정에서 태어났다. "알제리의 콩스탕틴에 있던 나의 정원, 그 정원에서 보낸 모든 시간, 산이 많고 아름다운 그 붉은 대도시의 이미지를 언제까지나 간직할 것이다."[278] 식민화에 격렬히 반대하는 공산주의 활동가였던 그녀는 어린 나이에 세계민주청년연맹WFDY에 소속되어 체코슬로바키아로 떠났다. 그녀는 기차로 여행했다. "기차가 선로를 바꿀 때면, 우리는 작은 석유 버너로 커피를 끓여 마실 수 있었다." 여행에 대한 갈망이 그녀를 사로잡았다. 하지만 집에 돌아오자 열기는 단번에 가라앉았다. 가족은 그녀를 이해하지 못했다. 여러 해가 흐르면서 가족과의 간극이 커졌고, 특히 어머니와 깊은 갈등을 빚었다. "어머니가 살아가는 유일한 목적이 나였으므로, 나는 어머니의 삶이 실패했음을 뜻했다." 집에서 쫓겨난 그녀는 파리에서 부랑인 생활을 하며 아무 데서나(가끔은 빈대가 가득한 침대에서) 잠을 자고, 시립 목욕탕에서 몸을 씻었으며, 그러다 소지품을 도둑맞고 여관 주인들에게 사기를 당하기도 했다.

1953년에 고산 등반 가이드와 결혼한 세칼디는 자신이 쓴 이야기 전체에서 그를 '남편'이라고만 지칭했다. 그녀는 의학 박사학위 논문이 통과되어 학업을 마치자마자 사회보장 기관에서 인가받은 의사가 됐는데, 이는 사회보장제도가 한창 발달하던 시기 프랑스에서 장래가 유망한 직업이었다. 하지만 세칼디는 무료함을 느껴 3개월 만에 사직했다. 경력을 쌓고 존경받는 일은 그녀의 계획에 없었기 때문이다. "멋진 여행, 오리노코강과 아마존강을 횡단하는 일, 알프스와 안데스, 히말라야산맥의 정상이 나의 꿈을 가득 채웠다." 그녀가 동아프리카 레위니옹섬에서 일자리를 구한 바로 그 시기에 아들 미셸이 그녀의 삶에 등장했다. "내륙 전역이 아름다웠고 화산이 분출하는 웅장한 장관과 조화를 이루었다. 우리는 힌두교 사원에서 불 위를 걷는 의식을 보았다. (…) 한마디로 그다지 나쁘지 않은 그런 상황에서 나의 아들이 잉태되었다." 그녀는 출산 전날까지 바다에서 잠수하고 일을 했다. 아들이 태어난 뒤 몇 달 동안 그녀는 어머니가 된 기쁨을 묘사했다. "밤낮으로 시간을 낼 수 있고 우리가 만든 누에고치 같은 환경 속에 있다면, 즉 극도로 자유롭다면, 아이를 돌보는 일은 쉽다."

얼마 지나지 않아 뤼시 세칼디의 글에서 미셸은 사라지고, 그녀는 세계를 돌아다니며 했던 모험 이야기만 전한다. 그녀는 '남편'과 함께 시트로엥 사의 2CV 자동차를 타고 6개월 동안 아프리카 최남단의 케이프타운부터 북아프리카의 도시 알제까지 이동하는 여행을 계획했다. 미셸은 비행기로 프랑스에 있는 할머니(그녀의 결혼 전 성이 우엘벡이다) 집에 보내졌다. 세칼디가 계속 여행을 다니는 동안 어머니와 아들의 관계는 약해졌다가 나빠졌고, 두 사람은 1991년을 마지막으로 만나지 않았다. 그로부터 몇 년 후 미셸 우엘벡은 어머니를 공격하는 소설 『소립자』를 펴냈다. 뤼시 세칼디가 쓴 책 『죄 없는 여자』는 그로부터 10년 후에 출간됐는데, 이는 우엘벡의 소설에 대한 대답이라기보다는 자신의 관점에서 이야기를 전하려는 의지에서 나온 반응에 가까웠다. "자기 어머니를 죽이는 것이 당대 시류였다. 하지만 그 점에서 미셸은 전혀 새롭지 않다. 에르베 바쟁이 쓴 『독사를 손에 쥐고』가 그보다 훨씬 먼저였다." 세칼디는 자신이 페미니스트라고 주장하지 않지만 그녀의 이야기를 읽다 보면, 그녀에게 비난할 만한 점이 많을지라도 그녀와 비슷한 삶을 살았던 아버지 여행자들은 어머니들이 공공연히 비난받은 것과 같은 이유로 명예를 누렸다는 사실을 생각하지 않을 수 없다.

남성 모험가도 일개 아버지다

집단적 상상 속에서 여행하는 어머니의 모습을 볼 수 없듯이 아기를 돌보는 남성 여행자의 이미지도 마찬가지다. 남성 모험가들은 가족을 저버리지 않았다 해도 자신의 가정생활을 거의 완벽하게 감추면서 전혀 없다고 해도 될 만큼 드물게 그런 측면을 언급했다. 이는 여행자이자 작가인 남성들만의 고유한 단점이 아니라 남성 작가의 일반적인 단점이다. 그 때문에 아니 에르노는 레이먼드 카버가 가정생활의 어려움을 말한 글을 읽고 놀랐다고 한다. "그는 글을 쓰면서―남성 작가들에게서는 극히 보기 드문 일이지만―아이들까지 돌봐야만 했는데, 아이들이 떠들고 장난치는 소리에 대해 솔직하게 말하잖아요. 그런데 그 소리들이 그를 집중하지 못하게 한단 말이죠."[279] 자녀를 둔 부부 가운데서 현실을 전달하는 책임자 역할을 하는 여성 작가들이 (그리고 여성 여행자-작가들이) 이미 잘 알고 있는 어려움이다. 가족의 끊임없는 개입으로 하던 일을 중단해야 하고, 제한된 글쓰기 시간을 힘겹게 마련해야 하며, 여행을 더 짧게 떠날 수밖에 없는 것이 그 예다. 아버지 여행자들도 이런 제약을 받아들여야 할 때다. 이는 양성평등의 문제이며, 모험의 세계에서 여성의 가시성이 달린 문제이기도 하다.

최근에 한 남성 여행자가 자신이 아버지가 된 이야기에 책 한 권을 할애했다. 2015년 작가이자 언론인인 쥘리앵 블랑그라는 자신의 관점에서 쓴 임신 일기 『자궁 속에서』를 펴냈다. 그런 이야기는 존재할 가치가 있고, 출간되었다는 사실만으로도 대단한 것이다. 블랑그라는 파트너의 임신 사실을 알고 (남성 여행자들의 특기인) 도피의 가능성을 유머러스하게 떠올렸다. "전혀 당황할 필요 없어, 우리는 한 생명을 창조하고 동반할 거야, 정말 멋진 소식인걸, 하고 생각하며 나는 자판으로 파타고니아행 편도 비행이라는 검색

어를 쳤다."[280] 아기 돌보기, 집을 벗어난 시간 줄이기. 블랑
그라는 자유가 자신에게서 도망칠 것임을 느꼈다. 하지만
그는 그것을 기뻐하는 법을 배우고, 자신이 막 아버지가 된
것을 여행에 비유했다. "나는 탐험가의 입장이다. 새로 만들
어지는 하나의 대륙, '부성'이라는 대륙을 발견하는 중이다.
나는 가장 길고 가장 강력하고 가장 잊히지 않을 여행을 떠
나며, 미지의 장애물을 만날 것이다."

| 여 행 가 방 에 아 이 를 담 고 |

어떤 여성들은 딸에게 이끌려 여행을 떠났다. 알렉시너 티
너의 어머니와 이자벨 에버하트의 어머니가 그랬다. 또 다
른 여성들은 전수의 욕망에 이끌려 모험하는 삶을 완성하
는 의미로 뒤늦게 자녀를 선택했다. 아니타 콩티의 경우가
그랬는데, 그녀는 1986년 여든일곱 살의 나이에 서른 살인
로랑 지로콩티를 만난 뒤 그를 입양했다. 또 알렉상드라 다
비드넬은 나중에 알베르 아르튀르 용덴으로 이름을 바꾼
아푸르 용덴을 입양해 여행 동반자로 삼았다. 다비드넬은
1914년 인도의 시킴주에서 그를 만났다. 그는 당시 열여섯
살로 라마교 사원에서 동자승으로 공부했으며 다섯 개 언
어(티베트어, 영어, 힌디어, 네팔어, 렙차어)를 할 줄 알았다. 다

비드넬 자신에게 필요한 사람을 찾아낸 것이다. 그녀는 처음에 그를 하인으로 고용했지만 몇 년이 흐르면서 두 사람 사이에 진정한 모자 관계가 생겨났다. 그녀는 그와 함께 티베트인의 수도였던 금지된 도시 라싸에 갔고, 그 여행으로 유럽 전역에서 유명해졌다. 한편 엘라 마야르는 자녀가 아니라 줄무늬 암고양이 티푸스를 입양해 1940년대에 함께 인도를 누볐다.[281]

이런 만남과는 달리, 어린 자녀를 여행에 데려가거나 지구 반대편에서 아이를 낳는 선택을 한 여성들도 있다.

세상 끝에서 낳은 아이

여행하며 자녀를 낳은 여성들의 연대기를 작성한다면, 가장 유명하고 눈길을 끄는 이야기를 중심으로 한 이름 없는 수백 개의 이야기가 있을 것이다.

그중에서 가장 유명한 이야기의 주인공은 단연 애나 리어노언스다. 그 이야기는 앤디 테넌트가 1999년에 실화를 바탕으로 연출한 영화 「애나 앤드 킹」(조디 포스터 주연)과 같은 제목의 시리즈물로 만들어져 여러 세대를 매혹시켰다. 애나 리어노언스는 19세기에 시암왕국으로 떠나 왕실 가정교사로서 왕의 후손과 하렘에 있는 아내들을 교육한 인물로 알려져 있다. 그런데 사람들이 잘 알지 못하는 사실은 애나가 그 일자리를 어쩔 수 없이 받아들였다는 것이다. 그녀는 1853년에 (젊은 시절 만나 사랑에 빠져 인도에서 결혼한) 남편과 함께 범선을 타고 오스트레일리아로 항해하던 중 아들 토머스를 출산했다. 하지만 1년 뒤 토머스가 죽고 애나는 얼마 안 가 딸과 아들 한 명씩을 더 낳았다. 그로부터 2년 뒤에 애나의 가족은 싱가포르에 정착했지만 남편이 죽었기 때문에 애나는 재산 없이 두 자녀를 홀로 길러야 하는 처지에 놓였다.

한편 가장 눈길을 끄는 놀라운 이야기는 (한 이누이트 가족을 뉴욕에 데려온 이야기를 하면서 앞서 소개했던) 로버트 피어리의 아내이자 여성 탐험가인 조지핀 디비치 피어리의 이야기다. 그녀는 그린란드 빙산 위에서 아이를 출산했다. "이곳, 이 멋진 나라에서, 커다란 갈색 산 아래의 작고 까만 집에서 9월의 어느 아름다운 날 눈처럼 하얀 피부와 크고 푸른 눈을 가진 여자아이가 태어났다."[282] 1893년 로버트 피어리와 함께 그린란드로 배를 타고 떠났을 때 그녀는 임신 6개월이었다. 로버트 피어리는 '생일 산장'이라고 이름 붙인 창문이 많고 자그마한 집을 마련해 아내가 딸을 출산할 때까지 그 안에서 지내며 북극의 빛을 만끽하도록 했다. 9월 12일에 마리 아니기토 피어리가 태어났다. 아기가 탄생하자 이누이트 여성들은 털장갑과 바다표범 가죽으로 만든 작은 장화, 바다코끼리의 엄니, 새끼 곰의 가죽을 아기에게 선물했다. 조지핀은 햇빛이 집 안으로 점점 적게 들다가 사라져버리고 이후 몇 달 동안 지속되는 극야가 찾아온 것을 이렇게 전한다. "낡고 어두운 지하창고에서 전날 꺼내 따뜻하고 햇볕이 잘 드는 창문 앞에 둔 튤립과 히아신스, 수선화의 알뿌리가 어떻게 싹트고 꽃피는지 아는가? 어린 아니기토는 다섯 달 동안 추위와 어둠 속에 보관했다가 햇볕에 내놓은 작은 인간 알뿌리였다. 그 아이는 튤립처럼 성장했다. 눈은 점점 더 초롱초롱하고 파래졌으며, 뺨은 장밋빛 잭로즈 칵테일 같았다."

19세기에 중앙아시아와 시베리아를 가로질러 여행한 탐험가 루시 앳킨슨도 비슷한 체험을 했다. 그녀는 1848년 카자흐의 대초원 한가운데 있는 천막 안에서 토착민들에 둘러싸여 아기를 낳았다. 그리고 자기 아들이 태어나는 모습을 굽어본 알라타우산의 이름을 따서 아들의 이름을 알라타우 T. 앳킨슨이라고 지었다. 이후 10년 동안 어린 알라타우는 부모와 함께 말을 타고 시베리아와 중앙아시아를 여행했다.

덜 알려진 다른 사례들도 있다. 크리스티아네 리터는 『극야의 여인』에서 출산에 관한 끔찍한 이야기를 들려준다. 북극 사냥꾼의 아내인 노르웨이인 여자가 초가을에 북극 최극단으로 떠난 남편이 돌아오기를 기다리며 겨우내 빛을 전혀 보지 못하고 홀로 지냈다. 그녀는 남편이 돌아오기 전에 남자아이를 출산했다. 그 가련한 여인은 어둠과 싸

늘한 얼음에 에워싸여 갇힌 채 혼자서 아이를 낳는 끔찍한 경험을 한 뒤 광기에 빠져 영영 이성을 되찾지 못했다.

가족 여행

지난 수십 년 동안 가족이 여행하며 함께 쓴 여행기가 많이 등장했다. 하지만 그 장르는 새로운 것이 아니다. 19세기에 이미 영국인 여성 앤 브래시가 그런 이야기를 써서 당시 사람들의 관심을 받았다. 그녀는 15개월에서 13세에 이르는 네 자녀와 남편과 함께 46주에 걸쳐 세계 일주 여행을 한 이야기를 『선빔 여행』에 담았다. 브래시 가족은 페르시아고양이 한 마리, 여러 친구와 하인을 대동해 1876년 7월 '선빔[햇빛]'이라는 이름의 범선을 타고 출항했다. 그들은 남아메리카를 항해한 다음 일본, 중국, 인도, 실론(스리랑카)으로 향했다. 뒤이어 아덴만으로 항해해 홍해와 수에즈운하까지 올라갔다. 그 여행 중 아이들 덕분에 재미있는 일화를 경험하기도 했다. 그늘에서도 온도가 46도에 달하는 무더운 어느 날 선빔호가 마데이라제도 먼바다에 있는 푼샬만에 정박했을 때, 브래시 가족은 서아프리카에서 도착한 배 한 척이 가까이 정박한 것을 알게 됐다. "아이들은 그 배에 실린 원숭이와 새를 보러 갔다. 그렇게 방문하고 나서 선빔호에 앵무새 여섯 마리가 생겼다. 원숭이는 아이들이 무척 가져오고 싶어 했지만, 덩치가 너무 커서 가져올 수 없었다."²⁸³ 그렇게 여행을 다니며 형제자매는 새로운 문화를 발견하고, 자기 나라가 세상에서 유일한 나라가 아님을 배우고, 두려움을 용감히 이겨내고, 공부하고, 부모가 식물과 곤충을 수집하는 일을 도왔다.

가족이 함께 여행하는 것은 브래시 가족이 살던 시대에는 매우 새로웠으나, 오늘날에는 흔한 일이다. 가족 여행기에서는 여러 세대가 함께하기 때문에 여행이 더 인간적이고 생태적인 관점으로 다뤄진다는 장점이 있다. 이는 혼자 하는 여행이 다루기 힘든 측면이다. 하지만 오래된 관습은 끈질기게 이어져서 아버지가 가족이 모험을 떠나도록 이끈 리더로 소개되고, 여행기의 구성과 역할 분담에서도 이것이 느껴진다.

발레리 모리스와 파비앵 모리스 부부가 써서 2009년에 출간한 『각성의 땅』을 예로 들어보자. 모리스 부부는 만 2세의 레아, 8개월 된 야니스와 함께 세계 일주에 나선다. 그들은 어린 두 자녀가 여행 중 다양한 경험을 쌓아 성장할 수 있기를 바라며 비행기를 타지 않기로 결정한다. 그래서 캠핑카, 트레일러를 단 리컴번트 자전거, 사륜구동 자동차, 당나귀 등 여러 이동 수단을 이용한다. 여행기의 구성에서 이야기를 시작하는 사람은 파비앵으로, 그는 자신이 원래 여행을 좋아했으며 대학 시절 그 열정을 발레리에게 전파했다고 말한다. 두 사람은 아이들과 함께 여행을 떠나기 전에 자전거로 세계 일주를 했는데, 그 이야기를 하는 사람도 역시 파비앵이다. 발레리의 이야기는 부부가 두 자녀와 함께 여행을 떠나면서 시작된다. 그렇기 때문에 그때까지 발레리의 행적은 제대로 알 수 없고, 파비앵이 여행을 실질적으로 주도한 인물로 등장하며 발레리는 어머니이자 동반자로만 보인다. 파비앵이 맺음말을 썼으므로 이야기를 마무리하는 사람 또한 그가 된다.

여행 중 했던 역할 분담을 살펴보면, 발레리는 여행 초반 며칠에 대해 이렇게 썼다. "매일 반복되는 도시의 일상은 끝났고, 이제 우리 네 사람은 24시간 모두 함께 지내며 각자의 방향을 찾아야 한다. (…) [파비앵은] 아직 기저귀를 갈고, 식사를 계획하고, 낮잠을 재우는 일 등 아이들의 생활 리듬을 따라잡지 못했다."[284] 그래서 여행 초반에는 가족이 집에서 살던 때처럼 발레리가 자녀의 일상에 관련된 일들을 책임졌다. 여행을 떠나기 전 발레리는 여행을 준비하기 위해 직장을 그만둔 반면, 파비앵은 여행 기간 동안만 휴가를 받았다. 가족과 함께 모험을 떠나는 것은 좋은 경험이다. 하지만 부모 역할의 불평등을 지구 반대편까지 가지고 갈 필요는 없을 것이다.

8

제자리를 (되)찾기

나는 어린 시절을 그때의 감각으로 기억한다. 계절이 바뀌는 순간과 연결된 감각이 생생하게 남아 있다. 가을에 알밤으로 가득 찼던 주머니, 겨울이면 공중에 떠돌던 무한한 슬픔, 그리고 봄, 재생, 매년 정원에서 피어나던 새빨간 개양귀비꽃들, 그리고 여름이 전하는 약속. 내 어린 시절의 기억들은 우리 집에서 먼 곳, 내가 여자 형제와 함께 여름방학을 보냈던 프랑스 남서부 타른주의 작은 마을에 있는 할아버지 할머니의 집에 있다. 그곳에 대해 생각나는 것은 집 뒤쪽의 해바라기밭, 페탕크* 놀이를 했던 마을 광장, 큰 아이들이 재미로 등에 소금을 뿌려 날뛰게 만들었던 두꺼비들, 정원 의자에 앉아 웃던 할머니와 할아버지의 부드러운 목소리, 대문 앞에서 자기가 왔다고 알리며 "유후!"라고 외치던 큰어머니 바바의 목소리다.

그 모든 기억이 내 마음속에 유일무이한 감각을 남겼다. 그것은 장소와 그 장소를 활기 있게 만드는 사람들에게 느끼는 애착, 그리고 무엇보다 매년 여름 되돌아가는 것, 그리고 재회를 학습하는 감각이다. 나는 나를 둘러싼 환경을 눈에 보이는 것들이 아니라, 환경이 지닌 정서적이고 보이지 않는 측면, 내가 다른 곳에 와 있으며 그곳으로 되돌아간다는 독특한 감각으로 파악했다.

어른이 된 이후 나는 출발과 복귀, 재회로 삶을 채워왔다. 나의 욕망은 집을 떠나 저 먼 지평선을 향해 있었다. 부모님은 자신들도 모르게, 당시 우리가 처한 상황에서 발휘할 수 있는 모든 애정과 조심성을 다해 내 마음속에 탈출하려는 욕구를 심어주었다. 한 해 중 여름방학이 아닌 시기에 나는 이야기를 듣고 책을 읽으면서 그런 탈출을 계속 이어갔고, 세계의 다른 곳에 가서 다른 사람들을 만났다. 부모님의 의도는 그런 것이 아니었겠지만 그분들은 나에게 헤아릴 수 없이 귀한 선물을 주었다. 바로 나를 여행자로 만든, 어디론가 떠나고자 하는 꿈이었다.

＊ 일정한 거리에서 금속 공을 굴려 나무 공을 맞추는 프랑스의 전통적인 운동 경기.

청년기에 들어서자 여행이 나를 받아들였다. 여행은 어린 소녀였던 내가 만들어낸 신기루를 향해 뛰어들고, 그런 환상을 구체화해서 현실에 끼워 넣기 위해 찾은 수단이었다. 지금 그 어린 소녀는 자신이 꿈꾸던 것을 모두 갖고 있다(그렇다고 나는 믿는다). 그것은 바로 모험, 글쓰기, 독서다. 나는 살면서 선택을 해야 할 순간이 오면 몇 번이나 그 어린 소녀에게 되돌아갔다. 소녀는 나의 안내자이자 직관, 내밀한 신념이었다.

세계는 서서히 넓어졌다. 처음에 나는 순간적인 충동과 무언가 발견하려는 다급한 마음에 이끌려(나는 어떤 나라의 땅을 밟고 싶었고, 또 다른 나라의 언어를 배우고 싶었다) 여행을 다녔지만, 시간을 들여 여행을 다님으로써 일관성을 얻게 되었고 나를 둘러싼 세상과 훨씬 더 강렬한 관계를 새로 맺을 수 있었다. 그러면서 여러 사람의 운명, 사랑, 가족, 인간관계의 복잡성이 점점 더 분명하게 드러났다. 그러자 한 가지 사실이 명백해졌다. 삶을 살아갈 만한 가치는 오로지 해바라기밭과 숲, 계절, 치유된 상처, 발견해야 할 보물, 여행할 나라, 사랑할 사람들이 있기 때문이라는 사실이다.

| 자신의 직관을 따르기 |

여성 여행자들의 어린 시절은 그들을 끈질기게 사로잡던 이미지로 가득 차 있다. 광대하고 반짝이는 천체, 빛에 잠긴 숲, 자신을 에워싼 풍경 같은 이미지 덕분에 그들은 세상을 탐색하러 뛰어들기 전에 자신이 가진 욕망의 모습을 그려볼 수 있었다. 페르시아어로 '꿈꾸다khâb didan'를 뜻하는 동사는 '보다didan'를 뜻하는 동사에서 만들어졌다. 그러니 꿈꾸는 일은 잠을 자면서 보는 일인데, 그렇다면 꿈꾸는 행위의 의미는 완전히 달라진다. 꿈꾸는 것과 여행하는 것은 서로 다른 활동일지 모르지만 두 가지 모두 우리가 야생의 감정, 태곳적부터 존재한 원초적 욕망에 연결되게 해주고, 우리를 상상했던 장소 너머로 이끌어 어린 시절 길들여지지 않은 마음 깊은 곳에서 탄생한 직관을 실천에 옮기게 해준다. 젠더나 사회계층, 민족이나 지리적 출신지와 상관없이 모든 요소가 뒤섞인다. 여행은 우리 마음을 구성하는 내밀한 나뭇잎들 사이에서 살아가는 야생의 힘을 위한 자리를 내주는 일이기 때문이다.

유년기에서 성인기로: 엄청난 횡단

소녀들은 아주 이른 시기부터 자신의 직관과 충동을 박탈당한다. 보부아르는 이 사실을 다시금 상기시키면서,

여성들은 끊임없이 자기 자신을 통제해야 하고 세상은 여성이 자발적이기를 거부하므로 그런 통제는 여성들의 습성이 된다고 말했다. 강하든 약하든 반항이나 분노, 정해진 운명을 거부하는 일은 모두 체계적으로 금지된다. "자기 마음속에서 일어나는 움직임을 세상에 새겨 넣을 수 없는 것은 끔찍하게 실망스러운 일이다."[285] 그와 반대로 젊은 남성은 자기 존재를 온 세상에 드러내라고 격려받는다. "남자는 끊임없이 세상을 문제시한다. 남자는 매 순간 주어진 상황에 반발할 수 있으므로, 어떤 상황을 받아들일 때면 자신이 그 상황을 적극적으로 인정한다는 느낌을 받는다. 여자는 주어진 상황을 감수할 뿐이다. 세상은 여자 없이 정의되며 그 모습이 변하지 않는다. 그러한 신체적 무력함은 더욱 일반화된 소심함으로 나타난다. 여자는 자신이 몸으로 경험하지 않은 힘을 믿지 않는다. 여자는 감히 어떤 일에 착수하거나 반발하거나 새로이 무언가를 만들어내지 못한다. 여자는 순종적이고 체념할 운명으로, 사회에서 이미 정해진 자리를 받아들일 수 있을 뿐이다."

그에 따른 권태는 여성을 소외시키고, 삶을 향한 충동을 마비시키고, 모든 생각과 야심과 욕망이 사회적 압력에 의해 결정되는 따분한 삶을 살아가게 한다. 외부에서 가해지는 위협이 오랜 시간에 걸쳐 여성을 위축시켜 그것들을 죽게 만든다. 여성 여행자의 마음속에서 모험을 떠나고자 하는 열망이 탄생하는 것은 대체로 어린 시절이다. 이는 일찌감치 생겨나는 소명이다. 그리고 모든 소명이 그렇듯 그 소명은 굳이 보충어를 가질 필요가 없는 동사 원형들, 즉 (어디로든) '여행하다' 그리고 (무슨 글이든) '쓰다'로 요약될 수 있다. 그 소명은 가끔 아주 사소한 계기로 생겨나기도 하는데, 여성 모험가 오렐리 피카르의 경우가 그랬다. 그녀는 어린 시절 집에 있는 통신용 비둘기들에게 먹이 주는 일을 도맡았다. 그것만으로도 소녀의 마음속에 모험심이 자라났고, 그녀는 결국 그 욕망에 뛰어들었다.

그러므로 유년기에서 성인기로 넘어가는 것은 우리가 하는 가장 위험한 여행이다. 사라 마르키는 『야생의 자연』에서 숲에서 오랫동안 거닐었던 여름날의 오후를 떠올린다. "우리가 바깥에서는 절대 얻을 수 없고 태어날 때 처음 주어지는 무사태평한 마음. 그 마음은 깨닫지 못하는 사이 몸속에서 희석되다가 이성에 자리를 내어주며 완전히 사라진다."[286] 어린 시절에는 그 무엇으로도 발견에 대한 갈망, 자연이나 동물과 접촉하려는 욕망을 잠재우지 못한다. "내가 마음속 깊이 느끼던 것은 너무도 강렬한 어떤 감각이었고, 그것은 '자명한 사실'이 되었다. 나는 발견하는 여자가 될 것이다. (…) 일반적으로 모험가라고 부르는 여자 말이다." 그것은 사라 마르키가 가기 원했던 길이고, 그녀는 그 일을 성공해낸다. 어린 시절은 우리가 앞으로 정복하고자

할 영토를 미리 예감하게 해준다. 가장 어려운 것은 그 영토를 시야에서 놓치지 않는 일이다. 알렉상드라 다비드넬은 어릴 적 쥘 베른의 소설을 탐식하듯 읽고 자신을 주인공들과 동일시하면서 큰 결심을 했다. "나도 그들처럼, 가능하다면 그들보다 더 멋지게 여행하리라! 드문 일이었지만 내가 '어른들'에게 그런 나의 훌륭한 계획을 말하면 그들은 웃으며 나를 놀렸다."[287] 다비드넬은 어른들의 의견을 무시하고 모두의 뜻을 거스르며 자신의 직관을 따르기로 결심했다. "내가 그 약속을 지켰을까?" 그녀는 스스로 그렇게 물었다. 질문에 대한 답은 자명하다.

어린이는 어른이 된 여성이 여행을 떠나도록 부추기고, 반대로 여행을 떠나는 것은 어린 시절을 상기하는 방법이 된다. 어렸을 때 바닷가에서 보냈던 오랜 시간은 나에게 마치 보상받는 시간, 텅 비어 있는 시간, 진정한 삶에서 훔쳐 온 순간들처럼 보였다. 나는 해변으로 이어지는 풀이 무성하게 난 길을 달렸고, 그럴 때면 어른들이 하는 이야기 따위 모두 사라졌다. 한 바위에서 다른 바위로 성큼 뛰고, 소리를 지르고, 웃으면서 물을 마시고, 찾아내야 할 해적의 보물이 있다고 상상하고, 게 껍데기나 오징어 뼈를 가지고 놀았다. 마법같이 멋진 그날들에서 유일한 한계라고는 썰물뿐이었는데 그때가 되면 바다가 별안간 물러나 나를 두고 떠나버렸다. 집에 돌아가야 할 시간이었다.

어른이 된다는 것은 더 이상 아무런 한계도 없음을 의미한다. 즉 진정한 삶에서 훔쳐 온 그 순간들이 내가 멈추기로 결정한 때에만 멈춘다. 나무 그늘에서 책을 읽는 몇 시간, 소두구 가루로 향을 더한 커피가 든 주둥이가 긴 보온병 하나, 다른 대륙에 닿은 바다의 수만큼 많은 새로운 가능성. 세상은 그런 것들로 이루어져 있다. 그리고 시간을 가리키는 유일한 지표인 파라솔의 그늘. 하지만 나는 오랜 시간이 지나서야 그 사실을 깨달았다. 바다, 세상의 다른 부분에서 훔쳐 바다에서 보내는 시간, 나는 이 모든 것이 당연히 주어지는 것이라고 생각했다. 이란에 살면서부터 사실은 그렇지 않음을 깨달았다. 이란에서 바다는 우리에게 같은 방식으로 말을 걸지 않는다. 바다는 나에게 있어 존재하기를 멈추었다. 모든 것이 복잡해졌다. 몸을 덮어 가려야 하고(또는 서둘러 여성 전용 해변으로 가야 한다), 당신을 서서히 익히는 햇볕으로부터 도망쳐야 하고, 머리카락 사이로 부는 바람을 더 이상 느끼지 못하고, 머리에서 계속 달아나려는 스카프를 한껏 붙들어야 하며, 더는 큰 소리로 실컷 웃지 못한다. 사람들은 바다에서 더 짧게 머무르고, 옷에 들러붙는 모래 때문에 짜증을 낸다. 바다가 가져다주는 해방감은 더 이상 해방감이 아니며 이전에 다른 곳에서 슬쩍 훔쳐 오던 시간은 이제 다른 시간의 연장일 뿐이다. 모든 것이 고통스러워졌다. 파도가 칠 때마다 물러났다가 되돌아와 옷으로 가린 나의 발목을 적시는 푸른 물결, 점점 길어지는 침묵, 무거운 장막처럼 바닷가를 딛고 선 하늘의 가장자리. 나는 파도가 모래 위로 와서 죽는다는 인상을 받았다. 그러다가 폭발이 일어난다. 이란 밖의 다른 곳에서 바다를 다시 발견한다. 그러자 바닷가에 가려고 웃자란 풀을 헤치고 맨발로 달리던 어린 소녀가 되돌아온다. 내가 그 의미를 이해하자 바다는 다시 존재하기 시작했다.

몸으로 해석하기

내가 특별히 좋아하는 동화가 하나 있다. 바로 '코끼리의 우화'다. 자이나교와 불교, 힌두교의 경전에 모두 나오는 이 짧은 인도 이야기를 13세기 페르시아의 시인 루미가 『마스나비』에 다시 실었다. "인도에서 실어 온 코끼리 한 마리를 어둑한 축사에 넣어두었다. 인근 주민들은 그 동물을 알고 싶은 마음에 축사로 몰려왔다. 축사 안이 어두워서 제대로 볼 수 없었으므로 사람들은 코끼리를 손으로 만지기 시작했다. 그들 중 한 사람은 코를 만지더니 '이 동물은 엄청나게 긴 파이프를 닮았어요!'라고 말했다. 다른 한 사람은 귀를 만지더니 '커다란 부채 같군요!'라고 말했다. 다리를 만진 또 다른 사람은 '아니오! 코끼리라고 부르는 짐승은 일종의 기둥이 틀림없어요!'라고 말했다. 이런 식으로 모든 사람이 각기 자기만의 방식으로 코끼리를 묘사하기 시작했다. 양초가 하나 있었다면 그들이 의견의 일치를 볼 수 있었을 텐데 참으로 아쉽다."[288] 사람들은 이 이야기를 두고 이런 저런 해석을 달며 현기증이 날 정도로 무한한 격자 구조를 만들었다. 즉 하나의 우화에서 각자가 현실과 맺는 주관적인 관계를 나타내는 여러 해석을 이끌어냈다.

이 우화를 문자 그대로 살펴보자. 신체적인 감각과 몸으로 세상을 인지하는 행위는 우리가 환경에 접근하는 최초의 방식, 최초의 직관이다. 바로 그 몸이 우리가 세상에서 존재하는 방식을 결정하고, 우리를 세상에 접근하게 하며, 우리가 세상을 대하는 주관적인 진실을 형성한다. 몸에는 각자의 고유한 나침반이 장착되어 있다. 정신과 감각 사이의 관계는 매우 밀접해서 인간은 자신의 몸으로 세상을 인지하고, 반대로 자신이 처한 환경 덕분에 몸을 느낀다. 그렇기에 열다섯 살에 시각장애인이 된 여행자 장피에르 브루요는 이렇게 말한다. "내 몸의 형태는 나에게 낯설다. (…) 나는 오로지 사용되는 신체의 부분들 덕분에 몸을 느끼고, 그래서 몸을 이따금 간헐적으로 체험한다고 말할 수 있다. (…) 사실 내가 나의 발을 알게 해주는 것은 밟히는 땅이다. 바람은 나를 때리거나 부드럽게 쓰다듬으며 내가 얼굴을 지녔다고 알려준다."[289] 그는 카트만두로 가는 길에 히피족에 대해 처음 듣고 곧바로 마음이 전율함을 느낀다. '히피 hippie'는 월로프어*로 '눈을 뜨다'라는 뜻이기 때문이다. 브루요는 온전한 몸이 결코 인지할 수 없거나 훨씬 덜 강렬하게 인지하는 감각들(냄새, 소리, 급격한 온도 변화 등)을 표현함으로써 세상을 묘사하는 또 다른 이야기를 전한다. 예를 들어 그는 예루살렘을 냄새로 묘사한다. 나는 그 도시에 가본 적이 있고 그 모든 냄새를 맡았을지도 모르지만, 그가 말한 차량 정비소, 과자, 꽃 가게, 향신료, 볶은 커피콩 냄새 따윈 하나도 기억나지 않는다. "예루살렘에는 (…) 쉽게 해독할 수 있는 감각 지도가 있다." 그는 어떤 장소에 갔을 때, 그곳에 하수구 뚜껑이 없다거나 사람들이 땅바닥에서 먹고 요리한다는 사실을 금세 알아차린다.

우리 몸의 외피가 중요하다는 사실을 알려주는 또 다른 이야기가 하나 있다. 마린 바르네리아스는 2015년에 자신이 다발경화증에 걸렸다는 사실을 알게 되었다. 그때 그녀의 나이는 스물한 살이었다. 그 순간, 그녀는 몸이 서서히 자신을 가두면서 "조금씩 갉아먹을 것"[290]임을 깨닫는다. 그녀는 절망했고, 도망치고 싶어진다. 병원에서 그녀는 바다에 대한 환상에 사로잡힌다. "나는 오로지 한 가지만 바란다. 이 모든 링거 주사기를 뽑아버리고 단 한 번도 멈추지 않고 바닷가로 달려가면서 내 몸이 결코 자유롭게 달리기를 멈추지 않으리라는 사실을 몸이 깨닫게 하는 것이다." 하

✲   세네갈, 감비아, 모리타니에서 쓰이는 언어.

지만 그녀를 치료하는 신경과 의사들은 몸을 아껴야 하며 안전을 생각해 여행하지 말라고 권고한다.

"무슨 안전? 차라리 내 심장에 자물쇠를 걸라지!" 그녀는 뉴질랜드와 미얀마, 몽골로 혼자 7개월 동안 여행을 떠나기로 결심한다. 그녀가 추구하는 것은 자기 몸과 마음, 영혼을 다시 연결하는 일이다. 그래서 그녀는 먼저 자기 몸을 느끼기 위해 뉴질랜드로 간다. "내가 통제하고자 하는 이 몸을 느끼러 가서, 그 소리에 귀 기울이며 3개월을 보낼 것이다." 그다음으로는 마음을 느끼러 미얀마의 수도원들에, 영혼을 구하러 몽골의 대초원에 간다. "뉴질랜드로 날아가면서 나는 처음으로 내 마음의 아주 작은 부분에 귀 기울인 것 같은 느낌을 받았다. 히치하이킹을 하면서 도로변에서 처음으로 내가 제대로 된 길을 가고 있다는 사실을 깨달았다. 이상한 일이다. 길 끝에서 무엇이 나를 기다리는지 알지 못하고 여행길은 전혀 확실하지 않지만, 나의 마음만은 확신하기 때문이다." 여행을 한 덕분에 마린 바르네리아스는 마음속에서 전혀 예상하지 못한 힘을 발견한다. 그녀는 자기 몸에 경청하는 법을 배우고 자신의 본능을 따르면서 한마디로 해방된다.

마음의 움직임을 나침반 삼아

글로리아 스타이넘의 어린 시절 이야기 역시 어른이

된 이후의 삶에 그 시간이 미치는 중요성을 보여준다. 그녀는 항상 여행을 다녔던 괴짜 같은 아버지를 이렇게 묘사한다. "첫서리가 내려 호수가 얼음판으로 빛나고 그 위의 공기가 작은 물방울로 변하면 아버지는 주유소에서 지도를 모으고, 차에 연결된 트레일러 고리를 점검하고, 우리에게 조지아의 설탕이 듬뿍 들어간 피칸과 플로리다 도로변 노점의 무한 리필 오렌지주스와 캘리포니아 훈제 연어 등 먼 곳에서 즐길 수 있는 것들에 대해 이야기하기 시작했다."[291] 떠날 때가 되면 아버지는 출발한다고 알렸고 온 식구가 "플로리다 또는 캘리포니아로 긴 여행"을 시작했다. 스타이넘 가족은 카라반에서 생활하며 호수에서 몸을 씻었고(물이 너무 차가울 때면 난로에 물을 데워 모닥불 옆에서 목욕했다), 도로에서 골동품을 되팔아 돈을 벌었다. 글로리아는 표지판과 간판을 보며 글 읽는 법을 배웠다. 그녀는 그저 원하기만 하면 어디론가 떠날 수 있는 세상에서 성장했다. "당시에 나는 이런 즉흥성에 의문을 품지 않았다. 그것은 가족 의례의 일부였다. 지금 생각해보면 인간의 뇌에 계절 신호의 프로그램이 입력되어 있는 게 아닌가 싶다. 인류는 지구상에서 대부분의 시간을 이주 종족으로 살았고 정착 생활은 아주 최근의 일이다." 그런데 만일 답이 거기에 있지 않다면 어떨까? 여행과 모험, 이동이 어떤 깊숙한 본성("그 어떤 일정표도" 따르지 않고 "새와 동물의 이동과 비슷한 형태"[292]로 떠나는 것)

과 마음의 움직임을 가장 충실하게 따르는 방식이 아니라면? 마르가 당뒤랭의 '여권 남편'* 솔레이만은 그녀에게 메카에 가기 전에 최소한 1년은 더 아랍어와 이슬람교를 공부하라고 권했지만, 그녀는 거절했다. "나는 올해 그곳으로 떠나고 싶다. 내년에도 내가 계속 그러고 싶을지 누가 알겠는가?"[293] 욕망, 오로지 그것뿐이었다. 그녀에게는 욕망이 모든 행동과 여행을 결정하는 핵심이었다.

오직 자신의 원초적 욕구만 믿고 따르는 데는 특정한 재능(대담함)이 필요한데, 이는 성차별적인 교육이 젊은 여성에게서 앗아간 자리를 되찾는 가장 좋은 방법이다. 여성 비행사 자클린 오리올은 보이지 않는 깊숙한 본성에 귀를 기울인 덕분에 그 "진정한 자리"를 하늘에서 되찾았다. "나는 비행을 할 때 기분이 너무나 좋았다. (…) 왜인지는 지금도 설명하기 힘들다. 순종 혈통의 말을 완벽하게 다루는 느낌, 나의 두려움을 길들이고 나에게 맡겨진 임무를 성취하는 느낌이었다. 진정 내가 있어야 할 자리에 와 있다는 흥분감…."[294] 여행에 대한 이런 접근 방식에는 절대적인 것을 추구하는 면이 있다. 자신을 완전히 내맡기고 목표에 정면으로 돌진하는 것, 무의식을 매개로 완전히 다른 기제를 가동

---

* 마르가 당뒤랭은 이미 프랑스인 남편이 있었지만, 메카에 가기 위해 이슬람교로 개종하고 이슬람교도 남자와 혼인한 후 그를 '여권 남편'이라고 불렀다.

하는 것, 본능을 따르며 그 본능처럼 되는 것을 넘어 강력하고 무자비한 본능과 하나가 되는 것, 그럼으로써 억압을 벗어난 자신의 새로운 부분을 발견하는 것.

| 세 상 을 살 아 가 기 |

남자였다면 쉽게 차지했을 자리를 점유하는 것이 바로 여행에 페미니즘적으로 접근하는 목표다. 자기만의 세상과 경계 안에서 살아가는 방법을 배우고, 그 안에서 끌어온 것에 힘입어 내밀한 한계 너머의 공간으로 나아가려는 욕망을 키우는 것이 여행에 페미니즘적으로 접근하는 방법이다. 공간의 모든 차원에 동심원을 그리듯 새겨지는 개인적 일관성을 찾는 것은 진정한 해방으로 나아가는 길이다. 더 이상의 시작도 끝도 없도록 '우리' 안에 '나'를 두고, 공통된 것 안에 개별적인 것을 두는 것. 그런 의미에서 여행은 겸손을 경험하는 일이기도 하다. 지배당하기를 거부하는 것은 곧 지배하기를 거부하는 것이기 때문이다. 이는 공동으로 생활하고 진화하는 논리 안에서 세상과 동등한 관계를 맺고, 조화로움을 공유하고, 인간과 자연 그리고 다른 생명 사이에 균형을 정착시키는 일이다.

세상과 접촉하며 자유를 획득하기

보부아르는 여성이 사회에서 "단념함으로써 해방된
다"[295]는 것을 증명했다. 그것은 여성이 어른이 되기 위해 반
드시 치러야 할 대가다. "식물과 동물의 세계에서 여자는 인
간이다. 여자는 자신의 가족과 남성에게서 동시에 해방되
고, 하나의 주체이자 자유가 된다. 여자는 은밀한 숲속에서
자기 영혼의 고독한 모습을, 광활한 평원의 지평선에서 자
기 자신을 초월하는 감각적인 인물 유형을 발견한다. 그녀
자신이 바로 그 무한한 광야이고 하늘로 향하는 나무 꼭대
기다. 여자는 알 수 없는 미래로 향하는 그 길들을 따라갈
수 있으며 따라갈 것이다." 이는 자연 그리고 세상과 한 몸
이 되는 일, 자신을 둘러싼 막을 터뜨림으로써 자기 존재의
경계를 넘어서는 일이다.

인류학자 나스타샤 마르탱은 문자 그대로 자연과 한
몸이 되었다. 2015년에 그녀는 산맥과 화산, 숲으로 이루
어진 러시아 캄차카반도의 빙하 위에서 곰 한 마리와 마주
친다. 그녀는 그 곰과 맞붙어 싸워 기적적으로 살아남는다.
"우리는 불가능한 일을 경험하고 살아 돌아왔다."[296] 곰은
그녀의 얼굴 피부를 찢어 상처를 입히고 턱살 한 점을 "간
직한 채" 절뚝거리며 떠난다. 죽을 거라고 생각했던 그녀는
그 만남으로 다시 태어나 곰과 영원히 연결된다. "곰이 점점
멀어지고 내가 나의 마음속으로 가라앉으면서 우리는 우

리 자신을 되찾았다. 내가 없는 곰, 곰이 없는 나, 상대의 몸에 무언가를 남겨두고 온 채로 살아가는 것." 그녀는 절반은 곰이고 절반은 인간으로 두 세계 사이에서 사는 미에드카miedka가 된다. "우리의 몸이 뒤얽혔고, 이해할 수 없는 우리가 있었다. 내가 혼란스러운 마음으로 감지하는 그 우리는 멀리에서, 우리의 제한된 존재를 훨씬 넘어선 이전으로부터 왔다." 그들이 속했던 두 세계 사이의 경계가 폭발하고 마르탱은 우리에게 자신이 새로 태어난 이야기를 전한다.

자기중심적 관점에서 벗어나기

일단 자기 자신이 이 세상에 속한다고 느끼고, *제2의 성*으로서가 아니라 온전한 인류의 구성원으로서 제자리를 되찾는다면, 자기중심적 관점에서 벗어나 우리를 둘러싼 무수한 것에도 진정한 자리를 내어줄 수 있다. 이런 관점에서 소비주의적인 관광은 자연과 동식물을 파괴할 뿐 아니라 여행하는 여성을 현실과 분리시키고, 이 같은 관광이 불러일으키는 인간 중심적 관점 때문에 여성은 자연 및 세상과 맺는 관계에서 소외된다. 외국 도시와 이국적인 풍경을 소비하는 논리에서 볼 때 자연(외부 세계)은 여행에서 달갑지 않은 요소, 타협해야 하는 요소(목적지를 선택하기 위해 기후 조건을 알아보는 일 등)가 된다. 이때 여행과 여행지는 서로 분리된 두 변수로 간주되곤 한다. 하지만 여성을 모험가로 탄생시키는 것은 바로 그녀가 보고 놀라워하는 것, 그녀가 발견하는 것이다.

추위를 있는 그대로 받아들이고 만끽하기, 빗소리, 초원에서 불어오는 바람 소리, 밤을 가르며 나는 꾀꼬리나 바다 끄트머리에서 온 갈매기 같은 새들의 노랫소리에 감탄하기, 계절의 리듬에 따라 흐르는 시간을 즐기기…. 인도에 살면서 나는 유럽에서 경험하지 못했고 항상 두려워했던 계절의 한 부분을 좋아하게 되었다. 바로 인도의 우기인 몬순기다. 모든 것을 파괴하는 폭우를 연상시키는 몬순기를 둘러싼 전설은 많다. (죽음이나 질병, 굶주림에 대한 두려움에도 물러서지 않던) 알렉산드로스대왕의 군대는 비가 쏟아진다는 이유로 인도아대륙으로 더 깊이 들어가기를 거부했다고 한다. 하지만 홍수를 일으키지만 않으면 몬순기는 사람들을 봄의 무더위에서 해방시키고 더없이 아름다운 풍경도 만든다. 비가 억수같이 쏟아지기 직전 하늘은 지평선까지 거대한 먹구름으로 뒤덮인다. 구름을 가르고 가느다란 틈이 열리며 밝은 빛이 새어들다 천둥이 한 번 울린다. 그러면 비를 피하기 위해 달려야 한다. 나는 몬순기가 두려웠지만, 결국 그 시기가 필요하다는 사실을 이해했다.

19세기 델리에서 우르두어로 글을 쓴 시인 갈리브는 이렇게 썼다. "내가 천국 어디에서 몬순기의 구름에 취할 수 있겠는가? 가을이 없는 곳에 어떻게 봄이 존재할 수 있겠는가?"²⁹⁷ 페르시아 문화에서 계절의 변화는 상당히 중요하다. 페르시아의 가장 중요한 명절인 새해맞이 축제 노우루즈Nowrouz는 봄의 시작을 알린다. 1년 중 밤이 가장 긴 날 가을에서 겨울로 넘어감을 의미하는 동지에는 샤브-에 얄다 Shab-e Yalda 축제가 열린다. 자연의 변화는 사람의 변화와 함께한다. 노우루즈와 얄다 축제에서 이란인들은 위대한 시인 하피즈에게 질문을 던지기 위해 팔-에 하피즈fal-e Hâfiz를 한다. 14세기에 쓰인 그의 시집 『디반』을 무작위로 한 장 펼쳤을 때 거기 실린 시가 바로 자신이 던진 질문의 답이다.

인간과 비인간의 세계든, 동물과 식물의 세계든 외부 세계는 우리에게 중요한 자리를 차지해야 한다. 자기중심적 관점에서 벗어날수록 우주는 더욱 넓어진다. 자연주의 문학사조에 속한 미국의 작가들은 그런 입장에 전적으로 동의했다. 그중 한 명인 메리 헌터 오스틴은 20세기 초 개척자들과 금을 찾아 나선 사람들 그리고 미국 서부의 계절 변화와 동식물을 똑같이 엄정하게 묘사했다. 그 점에서 그녀는 서부를 막 탄생한 미국 민주주의에 힘입어 개인의 자유가 확장되는 무대로 보며 남성적 글쓰기에 이끌렸던 당대의 개척자 작가들과 구별된다. 오스틴은 자신을 에워싼 환경이 *제공하는* 무언가를 기준으로 삼지 않고, 환경을 있는 그대로 포착했다. "사막은 아무도 살지 않는 땅을 일컫는 데 사용되는 모호한 용어다. (…) 아무리 건조하고 끔찍한 토양처럼 보여도 그 땅에 생명이 전혀 없지는 않다."[298] 오스틴은 장소들과 감각적으로 연결되어 그곳의 정서적인 측면을 글로 표현하는 데 성공했다. "그 기다란 갈색 땅보다 더욱 마음을 사로잡는 것은 없다. 무지개 언덕들, 푸르스름하고 부드러운 안개, 봄의 밝은 빛은 연꽃이 가진 매력을 발산한다. 그것들은 당신이 시간 감각을 잃게 만들어, 일단 그곳에서 지내다 보면 끊임없이 그곳을 떠나겠다고 생각하면서도 떠나지 않는다는 사실을 깨닫지 못한다." 그녀는 주변 환경을 바라보는 자신의 시선으로 모든 형태의 생명을 찬미했고, 그럼으로써 여행은 더 이상 정복하거나 소비하는 것이 아닌 감각을 경험하는 일이 된다.

자신이 처한 환경에 사로잡히도록 두는 법을 터득하는 것은 여성 여행자가 여행을 떠나기에 앞서 해방되고 마음속에서 자기 자신을 위해 힘을 얻는 과정을 거쳤기에 가능하다.

온전히 스스로 쟁취한 자리에서 세상을 마주 보는 여성 여행자는 더 이상 무엇도 증명할 것이 없다. 그러고 나면 장소들이 불러일으키는 감정과 힘, 공간들에 담긴 기쁨이나 우울, 공포가 몰려들기 시작한다. 그때가 바로 닻을 올려야 할 순간이다.

| 산산조각 나다 |

12세기 페르시아의 시인 오마르 하이얌은 유명한 시집『루바이야트』(사행시)에 이렇게 썼다. "그대가 존재하지 않는다고 가정하라. 그리고 자유롭다고."[299] 나는 처음 이 시를 읽고 휘청거렸다. 말 몇 마디가 지닌 힘, 신비한 기운이 담긴 명료함, 그 마법이 내 마음속에 영원한 흔적을 남겼다. 하이얌은 우리에게 무엇을 알려주는가? 우리가 거대한 역사의 행간일 뿐이라는 것, 우리는 자기 자신일 권리가 있는 감춰진 공간들, 작은 굴 같은 공간들이며 그 안에서 자유롭다는 사실이다. 우리에게는 변화하고 방향을 바꾸고 삶에 여러 색깔을 부여할 자유, 즉 산산조각 날 자유가 있다.

우리가 외국에서 지내며 경험하는 인간적, 문화적 충격이 그 사실을 증명한다. 우리는 의식적으로든 무의식적으로든, 겉으로 드러나든 그렇지 않든 끊임없이 변화한다. 그러면서 자기 자신을 무한히 재창조하고 다시 그린다. 바로 그것이 우리를 계속 살아 있게 만든다.

그런 일이 나에게 처음 일어난 것은 인도에서 지내던 스물일곱 살 때였다. 그때 나는 인도에서 산산조각 났다. 당시 나는 내가 나 자신 및 타인과 맺은 관계를 비롯해 모든 것을 다시 조정해야 했다. 나의 내면의 다양성은 서로 화해할 수 없는 것처럼 보였고, 정신이 아찔해졌다.

나는 내가 누구인지를 잊어버렸고, 그때까지 사람들이 열면 안 된다고 했던 내 마음속의 새로운 문들을 열었다.

　그러면서 나는 수천 번 산산조각 났다.

　어쩌면 공포스럽게 들릴지도 모른다. 확실히 끔찍한 일이었다. 자유는 무서운 것이다. 타협하지 않고, 젠더나 환경, 장소, 문화에 기대지 않고 그에 맞서 극단적인 자기 자신이 되는 일은 무시무시하다. 자기 자신이 되기 위해서, 죽기 전에 최소한 한 번은 자유로워지기 위해서 산산조각 나는 일은 무시무시하다.

　그러기 위해 해야 할 일은 힘을 축적하고, 가능성의 영역과 존재의 유연성을 탐색하고, 보지 않은 채로 항해하는 법을 배우는 것이다.

　이는 구불거리고 굴곡진 길이다. 땅은 숯처럼 검고 하늘은 찬란하다. 우리는 별을 찾으며 힘겹게 앞으로 나아간다. 모든 일이 몇 년간 덮어둔 숯덩이에 불이 붙어 활활 타는 것처럼 진행된다.

　다 타버리고 나면 재가 남는다. 우리는 다시 시작해야 한다. 꿈꾸고, 만들어내고, 불태우고, 파괴하고, 전부 다시 시작하라. 지표를 잃고 스스로를 다듬으라.

　여행은 병행할 수 있는 또 다른 삶이나 잠시 떠났다가 되돌아오는 삶이 아니다. 여행하는 여성들에게 여행은 꿈이 아니라 적나라할 만큼 현실적인 유일하고도 진실한 삶이다. 자유롭고 고독한 삶, 절대적이고 온전하며 부정할 수 없는 삶이다.

여성에게 여행은 모든 금지와 명령에 불을 지르는 일이다. "나는 그곳에 가고 싶고, 그렇게 원하는 것으로 충분하기에, 아무도 나를 막지 못할 것이다"라고 말하는 일이다. 자유는 예의 바르게 부탁해서 얻는 것이 아니라, 그냥 쟁취하는 것이다.

참고 문헌

들어가는 말

1   이 주제에 대해서는 조지프 캠벨이 신화 원형을 다룬 『천의 얼굴을 가진 영웅』(민음사, 2018)을 비롯한 연구서를 참조할 것.

2   Carl Thompson, *Travel Writing*, Routledge, 2011.

3   Françoise d'Eaubonne, *Les Grandes Aventurières*, Vernal Philippe Lebaud, 1988.

4   Alexandra Lapierre et Christel Mouchard, *Elles ont conquis le monde. Les Grandes Aventurières, 1850-1950*, Arthaud poche, 2015.

5   글로리아 스타이넘, 『길 위의 인생』, 고정아 옮김, 학고재, 2017.

6   Jack London, *Adventure*, The Macmillan Company, 1911.

7   잭 런던, 「나에게 삶이란 무엇인가」, 『잭 런던 단편선』, 곽영미 옮김, 궁리, 2011.

8   로런 엘킨, 『도시를 걷는 여자들』, 홍한별 옮김, 반비, 2020.

9   Laure Dominique Agniel, *Alexandra David-Néel. Exploratrice et féministe*, Tallandier, 2018.

10   Maryse Choisy, *Un mois chez les hommes*, Les Éditions de France, 1929.

11 Alexandra Lapierre et Christel Mouchard, *Elles ont conquis le monde. Les Grandes Aventurières, 1850-1950*, Arthaud poche, 2015.

12 Nellie Bly, *Six months in Mexico*, Franklin Classics, 2018.

13 Lydia Bradey, *Going up is easy*, Penguin Random House New Zealand, 2016.

14 Thomas Morales, 「Anne-France Dautheville, "la vieille qui conduisait des motos"」, *Causeur*, 2019.03.16.

15 Sarah Marquis, *Wild by Nature*, Thomas Dunne Books, 2016.

16 모나 숄레, 『마녀』, 유정애 옮김, 마음서재, 2021.

17 Benoît Heimermann, *Femmes des pôles. Dix aventurières en quête d'absolu*, Paulsen, 2015.

18 특히 해양 지도를 제작한 마리 타프(Marie Tharp), 달 지도를 제작한 메리 아델라 블래그(Mary Adela Blagg)와 키라 B. 신가레바(Kira B. Shingareva).

19 Aditi Shikrant, 「Women travel alone more than men. Here's why」, *Vox*, 2019.01.18. https://www.vox.com/the-goods/2019/1/18/18188581/women-travel-alone-men

20 Alexandra Lapierre et Christel Mouchard, *Elles ont conquis le monde. Les Grandes Aventurières, 1850-1950*, Arthaud poche, 2015.

21 같은 책.

22 Marie-Ève Sténuit, *Femmes pirates. Les écumeuses des mers*, Éditions du Trésor, 2015.

1부 | 여행할 자유

23 Monique Vérité, *Odette du Puigaudeau. Une Bretonne au désert*, Payot, coll. 'Petite Bibliothèque Payot', 2001.

24 Bruno Léandri, *Les Ratés de l'aventure*, Éditions du Trésor, 2019.

25 크리스텔 무샤르, 『여자 모험가들』, 이세진 옮김, 기린원, 2003.

26 Olivia Gazalé, *Le Mythe de la virilité. Un piège pour les deux sexes*, Robert Laffont, 2017.

27 Joyce Johnson, *Minor Characters*, Houghton Mifflin, 1983.

28 시몬 드 보부아르, 『제2의 성』, 이정순 옮김, 을유문화사, 2021.

29 마농 가르시아, 『여성은 순종적으로 태어나지 않는다』, 양영란 옮김, 에코리브르, 2022.

30 Violaine Gelly, *Karen Blixen*, Libretto, 2015.

31 Bruno Léandri, *Les Ratés de l'aventure*, Éditions du Trésor, 2019.

32 Jennifer Niven, *Ada Blackjack. A True Story of Survival in the Arctic*, Hachette Books, 2004.

33 Marie-Ève Sténuit, *Une femme à la mer! Aventures de femmes naufragées*, Éditions du Trésor, 2017.

34 Fanny Loviot, *Les Pirates chinois. Ma captivité dans les mers de la Chine en 1860*, André Versaille éditeur, 2010.

35 Marie-Ève Sténuit, *Une femme à la mer! Aventures de femmes naufragées*, Éditions du Trésor, 2017.

36 같은 책.

37 Mikael Elinder et Oscar Erixson, 「Every Man for Himself! Gender, Norms and Survival in Maritime Disasters」, Research Institute of Industrial Economics, Stockholm, 2012.

38 Marie-Ève Sténuit, *Une femme à la mer! Aventures de femmes naufragées*, Éditions du Trésor, 2017.

39 같은 책.

40 Jean Sévry, *Quatre femmes écrivains dans l'aventure coloniale*, coll. 'Les Cahiers de la SIELEC', n°9, Kailash Éditions, 2013.

41 Romain Bertrand (dir.), *L'Exploration du monde. Une autre histoire des Grandes Découvertes*, Seuil, 2019.

42 Yvonne Knibiehler et Régine Goutalier, *La Femme au temps des colonies*, Stock, 1985.

43 마티아스 드뷔로, 『여행 이야기로 주위 사람들을 짜증 나게 만드는 기술』, 김수영 옮김, 필로소픽, 2017.

44 Yvonne Knibiehler et Régine Goutalier, *La Femme au temps des colonies*, Stock, 1985.

45 잭 케루악, 『길 위에서』, 이만식 옮김, 민음사, 2009.

46 Joyce Johnson, *Minor Characters*, Houghton Mifflin, 1983.

47 Pierre Mac Orlan, *Petit manuel du parfait aventurier*, Mercure de France, coll. 'Le Petit Mercure', 2016.

48 Alain Testart, *L'amazone et la cuisinière. Anthropologie de la division sexuelle du travail*, Gallimard, 2014.

49 Françoise d'Eaubonne, *Les Grandes Aventurières*, Vernal Philippe Lebaud, 1988.

50 Marie-Ève Sténuit, *Femmes pirates. Les écumeuses des mers*, Éditions du Trésor, 2015.

51 Alain Testart, *L'amazone et la cuisinière. Anthropologie de la division sexuelle du travail*, Gallimard, 2014.

52 Anita Conti, *Racleurs d'océans*, Payot, coll. 'Petite Bibliothèque', 2017.

53 Pierre Loti, *Aziyadé*, Flammarion, coll. 'GF', 1989.

54 Isabella L. Bird, *The Englishwoman in America*, Cambridge University Press, 2009.

55 크리스텔 무샤르, 『여자 모험가들』, 이세진 옮김, 기린원, 2003.

56 Tété-Michel Kpomassie, *L'Africain du Groenland*, Arthaud poche, 2015.

57 Ludovic Gaussot et Nicolas Palierne, 「Privilèges et coûts de la masculinité en matière de consommation d'alcool」, in Delphine Dulong, Christine Guionnet, Érik Neveu (dir.), *Boys Don't Cry! Les coûts de la domination masculine*, Presses universitaires de Rennes, 2012.

58 Olivia Gazalé, *Le Mythe de la virilité. Un piège pour les deux sexes*, Robert Laffont, 2017.

59 Raewyn Connell, *Masculinities*, Polity Press, 2005.

60 Olivia Gazalé, *Le Mythe de la virilité. Un piège pour les deux sexes*, Robert Laffont, 2017.

61 Patricia Jolly, Laurence Shakya, *Sherpas, fils de l'Everest. Vie, mort et business sur le Toit du monde*, Arthaud poche, 2019.

62 같은 책.

63 Jean-Pierre Brouillaud, *Aller voir ailleurs. Dans les pas d'un voyageur aveugle*, Points, 2016.

64 잭 케루악, 『길 위에서』, 이만식 옮김, 민음사, 2009.

65 Joyce Johnson, *Minor Characters*, Houghton Mifflin, 1983.

66 Pierre Mac Orlan, *Petit manuel du parfait aventurier*, Mercure de France, coll. 'Le Petit Mercure', 2016.

67 Jean-Didier Urbain, *Secrets de voyage. Menteurs, imposteurs et autres voyageurs impossibles*, Payot, coll. 'Petite Bibliothèque Payot', 2003.

68 같은 책.

69 Hubert Prolongeau, 「Arpenteurs des ailleurs」, *Le Monde diplomatique*, 2020.04.

70 Jean-Didier Urbain, *Secrets de voyage. Menteurs, imposteurs et autres voyageurs impossibles*, Payot, 1998.

71 같은 책.

72 Robert McCrum, 「Deep water」, *The Guardian*, 2009.04.05. https://www.theguardian.com/uk/2009/apr/05/donald-crowhurst-lone-sailor/

73 Romain Bertrand (dir.), *L'Exploration du monde. Une autre histoire des Grandes Découvertes*, Seuil, 2019.

74 Gilles Havard, 「La mort de Pocahontas」, in Romain Bertrand (dir.), *L'Exploration du monde. Une autre histoire des Grandes Découvertes*.

75 크리스텔 무샤르, 『여자 모험가들』, 이세진 옮김, 기린원, 2003.

76 Alexandra Lapierre et Christel Mouchard, *Elles ont conquis le monde. Les Grandes Aventurières, 1850-1950*, Arthaud poche, 2015.

77 크리스텔 무샤르, 『여자 모험가들』, 이세진 옮김, 기린원, 2003.

78 Ella Maillart, *Croisières et caravanes*, Payot, coll. 'Petite Bibliothèque Payot', 2017.

79 버지니아 울프, 『자기만의 방』, 이미애 옮김, 민음사, 2006.

80 피에르 부르디외, 『남성 지배』, 김용숙 옮김, 동문선, 2024.

81 시몬 드 보부아르, 『제2의 성』, 이정순 옮김, 을유문화사, 2021.

82 Isabelle Eberhardt, *Écrits sur le sable (récits, notes et journaliers). Œuvres complètes*, t. I, Grasset, 1989.

83 Hélène Soumet, *Les Travesties de l'Histoire*, First, 2014.

84 같은 책.

85 Ella Maillart, *Croisières et caravanes*, Payot, coll. 'Petite Bibliothèque Payot', 2017.

86 Benoîte Groult, *Ainsi soit-elle*, Le Livre de Poche, 1977.

87 Mary Austin, *The Land of Little Rain*, Penguin Group, 1997.

88   Nastassja Martin, *Croire aux fauves*, Verticales, 2019.

89   마농 가르시아, 『여성은 순종적으로 태어나지 않는다』, 양영란 옮김, 에코리브르, 2022.

90   글로리아 스타이넘, 『길 위의 인생』, 고정아 옮김, 학고재, 2017.

91   Richard F. Burton, *Personal Narrative of a Pilgrimage to El-Medinah and Meccah*, Cambridge University Press, 2011.

92   시몬 드 보부아르, 『제2의 성』, 이정순 옮김, 을유문화사, 2021.

93   글로리아 스타이넘, 『길 위의 인생』, 고정아 옮김, 학고재, 2017.

94   Laure Dominique Agniel, *Alexandra David-Néel. Exploratrice et féministe*, Tallandier, 2018.

95   Pierre Mac Orlan, *Petit manuel du parfait aventurier*, Mercure de France, coll. 'Le Petit Mercure', 2016.

96   Jean-Didier Urbain, *Une histoire érotique du voyage*, Payot, 2017.

97   Yvonne Knibiehler et Régine Goutalier, *La Femme au temps des colonies*, Stock, 1985.

98   글로리아 스타이넘, 『길 위의 인생』, 고정아 옮김, 학고재, 2017.

99   이 주제에 대해서는 1968년에 내려진 역사적인 '바르비에 부부(Époux Barbier)' 판결을 참조할 것. 이 판결로 프랑스에서 이러한 규정이 금지되었다.

100   Sarah Bos, 「À Air France, des hôtesses dénoncent des violences sexuelles endémiques」, *Médiapart*, 2020.05.18. https://www.mediapart.fr/journal/france/180520/air-france-des-hotesses-denoncent-des-violences-sexuelles-endemiques

101   Joyce Johnson, *Minor Characters*, Houghton Mifflin, 1983.

102   Vincent Noyoux, *Chers aventuriers*, Stock, 2013.

103   이 주제에 대하여 모니크 위티그가 쓴 『모니크 위티그의 스트레이트 마인드』(행성B, 2020)를 참조할 것.

104   Martha Gellhorn, *Travels with Myself and Another: A Memoir*, Tarcherperigee, 2001.

105   Sonia et Alexandre Poussin, *Africa Trek. 14 000 kilomètres dans les pas de l'Homme*, t. 1. *Du Cap au Kilimandjaro*, Robert Laffont, 2004.

106   크리스텔 무샤르, 『여자 모험가들』, 이세진 옮김, 기린원, 2003.

107   Vincent Noyoux, *Chers aventuriers*, Stock, 2013.

108 Sylvain Tesson, *L'Axe du loup. De la Sibérie à l'Inde sur les pas des évadés du Goulag*, Robert Laffont, 2004.

109 크리스텔 무샤르, 『여자 모험가들』, 이세진 옮김, 기린원, 2003.

110 넬리 블라이, 『넬리 블라이의 세상을 바꾼 72일』, 김정민 옮김, 모던아카이브, 2018.

111 Jack London, *Adventure*, The Macmillan Company, 1911.

112 Anne Chemin, 「Le "mansplaining" expliqué par l'écrivaine américaine Rebecca Solnit」, *Le Monde*, 2018.03.03.

113 Agatha Christie Mallowan, *Come, Tell Me How You Live*, HarperCollins Publishers Ltd., 2017.

114 Isabella L. Bird, *The Englishwoman in America*, Cambridge University Press, 2009.

115 Anne-France Dautheville, *Et j'ai suivi le vent*, Payot, coll. 'Petite Bibliothèque Payot', 2017.

116 '딩카(Dinka)'라는 용어는 현지어가 아닌 유럽 탐험가들에 의해 강요된 용어다. 이는 티너와 베이커가 당시에 사용한 용어이므로 여기에서 그대로 사용했다. 이 부족은 오늘날 지역에 따라 지엥(Jieng) 또는 무오니장(Muonyjang)이라고 불린다.

117 Sarah Marquis, *Wild by Nature*, Thomas Dunne Books, 2016.

118 샹탈 토마스, 『나만의 자유를 찾아서』, 문신원 옮김, 동문선, 2000.

119 Marga d'Andurain, *Le Mari Passeport*, espaces&signes, 2017.

120 Lydia Bradey, *Going up is easy*, Penguin Random House New Zealand, 2016.

121 Préface d'Isabelle Autissier, in Jennifer Niven, *Ada Blackjack. Survivante de l'Arctique*, Paulsen, 2019.

122 Richard F. Burton, *Personal Narrative of a Pilgrimage to El-Medinah and Meccah*, Cambridge University Press, 2011.

123 Jean-Didier Urbain, *Une histoire érotique du voyage*, Payot, 2017.

124 Yvonne Knibiehler et Régine Goutalier, *La Femme au temps des colonies*, Stock, 1985.

125 Pierre Loti, *Le Mariage de Loti*, Flammarion, coll. 'GF', 1999.

126 Pierre Loti, *Le Roman d'un spahi*, Gallimard, coll. 'Folio classique', 1992.

127 Pierre Loti, *Madame Chrysanthème*, Flammarion, coll. 'GF', 1993.

128 마농 가르시아, 『여성은 순종적으로 태어나지 않는다』, 양영란 옮김, 에코리브르, 2022.

129 잭 케루악, 『길 위에서』, 이만식 옮김, 민음사, 2009.

130 Gérard de Nerval, *Voyage en Orient*, Flammarion, coll. 'GF', 1980.

131 에드워드 사이드, 『오리엔탈리즘』, 박홍규 옮김, 교보문고, 2015.

132 1849년 12월 15일에 아실 플로베르에게 보낸 편지. 『Une histoire érotique du voyage』에서 인용.

133 Pascal Blanchard et al. (dir), *Sexe, race et colonies*, La Découverte, 2018.

134 Richard F. Burton, *Personal Narrative of a Pilgrimage to El-Medinah and Meccah*, Cambridge University Press, 2011.

135 에드워드 사이드, 『오리엔탈리즘』, 박홍규 옮김, 교보문고, 2015.

136 Charles King, *Midnight at the Pera Palace. The Birth of Modern Istanbul*, W. W. Norton & Company, 2015.

137 Fatima Mernissi, *Rêves de femmes. Une enfance au harem*, Le Livre de poche, 1998.

138 그녀의 편지 모음집을 참조할 것. 그 프랑스어 판본의 제목을 옮기면 '나는 다른 여행자들만큼 거짓말을 하지 않는다'이니 참으로 흥미롭다. Lady Mary Wortley Montagu, *Je ne mens pas autant que les autres voyageurs*, Payot, 2008.

139 Françoise Lapeyre, *Quand les voyageuses découvraient l'esclavage*, Payot, 2009.

140 같은 책.

141 Marga d'Andurain, *Le Mari Passeport*, espaces&signes, 2017.

142 Alain Quella-Villeger, *Évadées du harem. Affaire d'État et féminisme à Constantinople*, Actes Sud, coll. 'Babel', 2015.

143 같은 책.

144 Julien Blanc-Gras, *Touriste*, Le Livre de poche, 2013.

145 Yvonne Knibiehler et Régine Goutalier, *La Femme au temps des colonies*, Stock, 1985.

146 Jean-Didier Urbain, *Une histoire érotique du voyage*, Payot, 2017.

147 Serge Tcherkezoff, 「La Polynésie des vahinés et la nature des femmes : une utopie occidentale masculine」, in *Clio. Histoire, femmes et sociétés*, n°22, 2005.

148　Léo Pajon, 「Gauguin – Voyage à Tahiti : la pédophilie est moins grave sous les tropiques」, *Jeune Afrique*, 2017.09.21.

149　Daniel Maguero, 「Une Polynésie sous le regard de femmes」, in Alain Quella-Villéger (dir.), *L'Exotisme au féminin*, Éditions Kailash, coll. 'Les Carnets de l'exotisme', n°1, 2000.

150　Guillaume Calafat, 「Jeanne Barret découverte à Tahiti」 in *L'Exploration du monde. Une autre histoire des Grandes Découvertes*.

151　Gilles Boëtsch, 「Séquestrations de femmes 'blanches' par les 'sauvages'」, in *Sexe, race et colonies*.

152　앤절라 Y. 데이비스, 『여성, 인종, 계급』, 황성원 옮김, 아르테, 2022.

153　마농 프리장(Manon Prigent)이 다큐멘터리 「L'Amour à Pattaya」, ARTE Radio, 2019.09.26.(https://www.arteradio.com/son/616619451/l_amour_pattaya)에서 수집한 말.

154　플로베르가 루이 부이예(Louis Bouilhet)에게 보낸 1850년 11월 14일 자 편지. *Une histoire érotique du voyage*에서 인용.

155　Franck Michel, *Voyage au bout du sexe. Trafics et tourismes sexuels en Asie et ailleurs*, Presses de l'université Laval, 2006.

156　Jean-François Staszak, 「L'imaginaire géographique du tourisme sexuel」, *L'Information géographique*, vol. 76, 2012.

157　같은 책.

158　에드워드 사이드, 『오리엔탈리즘』, 박홍규 옮김, 교보문고, 2015.

159　Marie Barbier, 「'Tourisme sexuel' : la fin d'une impunité de fait ?」, *Mediapart*, 2020.01.27. https://www.mediapart.fr/journal/france/270120/tourisme-sexuel-la-fin-d-une-impunite-de-fait

160　미셸 우엘벡, 『플랫폼』, 김윤진 옮김, 문학동네, 2015.

161　Franck Michel, *Voyage au bout du sexe. Trafics et tourismes sexuels en Asie et ailleurs*, Presses de l'université Laval, 2006.

162　Jean-François Staszak, 「L'imaginaire géographique du tourisme sexuel」, *L'Information géographique*, 2012.

163　미셸 우엘벡, 『플랫폼』, 김윤진 옮김, 문학동네, 2015.

164　다큐멘터리 「L'Amour à Pattaya」.

165　미셸 우엘벡, 『플랫폼』, 김윤진 옮김, 문학동네, 2015.

166　라디오 채널 프랑스 퀼튀르(France Culture)의 방송 프로그램 'LSD, La Série Documentaire'의 주제 방송 「Raconter le monde –

Décoloniser les récits du monde」, 3화, 'Décoloniser les récits du monde', 2019.06.05.

167 Romain Bertrand (dir.), *L'Exploration du monde. Une autre histoire des Grandes Découvertes*, Seuil, 2019.

168 에드워드 사이드, 『오리엔탈리즘』, 박홍규 옮김, 교보문고, 2015.

169 Pierre Loti, *Le Mariage de Loti*, Flammarion, coll. 'GF', 1999.

170 마티아스 드뷔로, 『여행 이야기로 주위 사람들을 짜증 나게 만드는 기술』, 김수영 옮김, 필로소픽, 2017.

171 에드워드 사이드, 『오리엔탈리즘』, 박홍규 옮김, 교보문고, 2015.

172 이 주제에 대해서는 클로에 크뤼쇼데(Chloé Cruchaudet)가 쓰고 그린 매우 아름다운 만화책 *Groenland Manhattan*(Delcourt, 2008)을 읽을 것.

173 Christophe Guibert, Bertrand Réau, 「Des loisirs à la chaîne」, *Le Monde diplomatique*, 2020.07.

174 Christine Laemmel, 「Comment réagiriez-vous si votre enfant était en photo dans le salon d'un Cambodgien?」, slate.fr, 2018.11.09. http://www.slate.fr/story/169629/voyage-touristes-occidentaux-photos-enfants-africains-asiatiques-droit-image

175 Mona Eltahawy, *Headscarves and hymens : Why the Middle East Needs a Sexual Revolution*, Farrar Straus and Giroux, 2015.

176 Benoîte Groult, *Ainsi soit-elle*, Le Livre de Poche, 1977.

177 니콜라 부비에, 『세상의 용도』, 이재형 옮김, 소동, 2016.

178 Gérard de Nerval, *Voyage en Orient*, Flammarion, coll. 'GF', 1980.

179 Régis Airault, *Fous de l'Inde. Délires d'Occidentaux et sentiment océanique*, Payot, coll. 'Petite Bibliothèque Payot', 2016.

180 인도에서 발견된 코이누르는 페르시아와 아프가니스탄, 현재의 파키스탄으로 전해지며 여러 음모와 살해가 이루어지게 만들었다. 이 보석은 현재 영국 왕실의 왕관에 박혀 있다.

181 에드워드 사이드, 『오리엔탈리즘』, 박홍규 옮김, 교보문고, 2015.

182 Romain Bertrand (dir.), *L'Exploration du monde. Une autre histoire des Grandes Découvertes*, Seuil, 2019.

183 이븐 바투타, 『이븐 바투타 여행기』, 정수일 옮김, 창비, 2001.

184 Hamid Dabashi, *Reversing the Colonial Gaze. Persian Travelers Abroad*, Cambridge University Press, 2020.

185 같은 책.

186 Jean-Pierre Drège, 「Xuanzang sur les traces de Bouddha」, in Romain Bertrand (dir.), *L'Exploration du monde. Une autre histoire des Grandes Découvertes*.

187 Pier Giorgio Borbone, 「Philippe le Bel accueille le moine ouïgour Rabban Bar Sauma」, in Romain Bertrand (dir.), *L'Exploration du monde. Une autre histoire des Grandes Découvertes*.

188 Hamid Dabashi, *Reversing the Colonial Gaze. Persian Travelers Abroad*, Cambridge University Press, 2020.

189 Abdullah et Issa Omidvar, *Omidvar Brothers. In Search of the World's Most Primitive Tribes*, Vajeh-Pardaz, 2010.

190 Bernard Heyberger, 「Un Syrien à Paris : le 'Grand Hyver' d'Hanna Dyâb」, in *L'Exploration du monde. Une autre histoire des Grandes Découvertes*.

191 Camille Lefebvre, 「Dorugu, un voyageur haoussa en Europe」, in Romain Bertrand (dir.), *L'Exploration du monde. Une autre histoire des Grandes Découvertes*.

192 Alexandra David-Néel, *L'Inde où j'ai vécu*, Pocket, 2003.

193 Cécile Marin, 「Voyager sans visa」, *Le Monde diplomatique*, 2020.07.

194 크리스텔 무샤르, 『여자 모험가들』, 이세진 옮김, 기린원, 2003.

195 Tété-Michel Kpomassie, *L'Africain du Groenland*, Arthaud poche, 2015.

196 Jennifer Padjemi, 「Le monde n'est pas habitué aux voyageuses noires」, slate.fr, 2019.11.22. http://www.slate.fr/story/184359/parcourir-monde-femmes-noires-voyages-reseaux-sociaux-racisme

197 Sheri Hunter, 「What I discovered traveling the world solo as a black woman」, *National Geographic*, 2020.06.12. https://www.nationalgeographic.com/travel/features/traveling-the-world-solo-as-a-black-woman/

198 치마만다 응고지 아디치에, 『아메리카나』, 황가한 옮김, 민음사, 2019.

2부 | 여행하기 위한 자유

199   Isabelle Eberhardt, *Écrits sur le sable (récits, notes et journaliers)*. *Œuvres complètes*, t. I, Grasset, 1989.

200   Olivia Gazalé, *Le Mythe de la virilité. Un piège pour les deux sexes*, Robert Laffont, 2017.

201   시몬 드 보부아르, 『제2의 성』, 이정순 옮김, 을유문화사, 2021.

202   피에르 부르디외, 『남성 지배』, 김용숙 옮김, 동문선, 2024.

203   Michelle Perrot, 「Sortir」, in Geneviève Fraisse et Michelle Perrot (dir.), *Histoire des femmes en Occident*, t. IV, *Le XIXe siècle*, Plon, 1991.

204   Marga d'Andurain, *Le Mari Passeport*, espaces&signes, 2017.

205   이자벨 안(Isabelle Hanne)이 인터뷰하며 기록한 말, *Libération*, 2017.11.03.

206   마농 가르시아, 『여성은 순종적으로 태어나지 않는다』, 양영란 옮김, 에코리브르, 2022.

207   Dominique Laure Miermont, *Annemarie Schwarzenbach ou le mal d'Europe*, Payot, 2005.

208   Ella Maillart, *Croisières et caravanes*, Payot, coll. 'Petite Bibliothèque Payot', 2017.

209   Anne-France Dautheville, *Et j'ai suivi le vent*, Payot, coll. 'Petite Bibliothèque Payot', 2017.

210   비르지니 데팡트, 『킹콩걸』, 민병숙 옮김, 마고북스, 2007.

211   Violaine Gelly, *Karen Blixen*, Libretto, 2015.

212   Isabella L. Bird, *The Englishwoman in America*, Cambridge University Press, 2009.

213   크리스텔 무샤르, 『여자 모험가들』, 이세진 옮김, 기린원, 2003.

214   Laure Dominique Agniel, *Alexandra David-Néel. Exploratrice et féministe*, Tallandier, 2018.

215   시몬느 드 보봐르, 『나이의 힘』, 오증자 옮김, 문학세계사, 1991.

216   Anne Dufourmantelle, *Éloge du risque*, Rivages, coll. 'Rivages poche/Petite Bibliothèque', 2014.

217   크리스텔 무샤르, 『여자 모험가들』, 이세진 옮김, 기린원, 2003.

218   Laure Dominique Agniel, *Alexandra David-Néel. Exploratrice et féministe*, Tallandier, 2018.

219 Anne-France Dautheville, *Et j'ai suivi le vent*, Payot, coll. 'Petite Bibliothèque Payot', 2017.

220 Dominique Laure Miermont, *Annemarie Schwarzenbach ou le mal d'Europe*, Payot, 2005.

221 Monique Vérité, O*dette du Puigaudeau. Une Bretonne au désert*, Payot, coll. 'Petite Bibliothèque Payot', 2001.

222 Christiane Ritter, *A Woman in the Polar Night*, Pushkin Press, 2019.

223 Yves Raibaud, *La ville faite par et pour les hommes*, Belin, 2015.

224 로런 엘킨, 『도시를 걷는 여자들』, 홍한별 옮김, 반비, 2020.

225 어니스트 헤밍웨이, 『파리는 날마다 축제』, 주순애 옮김, 이숲, 2012.

226 로런 엘킨, 『도시를 걷는 여자들』, 홍한별 옮김, 반비, 2020.

227 Victoire Tuaillon, *Les couilles sur la table*, Binge Audio, 2019.

228 Yves Raibaud, *La ville faite par et pour les hommes*, Belin, 2015.

229 로런 엘킨, 『도시를 걷는 여자들』, 홍한별 옮김, 반비, 2020.

230 Pierre Loti, *Aziyadé*, Flammarion, coll. 'GF', 1989.

231 샤를 피에르 보들레르, 『파리의 우울』, 황현산 옮김, 문학동네, 2015.

232 로런 엘킨, 『도시를 걷는 여자들』, 홍한별 옮김, 반비, 2020.

233 Claire Delente, 「De George Sand à Chantal Thomas : ces écrivaines inspirées par leurs flâneries urbaines」, *Télérama*, 2020.07.31.

234 Isabelle Eberhardt, *Écrits sur le sable (récits, notes et journaliers). Œuvres complètes*, t. I, Grasset, 1989.

235 비비언 고닉, 『짝 없는 여자와 도시』, 박경선 옮김, 글항아리, 2023.

236 마르그리트 뒤라스, 『마르그리트 뒤라스의 글』, 윤진 옮김, 민음사, 2019.

237 샹탈 토마스, 『나만의 자유를 찾아서』, 문신원 옮김, 동문선, 2000.

238 Jack London, *Adventure*, The Macmillan Company, 1911.

239 크리스텔 무샤르, 『여자 모험가들』, 이세진 옮김, 기린원, 2003.

240 Alexandra Lapierre et Christel Mouchard, *Elles ont conquis le monde. Les Grandes Aventurières, 1850-1950*, Arthaud poche, 2015.

241 Isabelle Eberhardt, *Écrits sur le sable (récits, notes et journaliers). Œuvres complètes*, t. I, Grasset, 1989.

242 Alexandra-David-Néel, *Le Sortilège du mystère*, Pocket, 1972.

243 Mona Chollet, *La Tyrannie de la réalité*, Gallimard, coll. 'Folio

actual', 2006.

244 Ella Maillart, *Croisières et caravanes*, Payot, coll. 'Petite Bibliothèque Payot', 2017.

245 Mona Chollet, *Chez soi. Une odyssée de l'espace domestique*, La Découverte, 2015.

246 Alexandra David-Néel, *L'Inde où j'ai vécu*, Pocket, 2003.

247 시몬 드 보부아르, 『제2의 성』, 이정순 옮김, 을유문화사, 2021.

248 이 주제에 대하여 Mona Chollet, *Beautéfatale*(La Decouverte, 2012)을 참조할 것.

249 Violaine Gelly, *Karen Blixen*, Libretto, 2015.

250 Benoîte Groult, *Ainsi soit-elle*, Le Livre de Poche, 1977.

251 Alain Quella-Villéger (dir.), *L'Exotisme au féminin*, Éditions Kailash, coll. 'Les Carnets de l'exotisme', n°1, 2000.

252 Marie-Ève Sténuit, *Une femme à la mer! Aventures de femmes naufragées*, Éditions du Trésor, 2017.

253 Olympe Audouard, *L'Orient et ses peuplades*, É. Dentu, 1867.

254 Agatha Christie Mallowan, *Come, Tell Me How You Live*, HarperCollins Publishers Ltd., 2017.

255 넬리 블라이, 『넬리 블라이의 세상을 바꾼 72일』, 김정민 옮김, 모던아카이브, 2018.

256 버지니아 울프, 『자기만의 방』, 이미애 옮김, 민음사, 2006.

257 가스통 바슐라르, 『공간의 시학』, 곽광수 옮김, 동문선, 2023.

258 Annemarie Schwarzenbach, *Hiver au Proche-Orient*, Payot, coll. 'Petite Bibliothèque Payot', 2008.

259 크리스텔 무샤르, 『여자 모험가들』, 이세진 옮김, 기린원, 2003.

260 가스통 바슐라르, 『공간의 시학』, 곽광수 옮김, 동문선, 2023.

261 Nicole-Lise Bernheim, *Chambres d'ailleurs*, Payot, coll. 'Petite Bibliothèque Payot', 1999.

262 Laure Dominique Agniel, *Alexandra David-Néel. Exploratrice et féministe*, Tallandier, 2018.

263 비비언 고닉, 『짝 없는 여자와 도시』, 박경선 옮김, 글항아리, 2023.

264 Mona Chollet, *Chez soi. Une odyssée de l'espace domestique*, La Découverte, 2015.

265 Sarah Marquis, *Wild by Nature*, Thomas Dunne Books, 2016.

266 Marie-Ève Sténuit, *Femmes pirates. Les écumeuses des mers*,

Éditions du Trésor, 2015.

267 시몬 드 보부아르, 『제2의 성』, 이정순 옮김, 을유문화사, 2021.

268 Laure Dominique Agniel, *Alexandra David-Néel. Exploratrice et féministe*, Tallandier, 2018.

269 글로리아 스타이넘, 『길 위의 인생』, 고정아 옮김, 학고재, 2017.

270 Benoît Heimermann, *Femmes des pôles. Dix aventurières en quête d'absolu*, Paulsen, 2015.

271 Hélène Soumet, *Les Travesties de l'Histoire*, First, 2014.

272 Benoît Heimermann, *Femmes des pôles. Dix aventurières en quête d'absolu*, Paulsen, 2015.

273 Olivia Gazalé, *Le Mythe de la virilité. Un piège pour les deux sexes*, Robert Laffont, 2017.

274 Hélène Soumet, *Les Travesties de l'Histoire*, First, 2014.

275 Vincent Noyoux, *Chers aventuriers*, Stock, 2013.

276 파브리스 아메데오(Fabrice Amedeo) 인터뷰, 2019.10.30.
https://www.brut.media/fr/news/ils-ont-change-de-vie-
de-journaliste-a-skipper-d9a26067-315c-45f8-b17c-
c500b8bd3d5e

277 Lydia Bradey, *Going up is easy*, Penguin Random House New Zealand, 2016.

278 Lucie Ceccaldi, *L'Innoccente*, Scali, 2008.

279 아니 에르노 · 프레데리크 이브 자네, 『칼 같은 글쓰기』, 최애영 옮김, 문학동네, 2005.

280 Julien Blanc-Gras, *In Utero*, Le Livre de poche, 2017.

281 Ella Maillart, *Croisières et caravanes*, Payot, coll. 'Petite Bibliothèque Payot', 2017.

282 Josephine Diebitsch Peary, *The Snow Baby*, Frederick .A. Stokes Company, 1901.

283 Lady Brassey, *A Voyage in the 'Sunbeam', our home on the ocean for eleven months*, Longmans, Green and Co., 1878.

284 Valérie Maurice, Fabien Maurice, *Terre d'éveil. Une aventure familiale sur les chemins du monde*, Éditions du Nomade, 2009.

285 시몬 드 보부아르, 『제2의 성』, 이정순 옮김, 을유문화사, 2021.

286 Sarah Marquis, *Wild by Nature*, Thomas Dunne Books, 2016.

287 Alexandra David-Néel, *L'Inde où j'ai vécu*, Pocket, 2003.

288 잘랄 아드딘 무하마드 루미, 『루미 시집』, 정제희 옮김, 시공사, 2019.

289 Jean-Pierre Brouillaud, *Aller voir ailleurs. Dans les pas d'un voyageur aveugle*, Points, 2016.

290 Marine Barnérias, *Seper Hero. Le voyage interdit qui a donné un sens à ma vie*, J'ai lu, 2018.

291 글로리아 스타이넘, 『길 위의 인생』, 고정아 옮김, 학고재, 2017.

292 Annemarie Schwarzenbach, *Hiver au Proche-Orient*, Payot, coll. 'Petite Bibliothèque Payot', 2008.

293 Marga d'Andurain, *Le Mari Passeport*, espaces&signes, 2017.

294 Catherine Reverzy, *Femmes d'aventure. Du rêve à la réalisation de soi*, Odile Jacob, 2001.

295 시몬 드 보부아르, 『제2의 성』, 이정순 옮김, 을유문화사, 2021.

296 Nastassja Martin, *Croire aux fauves*, Verticales, 2019.

297 William Dalrymple, *The Last Mughal*, Bloomsbury Publishing, 2006.

298 Mary Austin, *The Land of Little Rain*, Penguin Group, 1997.

299 오마르 하이얌, 『루바이야트』, 윤준 옮김, 지식을만드는지식, 2020.

세상은 단 한 번도
떠날 때와 똑같지 않았다

1판 1쇄 펴낸날 2025년 3월 10일

지은이 뤼시 아제마
옮긴이 이정은

펴낸이 임지현
펴낸곳 (주)문학사상
주소 경기도 파주시 회동길 363-8, 201호(10881)
등록 1973년 3월 21일 제1137호

전화 031) 946-8503
팩스 031) 955-9912
홈페이지 www.munsa.co.kr
이메일 munsa@munsa.co.kr

ISBN 978-89-7012-018-8 03860